*Eine Geschichte der Walker-Brüder*

## DIE WALKER-BRÜDER, BUCH 1

# J.S. SCOTT

Lass los!
Eine Geschichte der Walker-Brüder
Die Walker-Brüder, Buch 1

Copyright © 2017 J.S. Scott

Englischer Originaltitel: »Release!: A Walker Brothers Novel
(The Walker Brothers Book 1)«

Deutsche Übersetzung: Martina Risse für Daniela Mansfield
Translations 2017

eBook:
ISBN: 978-1-946660-23-7

Taschenbuch:
ISBN: 978-1-946660-24-4

Titelbild entworfen von: Cali MacKay – Covers by Cali

# EBENFALLS VON J.S. SCOTT

# INHALT

# Trace

*B*itte lieber Gott! Lass ihn leben!

Ich war so mit Kaffee vollgepumpt, dass ich nicht mehr klar denken konnte. Ungläubig starrte ich auf meinen jüngsten Bruder Dane hinab, der in einem Krankenhausbett lag, und hoffte, mich in einem Alptraum zu befinden.

*Falls ich träume, muss ich unbedingt aufwachen!*

Ich umklammerte das Gitter an der einen Seite seines Bettes und hätte am liebsten ungehemmt geweint. Doch ich würde es nicht tun. Ich konnte es nicht.

Mein Vater war tot.

Karen war tot.

Mir blieben nur noch Sebastian und Dane, dessen Leben am seidenen Faden hing. Ich würde meinen kleinen Bruder nicht gehen lassen. Ich hatte schon zu viel verloren und konnte keinen weiteren Todesfall mehr verkraften.

Wenn Sebastian und ich nicht unsere Abschlussprüfungen gehabt hätten, hätten wir uns auch in dem Privatjet befunden, als dieser abgestürzt war. So aber hatten wir Vegas drei Tage früher verlassen müssen. Ich hatte kaum Zeit gehabt, an den Beerdigungen teilzunehmen, und war danach direkt zum College zurückgegangen, um meine Prüfungen zu absolvieren. Mein mittlerer Bruder Sebastian hatte es ebenso gemacht. Dane, der gerade die High School abgeschlossen hatte, war noch ein paar Tage bei einem Freund in Sin City geblieben, bevor er sich mit meinem Vater und dessen neuer Frau Karen auf den Weg nach Texas gemacht hatte.

Als ich an meinen Vater dachte, überfiel mich bodenlose Traurigkeit, doch ich verdrängte sie. Im Augenblick *musste* ich mich zusammennehmen. Im Alter von einundzwanzig Jahren hatte ich das College abgeschlossen und war bereit, meinen Abschluss als Diplom-Kaufmann zu machen.

Völlig unerwartet war ich nun außerdem das Oberhaupt der Familie Walker, eine Position, für die ich mich noch nicht bereit fühlte. Doch was für eine Wahl hatte ich als der Älteste? Jeder wandte sich jetzt an mich, wenn es eine Entscheidung zu treffen galt. Daher musste ich einen klaren Kopf behalten.

Ich betete sogar zu Gott, dessen Existenz ich in der Vergangenheit bezweifelt hatte, denn ich war gewillt, *alles* zu versuchen, um Dane am Leben zu erhalten.

Die Ärzte meinten, falls er überleben würde, würde er Narben davontragen. Als ob mich das kümmerte. Ich wollte einfach, dass er aus eigenem Antrieb atmete, ohne das Beatmungsgerät, das jetzt jeden einzelnen Atemzug mechanisch auslöste.

Ich konnte kaum seine Augen sehen, doch als ich sie näher betrachtete, waren sie immer noch geschlossen.

*Verdammt!*

Ich begann, flach zu atmen. Mein Herz raste mir davon. *Und wenn er es* nicht *schafft? Und wenn ich ihn auch noch verliere?*

Der Schutzanzug, den ich tragen musste, um den Raum keimfrei zu halten und so das Risiko für eine Infektion von Danes Brandwunden zu minimieren, störte mich.

*Mist!*

*Beherrsche dich! Beherrsche dich!*

Ich musste meine Emotionen unterdrücken und tief in mir vergraben. Ich trug jetzt die Verantwortung für einige Menschen, einschließlich Dane. Ich weigerte mich, die Hoffnung aufzugeben. Zwar hatten die Ärzte nicht gerade gute Neuigkeiten für mich gehabt, aber Dane war ein Kämpfer. Er würde es schaffen.

Seit der Grundschulzeit war ich darauf vorbereitet worden, meines Vaters Platz einzunehmen, wenn es an der Zeit wäre. Ich hatte nur nicht geahnt, dass es schon so bald sein würde. Vage war mir bewusst, dass ich in seine Fußstapfen treten und mein Diplom schaffen musste, während ich seinen Platz übernahm.

Ich sträubte mich gegen den Gedanken, dass mein Vater tot war. Ich hatte mich noch nicht damit abgefunden.

Plötzlich vernahm ich eine Stimme in meinem Kopf; sie gehörte meinem Vater.

*Sohn, wenn du zusammenbrichst und die Kontrolle verlierst, wirst du alle und alles in deiner Umgebung mit dir reißen.*

Er hatte Recht.

In der Vergangenheit hatten wir uns immer an unseren Vater anlehnen können und er war der stärkste Mann gewesen, den ich je kennengelernt hatte. Falls er Schwächen besessen haben sollte, hatte ich das jedenfalls nie bemerkt. Vielleicht hatte ich mir eingebildet, er würde niemals sterben, dass er zu viel Energie besaß, um sich das Leben aussaugen zu lassen. Der Gedanke machte mich plötzlich verletzlich, doch ich hatte keine Zeit, mich einer Schwäche hinzugeben. Jetzt musste ich mich allein um alles kümmern und allen anderen einen Halt geben. Egal, ob ich schon dazu bereit war oder nicht.

Aus dem Augenwinkel bemerkte ich eine Bewegung vor der Tür und sah Sebastian, der sich gerade die Schutzkleidung anlegte, um hereinzukommen.

*Er ist hier.*

Ich hatte zwar gewusst, dass er auf dem Weg hierher war, doch ich war überrascht, wie schnell er gewesen war. Mit grimmiger Miene zog sich mein Bruder die Handschuhe über. Eine hübsche Krankenschwester trat zu ihm, um ihm beim Anlegen seiner Maske behilflich zu sein.

Sebastian musste noch das College abschließen und Dane hatte noch nicht einmal mit dem Studium begonnen. Ich würde derjenige sein, an den sie sich um Unterstützung wenden würden. Obwohl Sebastian nur etwas über ein Jahr jünger war als ich, hatte er nicht die gleiche Anleitung von meinem Vater erhalten wie ich, denn er war jünger und verfolgte andere Ziele.

*Beide meiner Brüder brauchten mich.*

Völlig unvermittelt rastete plötzlich etwas in mir ein, als ich durch die Glastür Sebastians Blick auffing. Er wirkte so verstört, erschöpft und hoffnungslos wie ich mich gerade fühlte.

*Zeig es nicht! Er darf nicht merken, dass ich mich gerade überfordert fühle und Probleme damit habe, mit den Ereignissen klarzukommen. Er braucht mich und Dane wird mich ebenfalls brauchen.*

Ich zwang mich, Sebastian zuzunicken, um ihm ohne Worte zu verstehen zu geben, dass alles gut werden würde. Doch ich sah ihm an, dass er es mir nicht abkaufte.

Wir wussten beide, dass unser Leben sich innerhalb von Momenten grundlegend geändert hatte und dass nichts mehr so sein würde wie vorher.

# KAPITEL 1

## Eva

HEUTE ...

»*M*r. Walker ist jetzt bereit, Sie zu empfangen.« Die missbilligende weibliche Stimme gehörte zu einem Körper und einem Gesicht, die denen eines Supermodels ähnelten.

Ich stand auf und blickte die Frau mit leicht gehobenem Kinn an. Ich war arm, ich war hungrig und ich war verzweifelt. Doch ich sollte verflucht sein, wenn ich das *Miss Perfekt* merken lassen würde. Es mochte vielleicht offensichtlich sein, dass ich arm war, doch ich würde ihr niemals zu erkennen geben, dass mich mein Mangel an finanziellen Mitteln einschüchterte. Ich hatte mich von Milliardären noch niemals so sehr beeindrucken lassen wie meine Mutter und ich hatte mich niemals nach Reichtum gesehnt.

Immer hatte ich nur ein glückliches Leben führen wollen, eine Existenz ohne Angst. Bislang war mir das nicht gelungen ... noch nicht. Doch ich weigerte mich, den Versuch aufzugeben.

*Alle Menschen sind gleich und die Reichen können ebenso böse sein wie ein Mensch, der mit Armut geschlagen ist.*

Ich nickte ihr zu. »Danke.« Nicht, dass ich ihr dankbar gewesen wäre, dass sie mich Stunden hatte warten lassen, nur um mit ihrem Chef zu reden. Ich war es einfach gewohnt, höflich zu sein. Seitdem ich sprechen konnte, hatte mir mein Vater gute Manieren beigebracht. Er hatte immer gesagt, dass du bekommst, was du gibst. Nachdem er gestorben war, hatte ich diese Theorie im Laufe der Jahre als ein wenig unzureichend empfunden, doch ich glaubte, dass er zum größten Teil Recht gehabt hatte. Daher versuchte ich, mich an seine Worte zu erinnern und zu jedem höflich zu sein.

Leider war meine lateinamerikanische Seite nicht immer so geduldig wie mein Vater es gewesen war.

Fast den ganzen Tag hatte ich in der Innenstadt von Denver in dem Hochhaus, das zur Gänze Walker Enterprises gehörte, nur darauf gewartet, *ihn* zu sprechen. Trace Walker war ein Mann, den ich eigentlich nicht mochte, doch im Moment war er meine einzige Hoffnung. Und ich war eine Überlebenskünstlerin.

Während ich mich bemühte, so zu wirken, als ob ich zur obersten Etage dieses eleganten Gebäudes gehörte – was keineswegs der Fall war – schritt ich durch das Büro auf die perfekt gestylte blonde Frau zu, so würdevoll, wie es in meiner verschlissenen Jeans und dem T-Shirt, das schon bessere Tage gesehen hatte, eben möglich war. Mein dunkles, lockiges Haar war ordentlich mit einem Band im Nacken zusammengebunden. Trotzdem war ich mir bewusst, dass ich wahrscheinlich als das erschien, was ich tatsächlich war: eine arme Frau, die vollkommen pleite war.

*Nettere* Menschen würden mich vielleicht Milchkaffee oder Sahneschnitte nennen. Halb mexikanisch und halb weiß war ich das, was die *weniger netten* Leute als Mischling oder Bastard bezeichneten. Ebenso wie ein Mischlingshund wusste ich nicht, wo in der Welt ich hingehörte oder wer ich genau war. Ich wusste lediglich, dass ich so tief gesunken war, dass ich mich nun tatsächlich an einen Walker wandte, was bedeutete, dass dies mein letzter Ausweg war.

*Miss Perfekt* öffnete die Tür zu Trace Walkers innerem Heiligtum, als ob es sich um eine feierliche Angelegenheit handelte. Ich fragte mich, ob sie jemals lächelte und was geschehen würde, wenn sie sich wirklich einmal dazu herablassen würde. Höchstwahrscheinlich würde ihre Maske zerbrechen. Ihre angespannte, stoische, missbilligende Miene hatte sich heute während des ganzen Tages nicht einmal verändert, obwohl ich mich ihr gegenüber unermüdlich höflich gezeigt hatte.

Offensichtlich kümmerte sie sich nicht darum, was sie gab ... und was sie zurückerhielt. Und schon gar nicht, wenn es nur um eine Frau wie mich ging.

Ich schritt dicht an ihr vorbei, bemüht, *keinen* auch noch so flüchtigen Blick mehr auf ihren hochnäsigen Gesichtsausdruck werfen zu müssen. Seit Stunden hatte sie mich beäugt, als wäre ich eine Kakerlake, die es zu beseitigen galt, und ich war es langsam leid. Auch meine Freundlichkeit hatte Grenzen.

Als ich schließlich Trace Walkers Büro betrat, bemerkte ich weder die klassisch zeitgenössische Ausstattung noch die modernen Kunstwerke an der Wand. Ich sah auch nicht die erstaunlichen Glasfenster, die sich vom Boden bis zur Decke erstreckten und einen unglaublichen Blick auf die Stadt erlaubten. Nicht, dass all dies und noch so viel mehr nicht sehenswert gewesen wäre. Es war nur so ...

Ich konnte es nicht sehen.

Meine Augen richteten sich nur auf *ihn* und ich war einfach nicht in der Lage wegzusehen.

Während ich mir vor Augen hielt, dass ich ihn eigentlich nicht mögen *konnte* und *wollte*, ging ich langsam auf seinen riesigen Schreibtisch zu, unfähig, die Menge der männlichen Pheromone zu ignorieren, die von seiner massigen Gestalt auszugehen schienen.

Mir war zu Ohren gekommen, dass er außerordentlich angsteinflößend und beherrscht wirken sollte. Unbeeindruckt hatte ich diese Information in den Wind geschlagen. Wie beängstigend konnte ein siebenundzwanzigjähriger Typ schon sein, selbst wenn er stinkreich war.

Jetzt dachte ich, dass die Gerüchte über ihn wahrscheinlich der Wahrheit entsprachen. Aus irgendeinem Grund fühlten sich die Menschen von ihm angezogen. Seine Gegenwart wirkte wie ein Magnet. Und er hatte noch nicht einmal ein Wort gesprochen.

Ich nahm in einem luxuriösen Stuhl vor seinem Schreibtisch Platz und ließ ihn auf mich einwirken. Dabei versuchte ich, ihn einzuschätzen. Dann hörte ich, wie seine Sekretärin mit einem leisen Klicken die Tür hinter sich schloss. Mit jeder Faser seines Seins verkörperte er Geld und Klasse ... alles, was ich *nicht* besaß. Seine langen, männlichen Finger flogen über die Tastatur, während er missmutig auf den Bildschirm seines Computers starrte.

Selbst in diesem gereizten Zustand war Trace Walker wahrscheinlich der bestaussehendste Mann, dem ich je begegnet war.

Sein Haar war kurz, dick, dicht und schimmerte in verschiedenen Brauntönen. Die Bartstoppeln auf seinem Gesicht verbargen beinahe sein stark ausgeprägtes Kinn und seine klassisch geformten Gesichtszügen. Aus meiner sitzenden Position heraus konnte ich die Farbe seiner Augen nicht gut erkennen, doch ich bemerkte Wimpern, um die in jede Frau beneidet hätte.

Die Tatsache, dass er einen äußerst eleganten Anzug trug, zweifellos maßgeschneidert, wirkte auf mich nicht minder einschüchternd. Für eine quasi in Lumpen gekleidete Frau machte ihn das weniger zugänglich.

Was hatte ich mir nur dabei gedacht, mich bis ins Penthouse des Walker-Gebäudes zu mogeln und persönlich mit Trace Walker sprechen zu wollen?

Er war atemberaubend, mächtig und hatte offensichtlich die absolute Kontrolle über seinen speziellen Geschäftsbereich inne, ungeachtet dessen, wie jung er auch sein mochte. Ich wäre am liebsten mit eingezogenem Schwanz aus meinem Stuhl gesprungen und in meine Wohnung geflüchtet.

Ich konnte immer noch auf »Plan B« zurückgreifen, der beinhaltete, mit meinen wenigen Habseligkeiten ein bisschen herumzureisen und irgendwo neu zu beginnen ... oder zum ersten Mal überhaupt zu leben? Doch wem täuschte ich damit etwas vor? Meiner Vergangenheit würde ich niemals davonlaufen können.

Als ich mich dazu entschlossen hatte, diese dreiste Aktion, »Plan A«, durchzuführen, war ich definitiv nicht auf *ihn* vorbereitet gewesen.

Seine befehlsgewohnte Stimme befreite mich davon, selbst die Initiative zu ergreifen. »Was wollen Sie?«

Der heisere Bariton hatte mich aufgeschreckt, daher brauchte ich einen Moment, bevor ich sprechen konnte. »Ich brauche einen Job.« Es fiel mir schwer, nicht zu stottern, aber ich schaffte es. Ich war eigentlich nicht der Typ Frau, der sich von jemandem mit Geld einschüchtern ließ, doch es war auch keineswegs die Tatsache, dass Trace Walker stinkreich war, die mich aus der Fassung brachte. Es lag an *ihm*. Die Luft im Raum war beinahe sichtbar mit seiner Energie, seiner Gegenwart und seiner befehlsgewohnten, beherrschten Stimme geschwängert.

Mein Gott, wie einschüchternd er wirkte für einen Mann, der kaum vier Jahre älter war als ich. Das Alter war unsere einzige Gemeinsamkeit – außer einer einzigen anderen Sache.

»Ah, Sie sind also die Freundin von Chloe?« Langsam drehte er sich in seinem Stuhl herum.

Schließlich sah er mich an. Die dunkelgrünen Augen, die sich plötzlich auf mich richteten, verunsicherten mich. Mit einem durchdringenden Blick schätzte er mich ein und ich hatte das Gefühl, dass diese schnelle Musterung, die bis in meine Seele hinabzutauchen schien, mich irgendwie als ... mangelhaft beurteilte.

»Chloe?« Ich hatte keine Ahnung, wer die Frau sein sollte, doch offensichtlich hielt er mich für jemanden, der ich ... nicht war.

»Chloe ist die Frau meines Vetters. Wussten Sie das nicht?« Ich schüttelte den Kopf. Ich wusste nicht, wer Chloe war, und noch weniger, wen sie geheiratet hatte.

Er fuhr fort: »Chloe sagte mir, sie habe eine Freundin in Denver, die möglicherweise einen zeitlich beschränkten Job übernehmen würde, eine Frau, die sich eventuell für die Position eignen würde, die ich anzubieten habe. Ich nehme an, Sie sind diese Frau.«

Mein Puls begann zu rasen. *Ein Job*, die so dringend benötigte Arbeit, die ich *unbedingt* ergattern wollte. Ich wusste, dass es falsch war, doch ich fragte ausweichend: »Um was für eine Art von Arbeit handelt es sich?« Meine Stimme zitterte, was mich maßlos ärgerte. Feigheit gehörte normalerweise nicht zu meinen Schwächen und sie würde mir bestimmt nicht zu dem Job verhelfen, den ich so verzweifelt brauchte. Doch diese Situation lag außerhalb meiner bisherigen Lebenserfahrung.

»Sie hat es Ihnen nicht erklärt?« Seine Augenbrauen hoben sich, während er mich weiterhin scharf anblickte.

»Nein«, antwortete ich knapp. So war es einfacher.

Er musterte mich von oben bis unten und betrachtete alles an mir ganz genau, angefangen bei meinen Haaren bis zu den Löchern in meinen abgetragenen Schuhen. Ich fühlte mich wie ein Insekt unter dem Mikroskop, doch ich zwang mich dazu, mich unter seinem alles andere als bewunderndem Blick nicht hin und her zu winden.

»Sie entsprechen nicht meinen Erwartungen«, sagte er schließlich und verschränkte seine Arme vor sich auf dem Tisch. »Aber die Zeit drängt. Die Feiertage stehen kurz bevor und ich muss eine Lösung für diese Situation finden.«

Er redete nur das Nötigste, geschäftsmäßig, und ich fühlte mich, als ob ich seine Zeit verschwenden würde. Augenscheinlich brauchte er Hilfe, wollte aber keine Zeit dafür aufwenden, umständlich danach zu suchen.

»Ich kann Geschenke einpacken«, beeilte ich mich zu erklären. »Ich kann kochen und habe Erfahrung im Putzen und in der Haushaltsführung.« Offensichtlich brauchte er jemanden, der ihm während der Feiertage aushalf. Selbst wenn sie nur zeitlich begrenzt war, ich brauchte diese Arbeit. »Ich kann auch für Sie einkaufen. Sagen Sie mir, was Sie suchen, ich werde es finden.«

Plötzlich breitete sich ein leichtes Lächeln auf seinem Gesicht aus. »Chloe hat Sie wirklich nicht gut informiert, oder? Leider hat sie mir über Sie auch nicht viel erzählt. Sie hat lediglich gesagt, sie hätte eine Freundin, die mir vielleicht helfen könnte. Wie zum Teufel heißen Sie überhaupt?«

Mein voller Name war etwas sehr lang: Evangelina Guadelupe Morales. Daher entschloss ich mich zu antworten: »Eva.«

»Ich brauche keine Haushaltshilfe oder jemanden, der für mich einkauft.« Sein Lächeln verflog und seine Augen erwachten plötzlich zum Leben. Sie versprühten ein solches Feuer, dass es beinahe alarmierend wirkte. »Ich brauche eine Verlobte.«

*Nun gut.* Zum ersten Mal in meinem Leben war ich vollkommen sprachlos. Ich brauchte eine Weile, um ihn nicht mehr anzustarren und mich genügend zu erholen, um wieder sprechen zu können. Doch ich konnte nur ein einziges Wort hervorbringen. »Warum?«

»Meine Gründe sind persönlicher Art und die Position steht nur vorübergehend zur Verfügung. Ich muss über die Feiertage verlobt sein. Danach brauche ich Ihre Dienste nicht mehr.« Er beäugte mich kritisch. »Sie müssen überzeugend wirken. Zuerst müssen wir Ihnen die passende Garderobe und ein neues Aussehen verschaffen, falls Sie sich entschließen können, den Job anzunehmen, ohne mehr zu fordern als das Honorar, das ich für angemessen erachte. Sie nehmen nur von mir persönlich Anweisungen entgegen, die Sie zu befolgen haben. Niemand anderes kennt die Wahrheit. Verstehen Sie?«

Oh, ich verstand ihn sehr gut. Jemand hatte ihn verletzt und er wollte der Person Glauben machen, dass sie ihm mittlerweile nichts mehr bedeutete, dass er sich anderweitig orientiert hatte. Es handelte sich also ganz und gar nicht um eine geschäftliche Angelegenheit. Er musste als verlobt gelten, weil es ihm persönlich wichtig war. Ich sollte das nicht tun. Ich konnte das nicht tun. Doch die Versuchung, nur für das vorübergehende Spielen einer Rolle Geld zu bekommen, war zu groß. »Was bezahlen Sie?«, hörte ich mich fragen, bevor ich mich aufhalten konnte. Eine hungrige Frau war eben eine verzweifelte Frau.

»Fünfzigtausend. Fünfundzwanzigtausend im Voraus und die andere Hälfte, wenn alles vorbei ist.« Seine Stimme klang geschäftlich und harsch.

Ich schluckte heftig, um den Kloß in meiner Kehle loszuwerden. »Fünfzigtausend Dollar?«, fragte ich mit hoher Fistelstimme, denn die Summe schockte mich wahrlich. Eine Frau wie ich bekam während ihres ganzen Lebens so viel Geld nicht auf einmal zu Gesicht. Wer um alles in der Welt zahlte eine solche Summe, nur um einer Ex-Geliebten eins auszuwischen? »Ich kann diese Art von Geld nicht annehmen.« Bedauerlicherweise *musste* ich ablehnen. Ich war nicht Chloes Freundin und früher oder später würde er das herausfinden. Außerdem konnte ich nicht jemanden ausnutzen, der so schlimm verletzt worden war, selbst wenn es sich um einen Walker handelte. Ich mochte zwar hungrig sein, doch mein verdammtes Gewissen veranlasste mich dazu, weiter zu hungern.

»Wie viel?«, fragte er schneidend und leicht verärgert.

Unsere Blicke trafen sich und ich fühlte mich nackt, ausgeliefert und wie die Betrügerin, zu der ich mich gemacht hatte. »Ich wollte doch nur einen Job«, erwiderte ich atemlos. »Ich möchte etwas Festes. Ich hatte gehofft, vielleicht eine Stelle in einem ihrer Resorts zu bekommen. Ich kann hart arbeiten und verfüge über einige Erfahrung in Hauswirtschaft.«

Das war keineswegs gelogen. Ich hatte bereits als Haushälterin gearbeitet, die Stelle aber bereits verloren, kurz nachdem ich sie angetreten hatte.

Ich wollte doch nur meinem vergangenen Leben entfliehen, einen Job haben, der ein ständiges Einkommen garantierte, und keine Angst mehr haben.

Trace schaute mich an, als ob er mich überhaupt nicht verstanden hätte. Seine Augenbrauen zogen sich zusammen und ich konnte sehen, wie sich seine Kiefermuskeln anspannten.

Schließlich fragte er heiser:»Sie wollen lediglich eine Putzstelle?«

Ich nickte langsam. Ich wollte *einen* Job. Irgendeinen Job, wenn er nur dauerhaft wäre. Trace Walker besaß das größte Unternehmen der Welt, das Resorts unterhielt.»Walker Escapes« war bekannt für seine Vornehmheit und bot Luxus, ohne überteuerte Preise zu verlangen. Vor einem Monat hatte ich meine letzte Stelle verloren. Ich konnte meine Miete nicht bezahlen und stand nur einen kleinen Schritt davor, obdachlos zu werden ... wieder einmal. Ich suchte verzweifelt einen Job – irgendeine Art von Arbeit, zu der ich fähig war. Ich hatte Trace Walker aus gutem Grund aufgesucht, doch bestimmt nicht, weil ich seine zeitweilige Verlobte spielen wollte.

Er musterte mich nachdenklich, bevor er antwortete:»Ich könnte Sie in ein beliebiges Land auf der Welt schicken. Ich habe überall Resorts.«

»Ich weiß. Es ist mir egal wo. Ich brauche Arbeit, Mr. Walker. Bitte!« Der flehende Ton in meiner Stimme störte mich zwar, doch ich konnte mir Stolz nicht mehr leisten und dachte nur noch ans Überleben. Meine Zukunft hing davon ab, wie dieses Gespräch endete.

»Keine Familie?« Seine Augen suchten aufmerksam nach einer Reaktion.

»Nein«, gab ich ehrlich zu. Wenn ich auch nur einen Familienangehörigen hätte, wäre ich nicht *hier*.

Je länger er schwieg, desto nervöser wurde ich. Ich begann, schnell und flach zu atmen, und meine Brust schmerzte, da mein Herz so raste, dass ich befürchtete, es würde vor Überanstrengung stehen bleiben.

Trace lehnte sich in seinem Stuhl zurück und fuhr sich mit einer Hand durch die Haare. »Ich kann Ihnen einen Job geben. Solange Sie sich als gute Angestellte erweisen, ist Ihnen eine Stelle in einem meiner Resorts sicher. Wenn Sie mir helfen, helfe ich Ihnen. Die Hälfte des Geldes im Voraus und wenn Ihre Aufgabe erledigt ist, setze ich Sie ein, wo auch immer ich eine freie Stelle habe.«

Ich würde Sicherheit haben? Das war etwas, dass ich noch niemals erfahren hatte. Bei jedem Job – wirklich jeden einzelnen Moment – machte ich mir Sorgen. Selbst wenn ich eine Stelle hatte, ängstigte ich mich verzweifelt, jemand würde etwas über meine Vergangenheit herausfinden. Sicherheit? Ich kannte die Bedeutung des Wortes nicht.

Das war eine große Versuchung für mich, eine sehr große. Ich könnte Geld auf der Bank haben und müsste keine Angst mehr haben, mein Konto zu überziehen. Ich könnte essen und atmen. Wie auch immer, ich wusste, ich konnte das Angebot nicht annehmen. »Ich bin nicht Chloes Freundin«, gestand ich leise und traurig.

Meine Hoffnungen waren genährt und dann wieder zerstört worden. Ich konnte ihn nicht anlügen. Ich wäre gern in den Genuss dieser kaum fassbaren Sicherheit eines dauerhaften Jobs gekommen, doch das war nicht möglich, solange er nicht die Wahrheit kannte.

Auf seinem Gesicht erschien ein feines Lächeln. »Ich weiß. Ich bin froh, dass Sie es zugegeben haben. Zumindest weiß ich nun, dass Sie ehrlich sind.«

Ich starrte ihn überrascht an. »Woher wissen Sie das?«

Trace zuckte mit den Schultern. »Chloe hat mir zumindest erzählt, ihre Freundin sei eine Chefsekretärin, die mir möglicherweise über die Feiertage helfen könnte. Ich glaube nicht, dass sie einen dauerhaften Job braucht. Sie war nur an dem zusätzlichen Geld interessiert.« Er machte eine Pause, bevor er hinzufügte:»Ich muss zugeben, Sie haben eine Menge Mut, mich persönlich anzusprechen. Hätte ich gewusst, dass Sie nach einer anderen Beschäftigung suchen, wären Sie in die Personalabteilung geschickt worden. Ich hatte den Eindruck, Sie seien Chloes Freundin.«

Chloe, wer auch immer das sein mochte, würde sich wahrscheinlich nicht mit Frauen wie mir abgeben.»Ich sehe bestimmt nicht aus wie jemand, der ihre Freundin sein könnte, da bin ich mir sicher.«

»Nein. Da haben Sie Recht. Keine ihrer Freundinnen würde in eine Notsituation geraten, ohne dass Chloe ihr helfen würde. Chloe ist eine ehemalige Colter.«

Überrascht sah ich ihn an.»Die Colters aus Colorado? Senator Colters Familie?« Ich war nicht besonders auf dem Laufenden, was Prominente betraf, doch es gab wahrscheinlich in ganz Colorado niemanden, der den wohlhabenden Colter-Clan nicht kannte.»Eine Milliardärin würde mich ganz gewiss nicht zur Freundin haben«, murmelte ich. Ich mochte zwar in demselben Staat wie die Colters leben, doch uns trennten ganze Welten.

»Werden Sie mein Angebot annehmen?« Nun war Trace wieder zu seinem geschäftlichen Tonfall übergegangen.

Ich zögerte einen Augenblick. Obwohl ich das Geld dringend brauchte, sollte ich ihm wirklich alles erzählen. Doch der Gedanke an die kaum fassbare *Sicherheit* hielt mich auf. Die Sehnsucht war stärker als mein gesunder Menschenverstand. Was spielte es noch für eine Rolle? Ich hatte bekommen, was ich wollte. Wenn die Zeit gekommen war und ich ihm alles sagen musste, hätte ich zumindest einen Job hinter mir, für den ich bezahlt worden wäre. Und ich gab mir leise das Versprechen, ihn nicht zu enttäuschen.»Ich tue, was Sie verlangen, wenn Sie mir versprechen, dass ich danach eine Vollzeitstelle bei Ihnen bekomme. Bei der Auswahl etwas besserer Kleidung werde ich wahrscheinlich Hilfe benötigen, wenn ich als Ihre Geliebte überzeugend auftreten soll.« Ich hatte keine Ahnung, wie sich reiche Leute im Moment kleideten.

Ich hätte am liebsten laut aufgelacht bei dem Gedanken, ich könnte diesem anziehenden, unglaublich attraktiven und schwerreichen Mann auch nur *irgendetwas* bedeuten.

Eine Bastard-Straßenratte mit einer Vergangenheit wie meiner?

Unmöglich!

»Sie werden mehr als nur neue Kleider brauchen«, stellte er kritisch fest. »Und Sie werden die ganze Summe annehmen *und* den Job. Sie werden es brauchen, um in einer neuen Stellung einen Neuanfang zu machen.«

Sein herrischer Tonfall sandte mir einen Schauer die Wirbelsäule hinauf. Leider hatte er Recht. Ich würde einen neuen Platz zum Leben finden und die Reisekosten aufbringen müssen. »Die Hälfte im Voraus und den Job«, schlug ich als Kompromiss vor.

»Die ganze Summe«, verlangte er stur, beinahe ärgerlich.

Ihn anzusehen war gefährlich, aber ich beantwortete seinen herrischen Blick mit der gleichen Festigkeit – doch es war vergeblich. Er würde nicht nachgeben. Das Zucken seiner Kiefermuskeln sagte mir, dass er sich von seiner Forderung nicht würde abbringen lassen.

Ich wollte nicht widersprechen und riskieren, meine Chance zu verlieren.

Ich seufzte. »Also gut.« Selbst wenn ich jetzt meine Zustimmung gab, konnte ich immer noch behalten, was ich wirklich brauchte, und ihm den Rest später zurückgeben, wenn ich die feste Stelle antreten würde. »Ist Ihnen das wirklich so wichtig?«

Er nickte heftig, wobei ihm eine widerspenstige Locke in die Stirn fiel. »Sehr wichtig.«

»Können Sie mir nicht zumindest sagen warum?«

»Sind Sie hungrig?« Trace ignorierte meine Frage einfach. Wie auf Abruf begann mein Magen zu knurren. »Ich bin am Verhungern.« Ich entschloss mich, soweit wie möglich ehrlich zu ihm zu sein. Denn das würde den Umgang mit diesem Mann etwas erleichtern. Er war zwar unglaublich heiß, doch auch ganz Geschäftsmann. Er schien Ehrlichkeit zu begrüßen.

»Ich werde Sie zum Essen ausführen. Dann können wir uns unterhalten.« Entschlossen fuhr er seinen Computer herunter und erhob sich.

Ich stieß heftig die Luft aus, als ich seine Größe, seine Kraft und seine breite, männliche Gestalt bewundern konnte, die den Geschäftsanzug so perfekt ausfüllte.

Was dachte ich mir eigentlich? Niemals würde ich für einen Mann wie *ihn* eine passende Verlobte darstellen können.

»Ich glaube, das ist keine gute Idee.« Ich stand auf, doch meine Füße schienen am Fußboden festgewachsen zu sein.

»Wir müssen beide etwas essen. Ich auf jeden Fall. Wie lange haben Sie nichts gegessen?«

»Vier Tage, fünf Stunden und ungefähr zehn Minuten«, antwortete ich automatisch, denn mir war jede Minute bewusst, die ich nun schon hungerte.

»Meinen Sie das ernst?«, fragte er erstaunt und missbilligend.

»Vollkommen.«

»Lassen Sie uns gehen!«, erwiderte er brüsk, ging um den Tisch herum und hielt mich am Oberarm fest. »Verdammt, Sie sind dünn und sehen aus, als ob Sie kaum die High School abgeschlossen haben. Wie alt sind Sie?«

Ich schnaufte. »Ich bin dreiundzwanzig, wohl kaum im High School-Alter.«

»Sie wirken eher wie ein Minderjährige«, bemerkte Trace barsch.

»Ich kann Ihnen gern meinen Personalausweis zeigen.« Ich wusste, dass ich mit meinen nach hinten gebundenen Haaren und ohne Make-up recht jung wirkte. Doch Friseurbesuche und Make-up waren ein Luxus, den ich mir nicht leisten konnte.

»Nicht nötig. Ich glaube Ihnen. Aber Ihr Aussehen müssen wir ändern.« Er drängte mich sanft zur Tür.

Ich zuckte mit den Schultern. Es war mir egal, was ich tun musste, um die Rolle zu spielen. Ich wollte lediglich den versprochenen Job. »Gut.«

Ich ließ mich von ihm durch die Tür führen und bemerkte mit Erleichterung, dass *Miss Perfekt* gegangen war. Vielleicht hatte sie für heute Feierabend.

»Sie werden essen«, kündigte er herrisch an.

Zuerst wollte ich protestieren, weil er mich herumkommandierte, doch ich beherrschte mich. Er war jetzt mein Boss, also musste ich eine Zeit lang tun, was er wollte. Mein knurrender Magen erinnerte mich daran, dass ich mit diesem speziellen Befehl keine Probleme hatte.

# KAPITEL 2

## Eva

»Dieses Lokal ist eine wahre Spelunke«, brummelte Trace, während er sich über einen großen Berg mexikanischen Essens hermachte, das auf einen dekorativen Pappteller gehäuft war.

Ich hörte auf, mir das Essen in den Mund zu schaufeln, und blickte ihn an. Mein Burrito war kaum vor mich hingestellt worden, als ich ihn auch schon in Angriff genommen hatte. Und seitdem hatte ich nicht einmal Luft geholt. Ich betrachtete die grellen Wände des kleinen Restaurants und musste zugeben, dass Trace Walker hier recht fehl am Platz wirkte. Er hatte mich gefragt, wo ich essen wollte, und ich hatte ihn in mein Viertel geführt, in dem nicht gerade die feinsten Restaurants zu finden waren und das zu den kriminellsten Stadtteilen gehörte. Ich musste lächeln, als ich den hinreißenden Mann im Maßanzug betrachtete, der mir gegenüber an einem mit einer abgenutzten Plastikdecke versehenen, wackligen Tisch saß.

Er gehörte nicht hierher.

Aber ich tat es.

»Es ist das beste mexikanische Essen der Stadt.« Bei dem Lokal handelte es sich um einen Familienbetrieb und die Gerichte schmeckten fantastisch. Was spielte es für eine Rolle, dass es weder feines Porzellan noch eine ausgefallene Einrichtung aufzuweisen hatte?

Ich bemerkte, dass er das Tagesgericht beinahe inhalierte und auf seinem Gesicht lag ein Ausdruck der Anerkennung.

Er nickte. »Es ist in der Tat gut. Wie haben Sie denn das Lokal gefunden?«

Ich zuckte mit den Schultern. »Ich lebe geradewegs hier um die Ecke.«

Trace runzelte die Stirn und legte seine Gabel auf seinen beinahe leeren Teller. »In dieser Gegend? Das ist gefährlich, besonders nachts.«

Ich kannte den Unterschied zwischen einer guten und einer schlechten Wohngegend nicht. Ich fühlte mich hier zu Hause. »Es lebt sich hier gar nicht so schlecht.« Ich wusste, dass ich mich verteidigte, doch es ärgerte mich, dass er so schlecht von einem Viertel sprach, in dem ich seit Jahren lebte.

»Sie kommen mit mir nach Hause. Ihr Job beginnt jetzt sofort.« Er warf mir einen Blick zu, der besagte, dass er seine Meinung nicht mehr ändern würde.

Ich seufzte. »Auch gut. Ich werde ohnehin auf die Straße gesetzt.« Meine Situation war entsetzlich und es gefiel mir überhaupt nicht, einen Mann wie Trace Walker wissen zu lassen, was für eine Versagerin ich war. Doch das war nun einmal die Wahrheit.

Mit aufgebrachter Miene nahm er seine Gabel zur Hand und begann weiterzuessen. »Ich werde eine Spedition beauftragen, Ihre Sachen abzuholen.«

»Das ist nicht nötig. Ich kann kurz bei mir vorbeigehen und meine Sachen holen. Ich besitze nicht viel.« Das war noch untertrieben, doch ich versuchte, lässig zu klingen. Meine ganze Habe passte in einen Rucksack. Ich lebte in einer Dachwohnung, die ich spärlich mit Möbeln ausgestattet hatte, die ich kostenlos hatte auftreiben können. Meine gesamte Kleidung fand in meinem ramponierten Rucksack Platz.

»Mein Gott! Wer kümmert sich um Sie, Eva? Wo sind Ihre Eltern? Wie lange leben Sie schon auf sich allein gestellt?«

»Niemand kümmert sich um mich. Ich bin erwachsen und lebe allein, seit ich siebzehn Jahre alt war. Mein Vater war ein in Mexiko geborener Farmarbeiter und ist gestorben, als ich vierzehn war. Meine Mutter hat wieder geheiratet und ist weggezogen, als ich siebzehn war. Mittlerweile ist sie auch tot.«

Ich wurde nicht gern an meine Eltern, an meine Familie erinnert. Obwohl mein Vater bereits seit beinahe einem Jahrzehnt verschieden war, vermisste ich ihn immer noch. Bei meiner Mutter war das etwas anderes. Ich hatte sie gehasst und sie mich auch, bevor sie gestorben war. Ich hatte viele Gründe, um gegen meine Mutter Wut und Groll zu hegen. Dass sie meinen Vater und mich dazu gebracht hatte, uns wie Dreck zu fühlen, war nur einer davon.

Trace legte seine Gabel auf seinen jetzt leeren Teller. »Also sind Sie Mexikanerin?«

»Zur Hälfte«, verbesserte ich. »Meine Mutter war eine weiße Amerikanerin. Ich bin hier geboren.«

Ehrlich, bis zu meines Vaters Tod waren wir viel in den USA herumgereist. Er ging dorthin, wo es Arbeit auf einer Farm gab, und meine Mutter und ich begleiteten ihn. Meine Mutter hat sich ständig über das dreckige, armselige Leben beklagt, das mein Vater führte. Doch er hat immer viel und hart auf den Feldern gearbeitet, um uns zu ernähren.

Manchmal fragte ich mich, warum meine Mutter meinen Vater überhaupt geheiratet hatte. Während meiner ganzen Kindheit musste ich mir ihr ständiges Gejammer über unsere Armut anhören. Trotzdem hat mein Vater niemals den Versuch aufgegeben, sie zufriedenzustellen.

Leider konnte er sie nicht glücklich machen und ist bei dem Versuch gestorben, unsere Familie intakt zu halten. Sie war voll der Bitterkeit über meine Existenz, denn ich war die Falle, die sie an einem Ort gefangen hielt. Doch eines Tages war sie gegangen, um ein besseres Leben zu suchen, und hatte mich zurückgelassen – und offensichtlich all ihre schlechten Erinnerungen.

Mein Vater hatte mich geliebt, meine Mutter hatte mich gehasst.

Inzwischen hatte ich zwar erkannt, dass ich für das Unglück meiner Mutter nicht verantwortlich war, doch gelegentlich verfolgten mich ihre bitteren Worte immer noch.

»Warum wurden Sie allein zurückgelassen, als Ihre Mutter sich wieder verheiratete?«

Trace Frage verursachte mir Unbehagen. »Ich war erwachsen und hatte die High School abgeschlossen. Sie hatte ihre Pflicht mir gegenüber erfüllt.«

Trace Augen wirkten plötzlich eiskalt. »Eine Siebzehnjährige kann noch nicht allein leben.«

Augenscheinlich hatte meine Mutter eine andere Meinung vertreten. Sie hatte mich mit mehr als nur überfälligen Rechnungen und einem Zwangsräumungsbefehl zurückgelassen.

Ich betrachtete den Mann, der mich so vehement verteidigte, und all der ungerechte Zorn, den ich für die Walkers hegte, verflüchtigte sich. Was mir zugestoßen war, hatte mit der Walker-Familie nicht das Geringste zu tun, sondern einzig und allein mit einer Person: meiner Mutter.

»Ich habe es geschafft. Es spielt keine Rolle mehr.« Niemand hatte mich je so gemocht, dass er sich tatsächlich über mein schweres Leben aufgeregt hätte. Doch aus irgendeinem Grund wollte ich auf keinen Fall Traces Mitleid.

»Mehr schlecht als recht«, brummte Trace und erhob sich. »Lassen Sie uns hier verschwinden!«

Ich schaufelte die Reste des Burritos in meinen Mund, während ich beobachtete, wie er bezahlte und der Kellnerin ein großzügiges Trinkgeld und ein charismatisches Lächeln schenkte.

Mein Gott, wie charmant er sein konnte, wenn er nicht gerade brummig war. Ich hörte, wie er der spanischen Kellnerin in fließendem Spanisch Komplimente machte und ihr versicherte, wie gut es ihm geschmeckt hatte. Irgendwie überraschte es mich nicht, dass er eine Fremdsprache so perfekt beherrschte. Sah er doch aus wie der Typ Mann, der alles gut macht.

Wenn man seinen leeren Teller betrachtete, hatte er der Kellnerin wahrscheinlich die Wahrheit gesagt und das Essen hatte ihm wirklich gefallen, obwohl er offensichtlich von der Atmosphäre des Lokals nicht beeindruckt gewesen war.

Dann warf er mir einen Blick zu. Ich kaute immer noch an den Resten meines Burritos. Ich war zwar längst satt, doch ich sollte verflucht sein, wenn ich auch nur einen Bissen auf meinem Teller zurücklassen würde. Wenn man niemals weiß, wann man die nächste Mahlzeit bekommt, empfindet man es beinahe als kriminell, nicht alles aufzuessen. Ich schluckte heftig, als seine schmelzend grünen Augen mich zu drängen schienen, mich in Bewegung zu setzen. Dann streckte er die Hand aus. Ich zögerte einen Moment, bevor ich sie ergriff. Mit einer einzigen Bewegung seines starken Arms, der zu einem sehr harten Körper gehörte, war ich auf den Füßen.

Mir stockte der Atem; zu spüren, wie seine Handfläche die meine liebkoste, ließ meinen Körper vor Sehnsucht beben. Wie lange schon hatte ich auf die Intimität einer einfachen Berührung verzichten müssen? Wie lange schon hatte mich niemand mehr mit einer solch konzentrierten Aufmerksamkeit angesehen?

Ich war gleichzeitig erleichtert und enttäuscht, als er seinen Blick von mir abwandte und mich behutsam zur Tür zog.

Als wir an seinem schicken Sportwagen angekommen waren, wies ich ihm den Weg zu meiner Unterkunft. Mir war äußerst unangenehm zumute, als ich ihn die knarrenden Stufen zu meiner Wohnung im zweiten Stock hinaufführte.

Ohne Kommentar sah er mir dabei zu, wie ich meine Kleider zusammenraffte und meinen Schlüssel auf der kleinen Küchenarbeitsplatte zurückließ.

»Ich werde das später mit dem Vermieter regeln«, bemerkte er, während er mit einem Arm gegen den Türrahmen gestützt auf mich wartete.

»Sie bezahlen mich. Ich werde mich selbst darum kümmern.« Das klang ein wenig, als ob ich mich verteidigen würde, aber ich konnte nicht anders. Ich wollte nicht, dass er sich um meinen Vermieter oder um andere meiner Verpflichtungen kümmerte.

»Sie haben Ihren Job bereits angetreten. Sagte ich nicht, dass Sie meinen Anordnungen folgen sollen?« Seine heisere Stimme hörte sich äußerst bestimmt an.

»Nicht, was mein persönliches Leben anbelangt.« Ich begann, ärgerlich zu werden.

»Dieser Job *ist* persönlich.«

Ich schwang mir meinen Rucksack über die Schulter und sah ihn an. »Sehen Sie, ich will diesen Job. Ich brauche ihn. Aber Sie haben selbst gesagt, unsere Abmachung ist rein geschäftlicher Natur. Wenn es nicht um den Job oder die Bezahlung geht, haben Sie kein Recht, in mein Leben einzugreifen. Lehren Sie mich, was ich wissen muss, wie ich mich verhalten soll, wie ich aussehen soll und ich werde es tun. Doch mein übriges Leben zu organisieren gehört nicht zu unserer Vereinbarung.«

»Und wenn ich glaube, dass Sie jemanden brauchen, der Ihr Leben organisiert?«, fragte er unwirsch. »Es sieht nicht so aus, als ob Sie das bis jetzt allein sehr gut hinbekommen haben.«

Zorn stieg in mir auf, als ich an all die schmutzigen, schwierigen Jobs denken musste, die ich in meinem kurzen Arbeitsleben schon hinter mir hatte. Ich hatte versucht, so gut ich konnte zu überleben. »Was zum Teufel wissen Sie schon vom Überleben?«, entfuhr es mir. »Als ob Sie wirklich verstehen könnten, was es heißt, eine Frau wie ich zu sein? Ich habe mich zu Tode geschuftet, seitdem ich alt genug zum Arbeiten war. Denken

Sie etwa, ich *will* auf diese Art leben? Denken Sie, ich *will* um eine Anstellung oder Nahrung betteln müssen?« Zitternd holte ich tief Luft und versuchte, meine Wut unter Kontrolle zu bringen. »Zweifellos ist Ihnen alles in den Schoß gefallen bis hin zum Besuch eines elitären Colleges. Gewiss standen Ihnen ein paar Milliarden Dollar als Anfangskapital zur Verfügung. Was für ein schwieriger Start für Sie!« Meine Stimme schwoll zusehends an und triefte vor Sarkasmus. »Ich bin mir sicher, Sie haben sich niemals gefragt, ob Sie lieber tot sein würden, als weiterhin zu versuchen zu überleben.«

Vor dieser Frage hatte ich so oft gestanden, dass ich mich nicht mehr erinnern konnte, wie oft ich mir überlegt hatte, dass keine einzige Menschenseele mich vermissen würde, wenn ich nicht mehr existieren würde.

Trace bewegte sich so schnell, dass ich ihn nicht kommen sah. Er packte meine Schultern und schubste meinen Rucksack zu Boden. Dann drückte er mich gegen die Wand neben der Tür. »Haben Sie sich das gefragt, Eva?«

Ich brachte kein Wort heraus. Ich war noch benommen von seinen blitzschnellen Bewegungen.

»Sagen Sie es mir, verdammt! Haben Sie darüber nachgedacht?«

Seine Augen schimmerten wie heiße, flüssige Jade, als er mich mit einem bohrenden Blick ansah.

Ich hyperventilierte und starrte ihn trotzig an. Plötzlich musste ich einen Schluchzer unterdrücken. Ich war erschöpft. Ich war es so leid, mich selbst zu Tode zu schuften, nur um zu überleben. Doch der Überlebenswille in mir würde niemals den Kampf aufgeben.

Er ergriff eine Handvoll meiner tiefschwarzen Locken; meine Harre hatten sich während unserer Rauferei gelöst. »Sie haben es in Betracht gezogen«, schloss er aus meinem Schweigen. »Denken Sie niemals wieder daran! Niemals. Ich mag es nicht, wenn Sie so etwas sagen.«

Eine einzelne Träne floss mir über die Wange. »Es tut mir leid, Mr. Walker, aber nicht alles richtet sich nach dem, was Sie mögen oder nicht mögen. Das Leben ist hart und das bleibt es auch.« Ich hatte gelernt, dass Glück trügerisch und vergänglich war, auch wenn man überleben konnte. Als mein Vater noch lebte, war ich glücklich während der seltenen Gelegenheiten, die wir beieinander sein konnten, nur wir zwei. Damals hatte ich einen flüchtigen Geschmack von Glück erhascht. Doch darüber hinaus hatte ich wenig Erfahrung mit Freude.

»Das Leben hätte nicht so hart für Sie sein sollen, Eva. Sie haben Recht. Ich bin privilegiert seit meiner Geburt, doch Zufriedenheit kann für jeden schwer zu erreichen sein. Das Leben ist hart, egal, wie viel Geld man besitzt.« Trace blickte mir weiterhin in die Augen. Seine Stimme klang wieder normal. Doch der Zorn war noch zu spüren. »Die Probleme sind lediglich anderer Art.«

Ich dachte einen Moment über seine Worte nach, während ich meinen Kopf an seine Brust lehnte und unruhig nach Atem rang. Ich fragte mich, ob seine Worte einen Funken Wahrheit enthielten. Gewiss, er musste nicht um Geld kämpfen, doch trotzdem war Trace Walker weit davon entfernt, glücklich zu sein. Unter seinem Zorn konnte ich Schmerz spüren. Vielleicht hatte er Recht. Vielleicht war das Leben für ihn nicht einfach, nur weil er genug zu essen, tolle Autos und maßgeschneiderte Kleidung besaß. Trotzdem, er war noch nie in meinen zerschlissenen Schuhen gelaufen und ich hatte noch nie seine bequemen Mokassins getragen.

»Lassen Sie uns einen Waffenstillstand schließen«, schlug ich schließlich atemlos vor. »Wir kommen aus zwei verschiedenen Welten. Wir werden uns gegenseitig niemals verstehen können.«

Ich musste mich von ihm lösen. Ich begann, von seinem männlichen Duft betrunken und von seinem wilden Blick hypnotisiert zu werden. Er war groß und stark und ich musste meinen Kopf in den Nacken legen, um ihm ins Gesicht blicken zu können.

Er trat einen kleinen Schritt zurück, doch nur, um behutsam mein Gesicht in seine Hände zu nehmen. »Ich glaube, wir können perfekt miteinander kommunizieren.«

Ich öffnete den Mund, um ihn zu bitten, mich freizugeben, doch er war zu schnell. Er senkte den Kopf, um meinen Mund so fordernd einzufangen, dass ich dem hilflos und verblüfft gegenüberstand.

Er bog mir den Kopf zurück, um besser an meinen Mund zu gelangen. Seine Zunge drängte sich zwischen meine Lippen und forderte mehr.

*Mehr. Mehr. Mehr.*

Mein Herz setzte aus und ich schlang meine Arme um seinen Hals. Mein Körper erwachte zum Leben, als er sich enger an mich drückte und seine Zunge tiefer in meinen Mund vordrang. Sein Kuss war heiß und alles verzehrend. Ich spürte, wie ich begann, in seinem Duft und seinem Geschmack zu ertrinken. Ich sehnte mich danach, ihm noch näher zu kommen und meine Sinne von ihm überfluten zu lassen.

Plötzlich riss er sich von meinem Mund los und fluchte: »Verdammt! Das hätte ich nicht tun sollen.«

Trace schien mehr auf sich selbst als auf mich wütend zu sein. Er bettete seine Stirn auf meine Schulter und atmete abgehackt. Mein Herz raste immer noch und ich bemerkte, dass eine seiner Hände auf meinen Pobacken lag und meinen Unterleib gegen ihn presste, während er seinen anderen Arm um meinen Rücken gelegt hatte.

Er machte keine Anstalten, mich freizugeben, und ich versuchte nicht, mich von ihm zu lösen. Ich genoss es, ihn zu spüren, meinen Körper fest an seine große Gestalt gepresst. Ich sog die Luft ein, um mich in seinem Duft zu baden, der wie heilender Balsam auf meine Seele wirkte.

Schließlich fragte ich: »Warum haben Sie das getan?«

»Weil ich mich nicht beherrschen konnte. Verdammt!« Er zog sich zurück und löste seinen Griff. »Ich verliere nicht die Kontrolle. Niemals.«

Durch seinen Zorn hindurch konnte ich Gereiztheit und leichte Verwirrung hören.

Noch niemals zuvor war ich zum Objekt der Begierde eines Mannes geworden und das Gefühl war ziemlich berauschend. Trotzdem konnte ich nicht herausfinden, was er ausgerechnet in mir sah. Trace stand wahrscheinlich der Großteil der weiblichen Bevölkerung zur Verfügung. Warum sollte er seine Zeit mit mir vergeuden, wenn er ein Supermodel haben konnte?

»Sex gehört nicht zu unserer Abmachung«, erklärte ich ihm unsicher, während ein Teil von mir wünschte, es wäre so. Doch aus vielen Gründen wäre das falsch. Ob es mir gefiel oder nicht, es musste eine geschäftliche Verbindung bleiben. Alles andere konnte im Chaos enden und ich hatte bereits genügend zerbrochene Träume und gescheiterte Hoffnungen erlebt.

Er raufte sich frustriert die Haare. »Das weiß ich doch. Ich suche auch keine Prostituierte.«

Ich fuhr zurück, als ob er mich geschlagen hätte. »Ich habe ... das niemals getan.«

Sein wilder Blick suchte meinen und seine Augen verschlangen mich.

»Das weiß ich«, antwortete er schneidend, doch auch ein wenig schmerzvoll. »Ich will keine Nutte einstellen, um meine Verlobte zu spielen. Egal, wie gut sie ihre Rolle spielen würde, meine Brüder würden die Wahrheit entdecken. Wie ich schon sagte, ich brauche jemand Überzeugendes.«

»Ich habe eine Rolle zu spielen, aber ich werde nicht mit Ihnen schlafen.« Oh, aber ich wünschte es mir! Ich war auf den Geschmack gekommen und wollte das ganze Festmahl. Leider konnte ich dem aber nicht frönen. Nicht mit ihm.

Seine Lippen formten sich zu einem eingebildeten Grinsen. »Also gut. Aber ich werde trotzdem versuchen, Sie dazu zu bringen, dass Sie mich begehren. Das garantiere ich Ihnen.« Ich begehrte ihn bereits. Meinem Körper war es nicht möglich, auf einen Mann wie ihn nicht zu reagieren. Ich stützte die Arme in die Hüften. »Warum?«

»Weil ich *dich* will, Eva. Ich will meinen Schwanz so tief in dir vergraben, dass du dich nicht mehr an deinen eigenen Namen erinnern kannst und mich anflehst, dich zum Kommen zu bringen.« Sein Tonfall war lässig, doch in seinen Augen glühte immer noch das grüne Feuer.

Schnell schloss ich meine Augen, denn das Szenario wollte ich mir nicht vorstellen. Der Versuch war jedoch erfolglos. »Das wird nicht geschehen.« Ich öffnete meine Augen wieder.

»Wir werden sehen.« Trace lächelte immer noch selbstgefällig.

»*Besa mi culo!*« Bevor ich es hatte verhindern können, war mir die spanische Beleidigung herausgerutscht, er solle mich am Arsch lecken.

»Zeig ihn mir nackt und ich werde mehr als nur deinen hinreißenden Hintern lecken«, versprach er wollüstig.

*Verdammt!* Ich konnte ihn noch nicht einmal auf Spanisch beleidigen, weil er jedes Wort verstand.

Ich erinnerte mich an seinen kräftigen Griff an meinem Hintern und errötete. Mein Unterleib zog sich fest zusammen, als ob mein Körper mich anflehen würde, mich von ihm nehmen zu lassen. Er war hart gewesen, sein Schwanz hatte sich gegen den Stoff seiner makellosen Anzughose gedrückt.

»Das wird nicht geschehen.« Ich versuchte, bestimmt zu klingen, doch in meinen Ohren hörten sich die Worte noch weniger überzeugend an als zuvor. In Wahrheit war ich mir nicht sicher, wie ich reagieren würde, wenn er wirklich meine Grenzen austesten würde.

Glücklicherweise musste ich das nicht herausfinden.

Locker schwang er sich meinen Rucksack über die Schulter. Ich hatte mich unter dem Gewicht fast beugen müssen.

Trace sagte kein einziges Wort mehr und bedeutete mir, meine Wohnung zu verlassen.

»Hast du noch einen anderen Schlüssel?« Er sah mich fragend an.

Ich kramte in der Reißverschlusstasche meines Rucksacks nach dem Schlüssel und zog ihn heraus. Dann verschloss ich die Tür und steckte ihn in die Gesäßtasche meiner Jeans.

»Es wird mir Spaß machen, ihn dir zu entlocken, um mich danach um deinen Vermieter zu kümmern«, bemerkte Trace mit einem Lachen in der Stimme.

Sofort griff ich in meine Tasche, nahm den Schlüssel und schob ihn unter der Tür hindurch. »Nein, das wirst du nicht.« Ich lächelte ihn selbstgefällig an.

Er zuckte mit den Schultern. »Das wird mich nicht aufhalten. Aber es wird mir den Spaß verderben.«

Traces Blick neckte mich und einem lächelnden Trace konnte ich schlecht widerstehen. Ich hatte das Gefühl, dass er nicht oft lachte. »Falls du das tust, werde ich kündigen.«

»Nein, das wirst du nicht.« Die Gewissheit in seiner Stimme ärgerte mich.

*Nein.* Er hatte wahrscheinlich Recht. Jetzt, da ich keine Wohnung mehr hatte, brauchte ich einen Job, um zu überleben. Also streckte ich einfach meine Nase in die Höhe und verdrehte die Augen. Dann stapfte ich die altersschwache Treppe hinunter.

Er folgte direkt hinter mir. »Dein lateinamerikanisches Temperament ist ziemlich heiß«, sagte er barsch.

Ich streckte meine Nase noch höher in die Luft und gab bissig zurück: »Du hast noch nicht erlebt, wie heiß ich werden kann.« Ich verlor nicht oft meine Beherrschung. Ich konnte es mir nicht leisten, wann immer es mir einfiel, meinem Temperament die Herrschaft über mich zu überlassen. Aber wenn ich wirklich wütend wurde, konnte ich mit weitaus mehr Temperament reagieren, als er es gerade erlebt hatte.

Ich hätte seine Antwort voraussehen können; ich hätte wissen müssen, dass er die Chance ergreifen würde, meinen Worten eine sexuelle Bedeutung zu geben. Ich würde meine Worte in Zukunft sorgfältiger auswählen müssen.

»Ich kann es kaum erwarten«, lautete seine süffisante Antwort.

Da ich darauf nichts erwidern konnte, eilte ich die Treppe hinunter, während der Klang von Traces lasterhaftem Gelächter mich verfolgte.

*Mistkerl!*

Ein Teil von mir genoss seine Neckereien und die sexuelle Spannung, die zwischen uns bestand. Doch ich konnte das nicht zulassen. Ich wusste etwas, das er nicht wusste und das umgehend diese aufkeimende sexuelle Anziehung unterbinden würde, die keiner von uns beiden kontrollieren zu können schien.

*Er hat ein Recht, es zu wissen.*

Am Fuß der Treppe drehte ich mich abrupt zu ihm herum und stieß beinahe mit ihm zusammen.

»Wir dürfen uns nicht so verhalten«, sagte ich traurig und eindringlich.

»Ich fühle mich zu dir hingezogen, Eva«, antwortete er ehrlich.

»Das solltest du aber nicht.«

»Warum nicht? Du bist eine attraktive Frau.«

Ich holte tief Luft und konnte ihm nicht in die Augen blicken. Stattdessen betrachtete ich die schmutzige Wand hinter ihm, von der sich die weiße Farbe löste. »Ich bin heute zu dir gekommen, um dich um einen Gefallen zu bitten. Ich war verzweifelt. Du kennst mich nicht, aber ich kenne dich. Meine Mutter hat mich verlassen, um deinen Vater zu heiraten. Obwohl ich sie niemals wiedergesehen habe und wir beide uns noch nie zuvor getroffen haben, sind wir über Heirat miteinander verwandt. Technisch gesehen bist du mein Stiefbruder.«

# KAPITEL 3

## *Trace*

*I*ch hätte vom ersten Moment an wissen müssen, dass Eva Morales Ärger bedeutete. Nein, ich muss mich korrigieren ... ihr tatsächlicher Name lautete Evangelina Guadalupe Morales. Das hatte ich in den Papieren gelesen, die ich für ihren Vermieter unterzeichnet hatte.

Sie war ziemlich wütend gewesen, als sie herausgefunden hatte, dass ich ihre ausstehende Miete bezahlt hatte, und soweit ich es beurteilen konnte, war sie *immer* noch verärgert. Ich saß in meinem Heimbüro und tätigte einige Recherchen, nachdem sie vor ungefähr einer Stunde in Richtung ihres Schlafzimmers gestürmt war, mit hocherhobener Nase und eine fast greifbare Rauchwolke hinter sich her ziehend.

Ich hatte mir bereits eingestanden, dass ich es genoss, sie wütend zu machen, nur um ihre hitzigen Reaktionen zu erleben. Doch für meinen Schwanz war das die reinste Hölle. Vielleicht war es krank und verdreht, doch je heißer sie wurde, desto mehr verlangte es mich danach, sie zu unterwerfen und ihre Leidenschaft zu etwas weitaus Besserem und Befriedigenderem für uns beide zu nutzen.

Machte es mir etwas aus, wenn sie wütend war?

*Ganz und gar nicht.*

Ich war es gewohnt zu bekommen, was ich wollte, und ich hatte mich aus irgendeinem unbekannten Grund um sie kümmern *müssen*, aber ganz bestimmt nicht wegen irgendeiner idiotischen Verbindung zwischen uns, die durch die angebliche Heirat ihrer Mutter und meines Vaters entstanden war. Irgendjemand musste Eva auf jeden Fall dabei helfen, ihr Leben zu ordnen, und ich hatte bereits beschlossen, dass *ich* dieser Jemand sein würde. Mein Verlangen, sie glücklich zu machen und ihr Sicherheit zu verschaffen, war keineswegs brüderlicher Natur. Es handelte sich um ein primitives, weitaus intimeres, den Unterleib zermürbendes Bedürfnis, das ich noch nicht einmal selbst verstand.

Bei meinem Leben, ich konnte einfach nicht herausfinden, was mich zu ihr hinzog, doch mein Schwanz war steif, seitdem ich den ersten Blick auf sie geworfen hatte, und daran hatte sich bis jetzt nichts geändert. Sie hielt tapfer eine Maske aufrecht, doch gestern in meinem Büro hatte ich ihr Unbehagen gesehen und ihre Verletzlichkeit spüren können. Die Begierde, sie nackt auszuziehen und sie gegen die Wand, auf meinem Schreibtisch oder an einem beliebigen anderen Ort zu ficken, hatte beinahe sogleich von mir Besitz ergriffen. Doch so sehr ich sie auch ficken wollte, so sehr meldete sich auch der Instinkt in mir zu Wort, ihr ... Sicherheit zu geben.

Diese beiden Bedürfnisse kämpften in mir miteinander und ich war mir nicht sicher, welches von beiden gewinnen würde.

Die Tatsache, dass sie technisch gesehen meine Stiefschwester war, hatte mein Verlangen, sie zu ficken, bis sie während ihres Höhepunktes nur noch meinen Namen schreien konnte, nicht geschmälert. Vielleicht ließ mich das als ein komplettes Arschloch erscheinen, aber das kümmerte mich nicht.

Wir waren noch nicht einmal entfernt miteinander blutsverwandt und ich hatte nicht gewusst, dass meine Stiefmutter einer Tochter das Leben geschenkt hatte. Doch was hatten wir damals überhaupt über Karen gewusst? Sie war beinahe sofort nach der Hochzeit zusammen mit meinem Vater ums Leben gekommen. Das Privatflugzeug, in dem mein Bruder Dane, mein Vater und seine neue Frau – Evas Mutter – gesessen hatten, war abgestürzt. Nur Dane, mein jüngster Bruder hatte überlebt.

Dane war noch gerade eben mit dem Leben davongekommen und meine Sorge um ihn war der einzige Grund, warum ich zu Weihnachten mit einer Verlobten erscheinen *musste*. Mein Bruder litt immer noch unter inneren und äußeren Narben und es gab nichts, das ich nicht tun würde, um ihn davor zu bewahren, sein Leben aufzugeben.

Das Klingeln des Telefons auf dem Schreibtisch riss mich aus meinen Gedanken. Schnell warf ich einen Blick auf die Identität des Anrufers.

*Sebastian.*

Der Mistkerl hatte sich seit mehr als einem Monat nicht mehr bei mir gemeldet, wahrscheinlich um sich vor der Standpauke zu drücken, die er von mir zu erwarten hatte. Mein mittlerer Bruder begann, wild zu werden, und trieb sich mit einer Horde Versagern herum. Ich hatte versucht, ihm nach dem tödlichen Unfall meines Vaters Zeit zu lassen, seinem Leben eine Richtung zu geben, doch obwohl er bereits seit ein paar Jahren das College abgeschlossen hatte, schien er keinen moralischen Halt zu finden.

Ungeduldig griff ich zum Telefon. »Wo zum Teufel bist du gewesen?«

»Also, ich vermisse dich auch, Bruderherz«, antwortete Sebastian sarkastisch.

*Verdammt!* Er musste entweder betrunken oder bekifft sein, jedenfalls hatte er den Punkt weit überschritten, an dem ich mit ihm reden konnte. »Ich habe gearbeitet. Etwas, wozu du dich nicht herabzulassen scheinst«, erwiderte ich zornig mit schneidender Stimme.

Ich hatte die Nase voll und würde Sebastians Verhalten nicht länger entschuldigen. Er musste endlich erwachsen werden.

»Warum sollte ich, da ich doch dich habe, den perfekten, verantwortungsbewussten Bruder, der alles unter Kontrolle hat. Du bist ein verdammter Gott, Bruderherz. Davon brauchen wir keinen zweiten in der Familie.« Sebastians Tonfall war beinahe beleidigend und triefte vor Sarkasmus.

Sebastian war nicht immer so gewesen, doch er bot mir immer häufiger Anlass, mich über ihn zu ärgern. »Wann wirst du für die Weihnachtsfeiertage hier eintreffen? Dane wird bereits eine Woche vor Weihnachten hier sein.« Ich wollte mich nicht auf eine verbale Auseinandersetzung mit ihm einlassen, nicht wenn er so war wie jetzt. Es war sinnlos.

Langsam schien mein Bruder etwas nüchterner zu werden. »Ich werde ungefähr zur gleichen Zeit ankommen. Ich habe Dane schon geraume Zeit nicht mehr gesehen.«

Ich lockerte meine geballten Fäuste und erinnerte mich, dass es eine Zeit gegeben hatte, in der wir drei Brüder uns sehr nahegestanden hatten. Nach dem Unfall war alles anders geworden. Dane war ernsthaft gestört, Sebastian war der Familie entwachsen und ich war ein Arschloch geworden, weil ich mich um das Geschäft meines Vaters kümmern musste, worauf ich in meinem Alter nicht vorbereitet gewesen war.

»Bringst du jemanden mit?« Ich musste Schlafplätze organisieren, doch mich interessierte hauptsächlich, ob Sebastian sich ernsthaft mit einer Frau eingelassen hatte. Wenn ich in Betracht zog, mit welchen Leuten er sich zurzeit herumtrieb, hoffte ich das Gegenteil.

»Nein, ich fliege allein.« Sebastian machte eine Pause, bevor er sich erkundigte: »Und du? Hast du eine Frau gefunden, die es länger als eine Stunde mit dir aushält?«

Vor nicht allzu langer Zeit hätte ich Sebastian alles erzählt. Jetzt vertraute ich ihm nicht. Man konnte sich nicht mehr auf ihn verlassen und ich wollte auf keinen Fall, dass Dane die Wahrheit erfuhr. »Zufälligerweise habe ich das. Du kannst mir gratulieren. Seit Kurzem bin ich verlobt.«

Ich wartete, denn am anderen Ende der Leitung herrschte Stille. Ich wusste, die Verbindung war nicht zusammengebrochen, Sebastian schwieg lediglich.

Schließlich antwortete er: »Du hast dich verlobt? Und hast nichts gesagt? Ich wusste nicht einmal, dass du dich regelmäßig mit einer Frau triffst.«

Mist! Jetzt fühlte ich mich schuldig, weil ich einen unterschwelligen Schmerz in der Stimme meines Bruders erkannt hatte. Deshalb fühlte ich mich wie ein komplettes Arschloch. Doch es ging um mehr als Sebastians Gefühle.

*Ich kann es ihm nicht sagen. Er ist unberechenbar.*

»Liebe auf den ersten Blick. Sie wird dir gefallen«, erklärte ich ihm ausweichend. Ich wusste, ich gab gegenüber meinen Brüdern einen schlechten Lügner ab. Die meisten Leute kannten mein Ich nicht, das sich unter meinem professionellen Verhalten verbarg. Ich kannte mich nicht einmal mehr selbst.

»Wie ist sie denn so? Wo bist du ihr begegnet? Kenne ich sie?« Sebastian wurde schnell nüchtern.

»Nett. Nein. Und nein, du kennst sie nicht.« Ich beantwortete seine Fragen schnell und knapp und hoffte, er würde das Thema fallen lassen.

»Wie heißt sie?«, wollte Sebastian wissen.

»Eva.« Ich entschied mich, es einfach zu halten. Er würde sie noch früh genug treffen und ich fühlte mich unbehaglich, wenn ich über sie redete.

Spielte es eine Rolle, dass Eva eigentlich auch *ihre* Stiefschwester war? Sollten *sie* die Wahrheit erfahren? Ich konnte keinen Grund finden. Sie würden es niemals erfahren und sie niemals wiedersehen. Sie war nicht blutsverwandt, also war es nicht schlimm, unsere verwandtschaftliche Verbindung zu verschweigen. Verflucht, ich hatte noch nicht einmal ihren Familienstammbaum erkundet, doch ich arbeitete daran. Selbst wenn ich würde beweisen können, dass sie unsere Stiefschwester war, würde ich es ihnen nicht verraten. Dane durfte niemals die Wahrheit erfahren.

»Liebst du sie?«, fragte Sebastian nachdenklich.

Mein Gott! Ich hasste es, ihn zu belügen, obwohl ich doch jetzt schon seit geraumer Zeit das Arschloch heraushängen ließ.

»Ja.« Das Wort war mir recht leicht über die Lippen geschlüpft und machte die Lüge vollständig.

»Verdammt. Sie muss heiß sein.«

»Sie ist klug, nett und ehrlich«, erwiderte ich ohne nachzudenken, denn ich wusste, das war die Wahrheit. Eva verkörperte alles, was die Frauen unserer Kreise nicht hatten. Vielleicht lag darin mein unseliges Verlangen begründet, sie gleichzeitig ficken und beschützen zu wollen.

»Ich habe bemerkt, dass du nicht erwähnt hast, dass sie heiß ist«, murmelte Sebastian.

»Wenn du sie anrührst, landest du im Krankenhaus«, knurrte ich und stellte mir gegen meinen Willen vor, wie Sebastian mit Eva unschickliche Dinge tat.

»Gütiger Himmel! Bruderherz! Ich glaube, du liebst sie wirklich. Und sie muss wirklich wunderschön sein. Ich bin vielleicht ein Taugenichts, aber du weißt, dass ich niemals die Frau eines anderen Mannes anrühren würde, besonders nicht die meines Bruders.« Ich konnte hören, dass Sebastian verärgert war.

Ja, das wusste ich. Sebastian hatte allen Grund für seine Gereiztheit. »Ich weiß.« *Aber wenn du betrunken bist, bist du nicht mehr der Bruder, den ich kenne und dem ich vertraut habe.* Diese Gedanken behielt ich jedoch für mich.

»Bringt Dane Britney mit?«

Bei der Erwähnung *ihres* Namens zuckte ich zusammen, nicht weil sie mir noch etwas bedeutet hätte, sondern weil Dane tatsächlich die Frau mitbringen würde, die ich einst gemocht hatte. Keiner meiner Brüder wusste, dass ich intim mit Britney gewesen war – im biblischen Sinne – oder warum sie jetzt vorgab, in Dane verliebt zu sein. Ich wusste, dass sie meinen Bruder nicht liebte, denn sie war der Liebe nicht fähig. Britney benutzte und manipulierte die Männer.

»Er bringt sie mit«, antwortete ich nur.

»Nun, diese Frau ist wirklich heiß!« Sebastian gab einen anerkennenden Pfiff von sich.

Britney war zwar hübsch, aber für mich jetzt nur noch so attraktiv wie eine Giftschlange. »Oberflächlich gesehen ist sie das wahrscheinlich.«

»Bist du etwa eifersüchtig?«, erkundigte er sich eher neugierig als neckend.

»Nein. Aber ich glaube nicht, dass sie es mit Dane ehrlich meint.« Ich wollte, dass Sebastian die Wahrheit selbst erkannte, da ich sie ihm nicht sagen konnte.

»Du denkst, sie will ihn sich einfangen? Dass sie nur hinter seinem Geld her ist?« Sebastians Stimme klang jetzt klarer und ein wenig zögerlich.

»Ich denke, wir werden das mit der Zeit noch herausfinden.« Ich äußerte mich so zurückhaltend, weil ich dazu gezwungen war. »Aber ich traue ihr nicht.«

»Weißt du etwas, was ich nicht weiß, Trace?«

»Nein. Es ist ein rein instinktives Gefühl«, log ich.

»Dane verträgt auf keinen Fall noch mehr Qualen«, brummte Sebastian. »Aber das Ganze macht Sinn. Dane leidet unter seinen Narben und nur eine gute Frau wird dahinter das sehen, was er wirklich ist.«

Ich wünschte, Sebastian hätte Unrecht. Doch leider war das nicht der Fall. Und Dane brauchte eine weitaus bessere Frau als die Blutsaugerin Britney. »Wir werden sehen, wie es weitergeht.« Mein jüngster Bruder war ein weitaus besserer Mensch als ich oder Sebastian. Freundlicher und netter, zumindest in der Vergangenheit.

Ich hatte einen Plan: Ich wollte Britney aus Danes Leben verschwinden lassen, ohne ihm weiteren Herzschmerz zu verursachen. Doch ich war mir nicht sicher, ob das möglich war.

»Ich muss Schluss machen, Bruderherz. Ich habe mich von einer Party losgeeist. Aber es gibt hier einen guten Whiskey, der mich ruft.«

Verdammt! Ich würde alles tun, um Sebastian davon abzuhalten, sich bis zum Vergessen zu betrinken. Wegen der physischen und emotionalen Distanz zwischen uns überfiel mich ein Gefühl der Hilflosigkeit. Ich wollte nicht, dass er Auto fuhr und sich selbst umbrachte. Ja, er war erwachsen und verhielt sich meist wie ein Arschloch, aber er war immer noch mein Bruder.

»Sebastian. Das solltest du nicht tun. Wo bist du?«

»Fang heute Abend bloß nicht mit diesem Schwachsinn an, Trace. Ich wollte nur deine Stimme hören.«

Ich beabsichtigte nicht, meines Bruders Gewissen oder moralischen Führer zu spielen. Verdammt, dazu war ich nicht berechtigt. Ich wollte lediglich, dass es ihm gut ging. Ich wollte, dass es *uns allen* gut ging.

Die Wahrheit war, dass ich auch seine Stimme hören und meine Familie wieder zurückbekommen wollte.

»Bis in ein paar Wochen!«, beendete Sebastian das Gespräch und mir blieb keine andere Wahl als zu hoffen, ihm während seines Besuchs ins Gewissen reden zu können.

Nachdem ich frustriert den Telefonhörer ins Ladegerät zurückgestellt hatte, erhob ich mich. Im selben Moment klingelte es an der Haustür.

Lächelnd ging ich zur Tür, denn ich wusste, es waren weitere Bestellungen angekommen. Eva würde sich erneut aufregen – falls sie sich inzwischen wieder beruhigt hatte.

Doch das kümmerte mich wenig. Ich sah sie lieber wütend als verzweifelt, einsam oder verängstigt.

Ich war bereit, es mit Eva und ihren Protesten aufzunehmen.

Letztendlich würde ich gewinnen.

So war es immer.

# KAPITEL 4

## Eva

Es ärgerte mich ungemein, dass Trace Walker dachte, ich wäre nicht fähig, auf mich selbst Acht zu geben. Zugegeben, aus seiner Perspektive mochte es so aussehen, doch jetzt würde ich einen Job und damit die Chance auf ein besseres Leben haben. Es würde mir gut gehen.

*Solange er niemals herausfindet ...*

Sofort verdrängte ich den negativen Gedanken aus meinem Kopf. Er hatte ein Versprechen abgegeben und würde es nicht brechen. Zumindest hoffte ich das.

Ich hatte mich fürchterlich aufgeregt, als er mir mitgeteilt hatte, dass er sich um meine Miete gekümmert habe, obwohl ich mir das verbeten hatte. Ich besaß jetzt Geld; sein Scheck war meinem Konto bereits gutgeschrieben worden. Ich war durchaus in der Lage, mich selbst um meine Probleme zu kümmern.

Über das Geld hatten wir uns auch gestritten. Er hatte mich überredet, die angebotenen fünfundzwanzigtausend im Voraus anzunehmen, und ich hatte mich schließlich entschlossen nachzugeben. Sobald diese Farce vorbei war, konnte ich ihm immer noch das zurückzahlen, was ich nicht gebraucht hatte.

*Ich muss irgendeinen Weg finden, nicht mehr mit ihm zu streiten!* Vielleicht, wenn er nicht solch ein arroganter, rechthaberischer Kerl wäre, könnten wir miteinander auskommen.

Ich lächelte schwach und gestand mir ein, dass seine Arroganz mein Temperament anheizte. Nicht, dass ich nicht bereits eingebildete Männer kennengelernt hatte, aber keiner kam *ihm* auch nur annähernd gleich. Selbst in seinen dreistesten und besserwisserischsten Momenten dachte er an mein Wohlergehen. Das nahm mir zwar nicht völlig die Luft aus den Segeln, doch das machte es äußerst schwer, ihn zu hassen.

Trace Walker war gewohnt, dass man seine Anweisungen befolgte. Herrisch zu sein lag ihm offensichtlich in den Genen.

»Sie sehen bezaubernd aus, Liebes«, flötete eine weibliche Stimme, nämlich die meiner neuen Stylistin.

*Ich hatte jetzt tatsächlich eine Stylistin.*

Claudette war zwar recht oberflächlich, aber höflich genug, um sie um sich haben zu können. Ich schätzte, sie war etwa in ihren Sechzigern. Sie war sorgfältig zurechtgemacht, nicht eines ihrer schwarzen Haare lag am falschen Platz. Sie bevorzugte elegante Geschäftskleidung, die ich eines Tages nachahmen zu können hoffte.

Als sie endlich aufhörte, an dem roten Cocktailkleid herum zu zupfen, das ich gerade anprobierte, drehte ich mich herum, um mich in dem lebensgroßen Spiegel meines mir zugewiesenen Schlafzimmers zu betrachten. Noch immer hatte ich mich nicht an das geräumige und elegante Zimmer gewöhnt.

An meinem ersten Abend in Traces Heim war ich wie in Trance durch die riesigen Räume gegangen und hatte mich beinahe verlaufen, bevor ich endlich auf dem wunderschönen Schlittenbett in diesem Zimmer zusammengebrochen war. Trace hatte mir diesen Raum so ganz nebenbei als Unterkunft für die Dauer meiner Anwesenheit zugewiesen.

Ich erstarrte, als meine Augen mein Spiegelbild erblickten, das ich kaum wiedererkennen konnte.

Mein Haar war elegant geschnitten worden und lockte sich um meine Schultern herum. Claudette hatte mir wie mit Zauberhand sorgfältig Make-up aufgetragen und mir erklärt, wie ich es allein benutzen konnte. Das Kleid ließ den größten Teil meines Rückens frei, endete in einem raffinierten Schwung unterhalb meiner Knie und besaß lange, enganliegende Ärmel, die meine Arme wie eine zweite Haut umgaben. Der Stil des Kleides war ungewohnt für mich und ich hatte mich noch niemals in einem Kleidungsstück mit langen Ärmeln so nackt gefühlt.

»Es ist ... hübsch.« Ich konnte kaum ein Keuchen zurückhalten.

Ich sah wie eine andere Frau aus und ich fühlte mich auch anders.

»Du siehst wunderschön aus, Eva«, ertönte Traces leise, heisere Stimme von der Türschwelle.

Ich drehte mich zu ihm herum und unsere Blicke trafen sich, nachdem er mich ausgiebig begutachtet hatte. Unter seinem heißen Blick begann mein Körper, lichterloh zu brennen.

»Danke. Aber ich glaube wirklich nicht, dass ich so viele Kleider brauche.« Beinahe wäre ich auf meinen hochhackigen, zum Kleid passenden Schuhen ausgerutscht, als ich vom Spiegel zurücktrat, um zu ihm zu gehen.

Ich war mit einer kompletten Garderobe ausgestattet worden. Claudette packte gerade die Kleidungsstücke zusammen, die ihr nicht gefallen hatten. Leider waren das nicht allzu viele.

Trace wandte sich an Claudette. »Vielen Dank. Ich denke, Ihre Aufgabe ist erledigt.«

Die ältere Frau nickte und begab sich zur Tür, wo sie um Trace herumgehen musste. »Meine Mitarbeiterin wird meine Sachen und die Kleider, die nicht gepasst haben, später abholen, Mr. Walker.« Eilig verließ sie das Zimmer, denn sie wusste, dass sie nicht länger erwünscht war.

Trace zog eine Braue in die Höhe. »Die Kleider sind Teil der Abmachung.«

Ich stemmte meine Hände in die Hüfte. »Nicht so viele. Wo soll ich diese Art von Kleider tragen?«

Er zuckte mit den Schultern. »Auf Partys. Ich muss die Weihnachtsfeier der Firma besuchen und brauche dich dabei. Ich sagte doch, du musst überzeugend erscheinen.«

Als ich daran dachte, an Traces Arm zu *irgendeiner* Feier zu gehen, begann mein Herz zu rasen. Allein schon seine Gesellschaft machte mich kribbelig. »Du hast mir immer noch nicht erklärt, warum.«

Ich vergaß meinen Ärger und sagte mir, ich musste das hier als Job betrachten.

Jetzt kam Trace in mein Schlafzimmer hinein – das doppelt so groß war wie meine Einzimmerwohnung, möchte ich betonen – und nahm auf dem überdimensional großen Fenstersitz Platz.

Ich zog meine Stöckelschuhe aus und ging zum Bett hinüber. Ich setzte mich mitten auf den riesigen, beigefarbenen, mit Blumenmustern bedruckten Überwurf und kreuzte die Beine, die ich mit meinem Kleid bedeckte. Ich spürte, dass er mir etwas Wichtiges sagen würde, also schwieg ich abwartend.

Trace lehnte sich mit einer seiner kräftigen Schultern gegen die Wand. »Du weißt, dass mein Vater und deine Mutter bei einem Flugzeugabsturz ums Leben gekommen sind?«

Ich nickte. Ich wusste, dass meine Mutter kurz nach ihrer Hochzeit mit seinem Vater verschieden war.

»Mein jüngster Bruder befand sich ebenfalls an Bord des Privatflugzeugs, aber er überlebte. Er hat Brandwunden und Narben davongetragen und trotz aller plastischen Chirurgie sind Narben zurückgeblieben, innerlich und äußerlich.« Er hielt einen Moment inne, um dann fortzufahren: »Ich hätte eigentlich auch an Bord sein sollen, aber ich hatte gerade meine Abschlussprüfung am College zu absolvieren. Ich war bereits direkt nach der Feier abgereist. Sebastian erging es ebenso. Dane war der Einzige, der Unterricht und Prüfungen bereits hinter sich gehabt hatte, denn er besuchte eine andere Hochschule. Daher ist er ein paar Tage länger geblieben.«

*Oh mein Gott!* Mein Magen drehte sich herum, wenn ich mir vorstellte, dass Trace jetzt ebenfalls tot sein könnte anstatt so quietschlebendig. Ich starrte ihn an. Immer noch konnte ich spüren, wie seine Vitalität und Energie die Luft vibrieren ließen. Doch ich nahm auch seine Anspannung wahr. »Es quält dich, dass du dich nicht auch an Bord des Flugzeugs befunden hast. Du fühlst dich schuldig.«

Trace ließ keine gefühlsmäßige Reaktion erkennen, doch ich war ihm nahe genug, um kurz einen Ausdruck des Schmerzes in seinen Augen aufflackern zu sehen.

»Ich wünsche mir nicht, tot zu sein«, sagte er barsch. »Aber die Tatsache, dass es mich hätte treffen sollen, ist mir tatsächlich durch den Kopf gegangen.«

Er war so verantwortungsbewusst und hätte am liebsten die ganze Welt auf seinen Schultern getragen. »Das hätte nichts geändert.«

Seine Hände ballten sich zu Fäusten und er warf mir einen gereizten Blick zu. »Woher soll ich das wissen? Vielleicht hätte ich Dane schneller aus dem Wrack bergen können, vielleicht wären dann all diese Operationen nicht nötig gewesen. Es waren so viele, dass ich den Überblick verloren habe.«

Mein Herz blutete für den Mann, der dachte, allen Schmerz in der Welt verhindern zu können. Ich hatte gelernt, mich auf ausgewählte Kämpfe zu beschränken, was er offensichtlich nicht konnte. »Und vielleicht wärst du tot. Vielleicht hättest du die Leute blockiert, die ihn gerettet haben. Alle anderen im Flugzeug sind an dem Tag gestorben, einschließlich des Piloten. Glaubst du, du bist unbesiegbar?«, gab ich zurück, denn ich wollte ihm die Wahrheit begreifbar machen. Ob er nun an Bord gewesen wäre oder nicht, hätte höchstwahrscheinlich keinen Einfluss auf den Ausgang des Unglücks gehabt.

Seine Lippen zuckten, wahrscheinlich wegen meines verärgerten Tonfalls, aber sicher war ich mir nicht.

»Also glaubst du, meine Leiche hätte ihm den Tod gebracht?«

Ich zuckte mit den Schultern. »Sie wäre vielleicht im Weg gewesen.«

»Ein beruhigender Gedanke«, bemerkte er sarkastisch, aber ich konnte auch eine gewisse Belustigung aus seiner Stimme heraushören.

Ich wollte nicht mehr daran denken, dass Trace hätte tot sein können, daher drängte ich ihn: »Erzähl weiter!«

Trace seufzte resigniert auf. »Dane hat viel durchgemacht, auf emotionaler ebenso wie auf körperlicher Ebene. Seit Kurzem trifft er sich mit einer Frau, die ich sehr gut kenne. Sie hängt sich an ihn, um sich wieder an mich ranzumachen, und hofft, ich würde sie wieder zurücknehmen. Ich habe unsere Verbindung vor über einem Jahr gelöst, weil sie mit mir allein nicht zufrieden war. Sie ist mit jedem wohlhabenden Mann in Colorado ins Bett gehüpft.«

»Dumme Frau«, sagte ich ohne nachzudenken. Aber wirklich, welche Frau brauchte einen anderen Mann, wenn sie Trace Walker hatte? »Das tut mir leid. Ich bin mir sicher, du warst ihr treu.«

Er lächelte mich an und mein Herz schmolz dahin. Er nickte. »Das war ich. Ich war nicht bereit, mich stärker zu binden, doch wir waren bereits längere Zeit zusammen gewesen, sodass sie mich schließlich zu einer monogamen Beziehung überredete. Nur leider hat sie das nur von mir verlangt.«

»Liebst du sie noch?« Meine Handflächen schwitzten und mein Herz begann zu hämmern. Ich war mir nicht sicher, ob ich seine Antwort hören wollte.

»Ich habe niemals behauptet, dass ich sie geliebt habe. Ich habe nur gesagt, dass ich ihr treu war. Ich liebe nicht, Eva. Mit der Frau, mit der ich mich verabrede, befriedige ich lediglich ein körperliches Bedürfnis.«

Es war ziemlich offensichtlich, dass er weit mehr tat als das. Oh, vielleicht hatte er sich noch niemals verliebt, doch die Art, wie er sich um seinen Bruder sorgte, sagte mir, dass er dazu fähig war. »Also brauchst du mich als Lockvogel?«

»Du musst sie von mir fernhalten. Dane wäre am Boden zerstört, wenn er wüsste, dass Britney nur hinter den Dingen her ist, die sein Geld ihr beschaffen kann, und dass sie eigentlich zu mir zurück will.«

»Vielleicht hat sie sich jetzt wirklich verliebt. Vielleicht hat sich die Sachlage geändert«, wandte ich in der Hoffnung ein, dass Britney eine Verwandlung durchgemacht hatte. Wie konnte eine Frau nur so herzlos sein, Bruder gegen Bruder zu benutzen, besonders Dane, der so viel Leid hinter sich hatte?

»Sie hat mich gerade erst vor ein paar Wochen angerufen und mir mitgeteilt, dass sie mich an Weihnachten zurückzugewinnen hofft. Sie hat sich nicht geändert.« Seine Stimme klang hoffnungslos. »Ich will, dass Dane sie verlässt. Sie ist eine Giftschlange. Aber nicht, weil sie sich für mich interessiert hat. Ich will nicht, dass Dane es mir übelnimmt oder dass er erfährt, dass ich sie zuerst gefickt habe.«

Ich hasste es, mir vorzustellen, dass Trace mit *irgendeiner* Frau im Bett herummachte. Leider war ich mir jedoch ziemlich sicher, dass er eine Menge Schlafzimmerspiele hinter sich hatte.

»Ich werde mein Bestes geben«, versprach ich. »Aber du musst mir dabei helfen und vorgeben, mich zu mögen.«

»Das muss ich nicht vortäuschen, Eva. Wenn ich dir nicht ein besseres Leben wünschte, hätte ich nicht dich gewählt. Ich hätte jemand anderes finden können. Aber du warst zu verdammt perfekt. Du bist wunderschön.«

Er hatte Unrecht. Ich wusste mich in einem eleganten Kleid nicht zu bewegen. »Ich komme mir vor wie Cinderella«, murmelte ich, bevor ich es verhindern konnte. Es herrschte Schweigen im Raum, bis ich hinzufügte: »Was machen wir hier zusammen, wenn die anderen nicht vor Weihnachten hier eintreffen? Morgen ist Thanksgiving.«

»Das ist mir sehr wohl bewusst. Ich dachte, ich führe dich zum Essen aus. Die Zeit wäre nicht vergeudet. Ich kann dich in deinen neuen Job einführen und dir Einzelheiten erklären.«

»Ich werde kochen. Ja, sogar gern«, schlug ich eifrig vor. Es war Jahre her, dass ich an einem Thanksgiving-Essen teilgenommen hatte.

Er blickte mich durchdringend an. »Du willst tatsächlich kochen?«

»Deine Küche ist wunderbar. Und ja, ich koche gern. Ich hatte nur seit Langem keine Gelegenheit mehr dazu.« Ich hatte niemals genügend Geld gehabt. Zuletzt hatte ich keinen einzigen Bissen mehr in meiner Wohnung. »Hast Du alle nötigen Zutaten hier?«

Er runzelte die Stirn. »Wahrscheinlich nicht. Und meinem Personal habe ich bis zum nächsten Montag freigegeben. Aber ich kann meinen Assistenten herkommen lassen.«

Ich hob eine Hand. »Nein. Hast du kein Auto?«

Er grinste. »Mehrere.«

»Dann kannst du mich fahren. Ich werde bestimmt keines deiner eleganten, teuren Autos fahren.« Mit meinem Glück würde ich bestimmt einen Unfall bauen.

»Zu einem Lebensmittelgeschäft?« Er wirkte angeekelt.

»Wirklich, du verhältst dich, als würdest du niemals Lebensmittel einkaufen.«

Er zuckte mit den Schultern. »Tue ich auch nicht. Dafür habe ich Angestellte.«

»Dann wird das ein Abenteuer für dich sein, richtig?« Ich konnte es kaum fassen, dass es jemanden gab, für den eingekauft wurde. Doch ich brauchte lediglich einen Fahrer. »Ich weiß, was ich besorgen muss. Ich werde in deiner Küche nachsehen, was dort noch vorhanden ist.«

Ich sprang aus dem Bett, bereit, das elegante Kleid loszuwerden. Ich fühlte mich zwar hübsch darin, aber auch wie eine Frau, die nicht wirklich ... ich war.

Trace erhob sich. »Du musst das nicht tun, Eva. Es macht mir nichts aus, etwas in die Mikrowelle zu schieben oder auszugehen.«

»Es ist Thanksgiving! Du kannst doch keine Tiefkühlkost zu Abend essen.« Wenn Trace nicht gewesen wäre, hätte ich überhaupt nichts gegessen. Ich wollte für ihn kochen. »Gib mir ein paar Minuten zum Umziehen.« Ich schubste ihn zur Tür.

»Kann ich dir dabei zusehen?«, fragte er wollüstig.

Seine schmelzend grünen Augen liebkosten mich und ich konnte seinen Blick bis hinunter zu meinen Zehen spüren. Mein Unterleib zog sich schmerzhaft zusammen, als mir sein Duft in die Nase wehte.

»Geh, Perversling!«, drängte ich.

Er wandte sich mir zu und sagte: »Ich werde unten warten.«

»Ich werde in ein paar Minuten fertig sein. Ich muss nur schnell dieses Kleid ausziehen.«

Ich hörte ihn stöhnen, bevor er mich in seine Arme zog und eine Hand zwischen meine Schulterblätter und die andere um meinen Nacken legte. »Du bringst mich noch um, Eva.«

Sein Mund traf den meinen mit einer Zielstrebigkeit, die ich noch niemals zuvor erlebt hatte. Sein Kuss war heiß und alles verzehrend und ich spürte, dass ich unterging und ihm beinahe unmittelbar nachgab.

Irgendetwas zog mich mit Macht zu ihm hin und ich erwiderte seinen Kuss, öffnete mich seinem fordernden Mund, als seine Zunge Einlass verlangte. Ich seufzte gegen seine Lippen, schlang meine Arme um seinen Hals und ließ ihn sich nehmen, was er wollte, denn ich wollte das Gleiche.

Wie ein elektrischer Schlag fuhr die Begierde durch meinen Körper, als er seine Hand zu meinem Hintern hinunter wandern ließ und meinen feuchten Unterleib gegen seinen angeschwollenen Schwanz presste.

Ich will ihn in mir haben.

Ich brauche ihn in mir.

Ich verfluchte die Kleidung, die unsere Körper voneinander trennte.

Er wusste nichts über mich, doch er begehrte mich. Er wurde trunken vor Leidenschaft. Er küsste mich, als ob er es *müsste*, es *brauchte*, als ob er sonst nicht mehr atmen könnte.

Das Objekt von Traces Begierde zu sein, verursachte ein euphorisches Gefühl. Die Tatsache, dass eine Frau wie ich jemanden wie ihn veranlassen konnte, mich mit dieser Art von Verlangen zu küssen, war berauschend.

Ich wusste, wir mussten aufhören. Meine Brustwarzen verhärteten sich, als er mich noch fester an sich presste und meine Brüste sich an seiner Anzugjacke rieben.

Immer noch streichelte er mich. Seine Hand, die zuvor in meinem Nacken gelegen hatte, fuhr nun durch meine Haare.

Als sein Mund sich von meinem losriss, um die empfindliche Haut meines Halses zu liebkosen, schloss ich die Augen, brachte aber keuchend hervor:»Oh Gott, Trace. Bitte hör auf!« Ich wusste sicher, dass ich mich selbst nicht von ihm lösen konnte. Ich wollte weitermachen und mich von ihm davontragen lassen.

»Eva. Ich begehre dich so sehr«, raunte er mir ins Ohr.

»Ich begehre dich auch. Aber ich kann das nicht tun.« Er war mein Stiefbruder. Doch nicht dieses Wissen hielt mich auf. Wir kannten einander kaum; unsere einzige Gemeinsamkeit bestand in der unglaublichen Chemie zwischen uns.

Schließlich gab er mich frei.»Wir können das sehr wohl tun. Aber ich werde warten, bis du bereit bist«, sagte er mit Schmerz in der Stimme.

*Ich bin bereit. So verdammt bereit.*

Er trat zurück und meine Augenlider öffneten sich flatternd. Der Schmerz, den Kontakt zu ihm verloren zu haben, war unerträglich.

»Wovor hast du Angst, Eva?«, erkundigte er sich heiser.

Ich sah ihn an, sah die geschmolzene Hitze in seinen Augen.

*Ich habe Angst, dass du mich eines Tages hassen wirst.*

*Ich habe Angst, dass ich süchtig nach dir werde, und das darf nicht sein.*

*Ich habe Angst, dass ich dich nicht mehr loslassen werde, sobald ich erst einmal intim mit dir geworden bin.*

»Ich gehe nicht mit jedem ins Bett, besonders nicht mit meinem Stiefbruder.« Ich wollte ihn necken, doch meine Stimme brach, weil meine Gefühle mich überwältigten.

Er nahm mein Kinn und hob es an. »Das Letzte, was ich für dich empfinde, ist brüderliche Zuneigung«, stieß er wütend hervor. »Ich sehne mich so sehr danach, dich zu ficken, dass ich kaum Luft bekomme. Und *du* sehnst dich so sehr danach, von *mir* gefickt zu werden, dass du kaum Luft bekommst.«

Ich war ehrlich genug, um zuzugeben, dass ich das Gleiche wollte, doch es durfte nicht sein. »Bitte. Ich kenne dich kaum.« Ich war mir nicht sicher, ob ich ihn anbettelte, mich zu nehmen, oder ihn aufforderte, mich allein zu lassen.

Am Ende traf er die Entscheidung für mich. »Ich gehe. Aber während der nächsten Tage werden wir uns näher kennenlernen. Und ich garantiere dir, ich werde versuchen, dich nackt auszuziehen. Und ich werde erfolgreich sein.«

Ich erbebte bei der Vorstellung und beobachtete ihn. Jeder einzelne meiner Muskeln war vor unerfüllter Begierde angespannt. Als er begann, die Treppe hinunterzugehen, schloss ich hastig die Schlafzimmertür, bevor ich es mir anders überlegen konnte und ihn zurückrief.

# KAPITEL 5

# Trace

*B*umm!
*Bumm!*
*Bumm, bumm, bumm!*

»Sie macht mich vollkommen verrückt«, stieß ich hervor, während meine gepolsterten Handschuhe und meine nackten Füße befriedigt auf den schweren Sandsack einhämmerten, der vor mir hing.

Seit Jahren trainierte ich nun bereits für verschiedene Kampfsportarten, doch im Moment merkte ich davon nichts. Meine Technik ließ zu wünschen übrig und ich übte nicht wirklich. Ich nahm meine Handschuhe und zog mir eine kurze Ringerhose an. Ich hatte nicht daran gedacht, meine Hände zu umwickeln. Ich wollte einfach nur Dampf ablassen, ein Übermaß an sexueller Energie, die ich woanders nicht abreagieren zu können schien. In meinem Fall bedeutete das, ich musste auf irgendetwas einschlagen.

*Bumm, bumm, bumm!*

Ich schlug jetzt bereits seit mehr als fünfzehn Minuten mit aller Kraft auf diesen Sack ein.

Aber mein Schwanz war immer noch hart.

*Bumm!*

Ich atmete heftig und der Schweiß tropfte mir vom Gesicht und landete auf meinem schweißgebadeten Brustkorb, doch immer noch hatte ich mich nicht verausgabt. Ein Blick auf Eva in ihrem *fick-mich* Kleid und es war um mich geschehen gewesen.

Ich hatte es kaum geschafft, aus dem Zimmer herauszukommen, ohne den Saum ihres Kleides über ihren Hintern zu lüften und sie gegen die Wand zu ficken. Normalerweise tue ich genau das. Doch meine Empfindungen trotzten meinem gewöhnlichen Drang, als ich sie angesehen hatte.

Ich wollte sie, aber ich hatte auch das Gefühl, sie zu *brauchen*. Diese Art von Gefühlen war mir fremd und sie gefiel mir ganz und gar nicht.

Ich fickte.

Ich schickte nette Geschenke.

Und das war's.

Britney war die einzige Frau, mit der ich jemals eine monogame Beziehung geführt habe, und man sieht ja, was dabei herauskommt. Vor oder nach meiner Erfahrung mit meiner teuflischen Freundin habe ich niemals eine solche Beziehung unterhalten.

Seltsam, gegenüber Britney oder einer anderen Frau habe ich noch nie besitzergreifende Gefühle gehegt. Britney hatte ich einzig und allein die Treue versprochen, weil *sie* es so gewollt hatte. Und damals stand ich dem sehr gespalten gegenüber. Doch es hatte keine andere Frau gegeben, die ich ficken wollte, und es war in Ordnung, dass sie die einzige war. Schade nur, dass sie nicht ebenso empfunden hatte, obwohl sie diejenige gewesen war, die darauf bestanden hatte, mein Ein und Alles zu sein.

Jetzt wollte ich Eva aber nicht nur ficken, bis sie nicht mehr laufen konnte, sondern ich war außerdem zum ersten Mal in meinem Leben besitzergreifend.

»Mein Gott! Wie pathetisch ich bin!«, knurrte ich und schlug und trat wahllos auf den Sack vor mir ein. Schwer atmend hörte ich schließlich auf.

Während ich mich zur Dusche meines privaten Fitnessraums begab, streifte ich mir die Handschuhe ab. Ich wusste, dass Eva wahrscheinlich fertig war und oben auf mich wartete, damit ich sie zum Lebensmittelladen bringen würde.

Ich fühlte mich nur wenig besser, als ich mich angezogen hatte. Unter der Dusche hatte ich mich mit den verschiedensten Arten von Fantasien über Eva selbst zum Orgasmus gebracht.

Was zum Teufel geschah mit mir? Es gab eine Menge Frauen, die ich anrufen konnte, doch das war es nicht, was ich wollte, denn das würde mich nicht mehr befriedigen, als es meine eigene Hand gerade getan hatte.

Gekleidet in Jeans und Pullover stieg ich die Treppe hinauf, beinahe sicher, dass ich vollkommen den Verstand verlor.

Eva in hautengen Jeans und einem Pullover beim Einkaufen zu beobachten kam einem sexuellen Erlebnis gleich. Die Kleidungsstücke gehörten offenbar zu ihrer neuen Ausstattung, worauf das Markenlabel auf der rückwärtigen Hosentasche schließen ließ.

Sie hielt den Truthahn so ehrfürchtig in ihren Händen, als ob er etwas Kostbares wäre. Als sie das verdammte Vieh dann auch noch wie einen großen Preis streichelte, wäre ich beinahe gekommen, mitten in der Lebensmittelabteilung.

»Ist das der Richtige?«, fragte ich ungeduldig, denn ich wollte sie unbedingt von den Truthähnen loseisen.

Sie seufzte und ich hätte am liebsten dieses befriedigte Geräusch von ihren Lippen gesaugt.

»Der ist gut. Wir sind ja nur zu zweit. Selbst mit diesem hier werden wir noch tagelang die Reste essen müssen.« Sie drückte den riesigen Vogel an sich. Ich hatte keine Ahnung, wie man den richtigen Thanksgiving-Truthahn aussucht.

Sie wirkte glücklich und sah so wunderschön aus bei der Erledigung dieser schlichten Aufgabe, dass ich ihren Enthusiasmus am liebsten in eine Flasche abgefüllt hätte, um mich später daran zu berauschen.

Ich trat auf sie zu und versuchte, ihr den schweren Vogel aus der Hand zu nehmen, doch sie wehrte sich dagegen.

Ich bedeutete ihr, sich zu beeilen und den Truthahn in den Einkaufswagen zu legen. »Leg ihn dort rein!« *Und lass uns endlich hier verschwinden!*

Doch Eva warf ihn nicht einfach in den Wagen. Sie platzierte den Vogel vorsichtig in der Mitte des Einkaufswagens und ordnete die übrigen Einkäufe anders an, um ihm Platz zu machen. Dann liebkoste sie das plumpe Tier noch einmal. »Ich denke, das war's. Wir haben alles. Deine Schränke bergen eine Menge Lebensmittel. Nur ein paar Dinge fehlen, die wir für das Thanksgiving-Essen noch brauchen.«

Ich kochte niemals. Meine Angestellten wussten das. Meine Mahlzeiten ließ ich mir von außerhalb kommen oder ich wärmte sie auf. Bevor ich Eva getroffen hatte, hatte ich mich nie gefragt, wer für mich einkaufte oder wie das, was mir schmeckte, auf magische Weise in meinen Schränken auftauchte.

Ich war ihr nahe genug, um ihren köstlichen, berauschenden Duft wahrzunehmen, und als sie zu mir aufblickte und mich anlächelte, beschloss ich, diese Frau weiterhin glücklich zu machen, koste es, was es wolle.

*Mein.*

Ich spürte das Wort bis in meinen Unterleib hinunter. Eva wusste es zwar noch nicht, aber sie gehörte zu mir. Zumindest für eine Weile.

»Eva?«, kreischte plötzlich eine weibliche Stimme aus Richtung der anderen Seite der Abteilung.

Ich sah, wie Eva sich herumdrehte und ihr Lächeln breiter wurde.

»Isa!« Sie lief los, um der Frau auf halbem Weg entgegenzukommen. Die beiden Frauen prallten in einem wirren Durcheinander von Gliedmaßen aufeinander und umarmten sich glücklich.

»Wo hast du nur gesteckt? Ich habe mir solche Sorgen gemacht, als ich den Kontakt zu dir verloren habe.«

Nach dieser Bemerkung senkte die Frau ihre Stimme und ich schlenderte lässig näher an die beiden heran, um ihrer Unterhaltung zu lauschen.

Isa – was auch immer die Frau Eva bedeuten mochte – war absolut atemberaubend. Sie war ein wenig kleiner als Eva, aber ungefähr im gleichen Alter.

Eva drehte sich herum, um mich ihrer Freundin vorzustellen. »Isa, das ist Trace Walker, mein …« Sie schien nach Worten zu suchen.

»Verlobter«, schaltete ich mich ein und lächelte der hübschen dunkelhaarigen Frau neben Eva zu. Ich wollte auf keinen Fall, dass eine von Evas Freundinnen die Wahrheit erfuhr. Zum Teufel, nicht einmal mein eigener Bruder sollte sie kennen.

»Trace, das hier ist meine Freundin Isa Jones. Vor geraumer Zeit haben wir uns aus den Augen verloren. Sie verschwand einfach, nachdem sie geheiratet hatte.«

Isa schlug spielerisch auf Evas Arm. »Ich bin nicht verschwunden. Du bist umgezogen und ich wusste es nicht.« Sie streckte die Hand aus. »Nett, Sie kennenzulernen. Ich habe viele Presseberichte über Sie gelesen.«

Die Frau besaß einen kräftigen, selbstsicheren Händedruck und blickte mir direkt in die Augen. Das gefiel mir. Es überraschte mich nicht, dass sie bereits von mir gehört hatte. Es schien, als ob ich den Klatschspalten und Zeitschriften ein beständiges

Ziel bot. Ich hasste es zu wissen, dass der Name der Walkers etwas Anrüchiges an sich hatte und dass Menschen, die ich nicht kannte, meinen Namen kannten und über Informationen über mich verfügten, die ich allerdings selbst freigegeben hatte. Diese Seite der Wohlhabenheit hatte mich immer schon geärgert. Ich zog es vor, wenn mein privates Leben privat blieb, doch das war unmöglich zu erwarten. Mit den Jahren hatte ich akzeptiert, dass diese Schattenseite mit meinem Reichtum einherging. Mir blieb ohnehin keine Wahl. Ich war nun einmal mit dem sprichwörtlichen Silberlöffel im Mund geboren und da ich mich zu Tode arbeitete, vergrößerte sich mein Vermögen noch.

»Es ist mir ein Vergnügen.« Ich setzte ein charmantes Lächeln auf.

Isa trat zurück und erkundigte sich: »Wie lange seid ihr schon zusammen?«

Ich bemerkte ihren diskreten Blick auf Evas Ringfinger und wusste, *das* war eine Unterlassung, die ich umgehend berichtigen musste. Sie brauchte unbedingt einen Ring.

»Wir sind einander bereits seit Jahren ... verbunden«, antwortete Eva vorsichtig. »Aber wir haben uns gerade erst verlobt. Wir hatten noch nicht einmal Zeit, einen Ring zu besorgen.«

Eva war gut, so gut, dass sogar ich ihr beinahe geglaubt hätte. Es war ihr gelungen, die Wahrheit zu sagen, aber so verschwommen, dass niemand mehr dahinter vermutete.

*Wir sind einander seit Jahren ... verbunden? Technisch gesehen ist sie meine Stiefschwester, daher hat sie die Wahrheit gesagt.*

Ich fühlte mich schuldig wegen der entsetzlichen Umstände, in denen Eva hatte leben müssen. Ja, ich hatte nicht gewusst, dass ich eine Stiefschwester hatte, aber mir war auch niemals eingefallen, danach zu fragen. Soweit ich wusste, hatten auch meine Brüder keine Ahnung von Evas Existenz. Mein Vater hatte erwachsene Kinder und Evas Mutter war nicht so viel jünger gewesen als er. Sie hätte sehr wohl ein Kind geboren haben können.

Ich streckte die Hand aus und ergriff Evas. Ihre Finger fühlten sich an wie ein Eisberg.

»Frierst du?«, erkundigte ich mich.

Sie drückte meine Hand. »Nein. Es geht mir gut.«

Ich empfand es als natürlich, sie an meiner Seite zu halten. Ich fand zwar nicht mehr über Eva heraus, doch während der Unterhaltung stellte sich heraus, dass Isa mit einem Mann verheiratet war, den ich kannte und bewunderte, ein wohlhabendes technologisches Genie.

Isa umarmte Eva ein zweites Mal. »Bitte lass uns nicht den Kontakt verlieren. Ich habe dich vermisst und mich gefragt, was aus deinen Ausbildungsplänen geworden ist.«

Ich fragte mich, was Eva geplant hatte, doch ich fragte nicht weiter nach. Irgendwie hatte ich das Gefühl, dass es ihr unangenehm war, mit Isa darüber zu reden. Sie senkte den Kopf und sah ihrer Freundin nicht länger in die Augen. Ihr ganzer Körper drückte ihr Unbehagen aus.

»Haben Sie ein Handy?«, fragte ich Isa, um das Thema zu wechseln.

An dem Ausdruck von Evas Augen war leicht zu erkennen, dass sie Isa auch vermisst hatte, aber jetzt lediglich nicht über ihre Pläne reden wollte, wie auch immer die aussehen mochten.

Isa kramte in ihrer Handtasche und zog ihr Telefon hervor.

»Ich werde Evas neue Handynummer eingeben.« Ich kannte die Nummer bereits auswendig, was eigentlich normal für mich war, in diesem Fall aber auch etwas rührend. Von Natur aus besaß ich ein gutes Gedächtnis für Zahlen und konnte mich jederzeit an Telefonnummern erinnern, wenn sie wichtig für mich waren. Die Tatsache, dass mein Gehirn automatisch die Nummer von *Evas* Handy gespeichert hatte, das ich für sie besorgt hatte, war ziemlich traurig. Es gab nur wenige Telefonnummern, die ich als wichtig einstufte, und sie alle hatte ich bereits in mein Handy eingegeben, einschließlich Evas. Irgendwie fand ich es merkwürdig, dass ich gedacht hatte, die Nummer sei wichtig genug, um ihr in meinem ohnehin überlasteten Gehirn einen Platz einzuräumen.

Nachdem ich Evas Nummer eingetippt hatte, gab ich Isa das Handy zurück.

Die Frauen umarmten sich noch einmal und versprachen, sich anzurufen und Versäumtes aufzuholen.

»Sie war dir wichtig. Ist es immer noch«, vermutete ich, während wir zur Kasse gingen.

»Ja«, erwiderte Eva vorsichtig.

»Eine Freundin? Sie sieht älter aus als du.«

»Sie war Referendarin an meiner High School. Ich nehme an, dass sie mittlerweile Lehrerin ist. Als wir uns kennengelernt haben, legte sie gerade ihr Lehrerdiplom ab.« Sie machte eine Pause und fragte mich dann: »Seit wann besitze ich ein Handy?«

Ich ignorierte ihre Frage. Ich hatte ihr so viel gekauft, das sie bis jetzt noch nicht einmal gesehen hatte. »Wie kam es dazu, dass sie Jones geheiratet hat?« Eine Referendarin und ein Technikmogul sind eine interessante Kombination.

Eva zuckte mit den Schultern. »Sie war schon mit ihm zusammen gewesen, als wir uns kennengelernt haben. Daher weiß ich nicht, wie es dazu kam. Sie sieht jedenfalls glücklich aus.«

»Und worin bestanden deine Pläne?« Das interessierte mich tatsächlich am meisten und ich hob fragend eine Braue, als wir die Einkäufe auf das Fließband gelegt hatten. Sie schwieg.

»Manchmal funktionieren Pläne eben nicht«, antwortete sie schließlich barsch.

Irgendetwas stimmte nicht, ich konnte es spüren und es an dem Hauch von Traurigkeit in ihrer Stimme und der Art, wie sie sich verteidigte, erkennen.

»Du wirst es mir zu Hause erzählen.« Ich würde es irgendwie aus ihr herausbekommen. Ich würde all die Schatten aus ihrer Vergangenheit verbannen, denn sie ärgerten mich. Eva war der Typ Frau, der dazu gemacht war, glücklich zu sein, obwohl ihr die Möglichkeit dazu genommen worden war.

*Ihre egoistische Mutter, der Eva vollkommen egal war, hat sie zerstört.*
Je mehr ich darüber nachdachte, desto wütender wurde ich. Mein Vater hatte Erwartungen an all seine Söhne gehabt. Er war zwar ein gerissener Geschäftsmann und recht angsteinflößend gewesen, doch er hätte keinesfalls eine neue Tochter abgelehnt, wenn sich Evas Mutter dazu entschlossen hätte, sie mit in die Familie einzubringen.

Als wir das Geschäft verließen, blieb Eva still, und das steigerte meinen Zorn noch mehr. Ich musste wissen, warum sie vergessen worden war, als ihre Mutter nach Texas gezogen war, um meinen Vater zu heiraten. Verdammt, sie hatte noch nicht einmal auf Evas High School-Abschluss gewartet. Was war das für eine Mutter?

Mein Magen krampfte sich zusammen, als ich an Evas Wohnung und ihre Lebensumstände dachte. Zugegeben, ich wusste nichts über Karen Morales, doch jetzt würde ich mehr über sie herausfinden.

Ich legte sehr viel wert darauf, die Kontrolle über mich zu behalten, und langsam verlor ich sie vollkommen, wenn es um Eva ging. Ich musste herausfinden, was nicht stimmte, sodass ich das Problem würde beheben können. Wenn ich meinen Schwanz in ihr vergraben würde, bräuchte ich dringend ihre ganze Aufmerksamkeit.

Ich wollte keine Dankbarkeit.

Ich wollte nicht, dass sie glaubte, mir etwas schuldig zu sein.

Ich wollte ihr lediglich Vergnügen bereiten und all die Momente ihres Höhepunktes würden mir gehören, nur mir.

Falls mich das zu einem egoistischen Hurensohn abstempelte, war es mir egal. Ich *würde* sie zu der Meinen machen.

Ich zweifelte nicht an meinem Sieg.

Ich gewinne immer.

# KAPITEL 6

## Eva

ährend ich eine Marinade vorbereitete und den Truthahn darin einlegte, lief mir bei dem Gedanken an das Festmahl des morgigen Thanksgivings das Wasser im Mund zusammen. Ich hatte schon so lange keine regelmäßigen Mahlzeiten mehr zu mir genommen, dass der Gedanke an ein großzügiges Mahl mir beinahe dekadent erschien.

Ich wusste, dass Trace auf mich wartete, um unsere Unterhaltung fortzuführen, die wir im Lebensmittelgeschäft abgebrochen hatten. Und jetzt, da der plumpe Vogel im Kühlschrank verstaut war, hatte ich eigentlich keinen Grund mehr, dem aus dem Weg zu gehen, außer der Tatsache, dass ich wirklich nicht über Isa oder meine Träume sprechen wollte, die ich kurz vor meinem High School-Abschluss gehegt hatte. Seitdem war viel Zeit vergangen und die Dinge hatten sich so sehr verändert, wie ich es mir nicht hätte träumen lassen ... und keineswegs zum Guten.

*Befreie dich davon! Lass los!*

Meine Vergangenheit konnte ich nicht mehr ändern, aber jetzt konnte ich meine Zukunft selbst bestimmen.

Ich wusch mir gerade meine Hände, etwas länger als nötig, als neben mir eine männliche Stimme ertönte. »Wein?«, fragte er und reichte mir ein hübsches Glas, das zur Hälfte mit Weißwein gefüllt war.

Da ich nicht viel Alkohol zu mir nahm, wusste ich nicht so recht, was für ein Getränk mir am besten schmeckte. Nichtsdestotrotz konnte ich einen Drink gebrauchen. Mir fiel auf, dass Trace ein schmales Glas in der Hand hielt, das etwas Stärkeres zu enthalten schien als den Wein, den er mir gereicht hatte.

»Danke«, erwiderte ich und nippte an der bleichen Flüssigkeit. »Er schmeckt mir.«

»Ich wusste nicht, was du bevorzugst.«

Ich lächelte ihn schwach an. »Dann sind wir schon zwei. Ich weiß es selbst nicht. Ich trinke nicht oft Alkohol.«

»Komm, setzen wir uns. Bist du fertig?«

Eigentlich hätte ich ihm am liebsten geantwortet, dass ich noch eine Menge Dinge in der Küche zu erledigen hätte, doch aus irgendeinem Grund konnte ich ihn nicht belügen. »Ja.«

Er deutete mit dem Kopf in Richtung des Wohnzimmers und ich folgte ihm. Er hatte das riesige Gasfeuer entzündet und der Raum wirkte sehr einladend. Ich hatte entdeckt, dass Trace zwar auf Qualität Wert legte, aber seinen Reichtum trotz alledem nicht gern offen zur Schau stellte. Der Raum war in neutralen Farben gehalten, das Leder der Sitzmöbel butterweich und insgesamt wirkte alles sehr behaglich.

Ich nahm in einem der Ledersessel Platz und er ließ sich mit seiner großen Gestalt auf dem passenden Sofa mir gegenüber nieder.

Er trug immer noch die eng anliegende schwarze Jeans und einen grünen Pullover, der die Farbe seiner Augen widerspiegelte. Mein Gott, er war hinreißend. Seine kurzen Haare waren leicht zerzaust und reizten mich beinahe, sie zu … berühren.

Gott sei Dank saß er zumindest so weit von mir entfernt, dass ich seinen einzigartigen männlichen Duft nicht wahrnehmen konnte. Doch die geringe Distanz nützte mir auch nicht viel. Ich wurde immer noch von dem Verlangen beherrscht, ihn nackt ausziehen, an ihm hinaufklettern und ihn anflehen zu wollen, mich zu ficken.

»Jetzt erzähl es mir, Eva! Was hattest du für Pläne nach deinem High School-Abschluss?«

Sein Bariton klang voll und weich und umhüllte mich wie Samt.

Ich trank einen Schluck von meinem Wein, denn ich wusste, jetzt würde ich etwas aus meiner Vergangenheit preisgeben müssen. »Als ich sechzehn Jahre alt war, bekam ich einen Job in einem Restaurant. Ich war in der Küche beschäftigt und lernte eine Menge. Ich beschloss, den Beruf der Kochkunst zu erlernen. Isa half mir, eine Lehrstelle zu bekommen. Ich hätte gleichzeitig lernen und arbeiten können. Sie hat eine Menge für mich getan, zum Beispiel hat sie mir geholfen, finanzielle Unterstützung zu bekommen und mich für ein Stipendium zu bewerben. Doch schon bald nach meinem High School-Abschluss veränderte sich alles.«

*Bitte, stell keine weiteren Fragen mehr!* Ich hatte ihm alles erzählt, was ich preisgeben wollte.

»Was hat sich verändert?«

Ich zuckte mit den Schultern. »Meine Mutter hat mich verlassen und ich hatte Rechnungen zu bezahlen.«

»Ihre Rechnungen?«

»Die Miete war überfällig und ich stand kurz vor der Räumung. Zu jener Zeit hatte ich keine Ahnung, wohin sie gegangen war. Ich musste jeden Cent, den ich gespart hatte, opfern, um ein Dach über dem Kopf zu behalten.«

Er runzelte die Stirn. »Warum hat sie dir nichts gesagt, dich nicht mitgenommen? Mein Vater war zwar streng, aber er hätte dich Willkommen geheißen. Er hätte nicht gewollt, dass man

dich mit siebzehn allein zurückgelassen hat. Mein Gott! Sie hat
dich einfach verlassen.«

Sie hatte weit mehr als das getan, aber ich würde ihm
keinesfalls verraten, wie kaltherzig meine Mutter gewesen war.
Wozu wäre das gut gewesen? »Sie hasste meinen Vater und
verachtete mich. Ich erinnerte sie an jeden Fehler, den sie jemals
in ihrem Leben gemacht hatte. Und die Heirat mit meinem Vater
war einer ihrer größten Fehler gewesen. Das hat sie jedenfalls
behauptet. Ich glaube, sie musste meinen Vater heiraten, weil
er sie geschwängert hatte. Meine Großeltern hätten ihn ... oder
mich niemals akzeptiert.« Gott weiß, dass ich oft genug hatte
anhören müssen, das Leben meiner Mutter ruiniert zu haben –
ihr Mischlingskind, das ihre Eltern niemals aufgenommen hätten.

»Warum?«

»Er war Arbeiter und wir konnten uns kaum über Wasser
halten. Aber er hat uns immer ernährt und dafür gesorgt, dass
wir ein Dach über dem Kopf hatten.«

Trace sah mich scharf an. »Du hast ihn geliebt. Du vermisst
ihn.«

Ich nickte. »Jeden einzelnen Tag, seitdem er gestorben ist.
Ich liebte ihn und er liebte mich.« Seit dem Tag, an dem mein
Vater gestorben war, hatte ich keine elterliche Zuneigung mehr
gekannt, und ich glaube, ich werde sie immer vermissen.

»Ich habe Karen niemals richtig kennengelernt«, bemerkte
Trace zornig. »Keiner von uns hatte von dir gewusst, Eva. Sonst
hätten wir dich gesucht. Ehrlich, ich habe deine Mutter nur ein
einziges Mal gesehen und das war anlässlich ihrer Hochzeit. Wir
waren alle sehr überrascht, als wir erfahren hatten, dass mein
Vater heiraten wollte. Sebastian und ich waren auf dem College
und Dane bereitete sich auch darauf vor wegzugehen. Ich denke,
mein Vater hatte sich einsam gefühlt.«

»Warum hättet ihr euch verpflichtet fühlen sollen, mich zu
retten? Ihr seid nicht wirklich meine Familie.« Die Walkers hatten
keinen Grund, mir zu helfen. Zugegeben, ich hatte gegen jeden

namens Walker einen stillen Zorn gehegt, dabei traf sie genauso wenig Schuld wie mich.

»Weil keiner von uns so ist wie deine Mutter«, knurrte er, stellte sein Glas auf den Tisch und erhob sich.

Dann ergriff er meine Hand und zog mich zum Sofa, um sich mit mir darauf niederzulassen. Ich balancierte noch das Weinglas in meiner Hand und wehrte mich nicht, als er mich näher an sich heranzog. Ich wollte bei ihm sein, dann aber auch wieder nicht. Sein Duft umhüllte meine Sinne und seine Nähe ließ mich Dinge wünschen, die ich niemals würde haben können.

Ich seufzte, als er mein Weinglas nahm und es neben sein bereits geleertes stellte. Für einen Augenblick ließ ich mich in seine größeren Körperformen sinken und erlaubte mir zu glauben, dass er mir nach dem Verschwinden meiner Mutter geholfen und mich beschützt hätte.

Seine Arme schlossen sich fester um mich und ich bettete meinen Kopf auf seine Schulter. Aus meinen Augenwinkeln tropften Tränen, denn er fühlte sich so gut an. Schon seit so langer Zeit hatte mich niemand mehr gern gehabt.

»Ich danke dir. Es ist nicht dein Fehler, dass du es nicht gewusst hast.«

»Ich habe aber auch nicht gefragt und dafür hasse ich mich.«

Ich legte den Kopf in den Nacken und sah den stürmischen Ausdruck in seinen Augen. »Tu das nicht!«, erwiderte ich bestimmt und legte eine Hand auf sein Gesicht, wobei ich das Gefühl seines stoppligen Kinns unter meinen Fingern genoss. »Es ist nicht deine Schuld und ich bin jetzt in Sicherheit. Deinetwegen habe ich jetzt einen Job und eine Zukunft.«

»Du schuldest mir keine Dankbarkeit«, brummte er und drückte mich mit seinem Körpergewicht auf das Sofa hinunter.

Mein Kopf traf auf eines der Kissen und ich blickte in seine wilde Miene, nur Zentimeter von meinem Gesicht entfernt. »Ich *bin* dankbar. Wie könnte ich es nicht sein?« Höchstwahrscheinlich befände ich mich jetzt irgendwo in einem Obdachlosenheim, wenn ich ihn nicht in seinem Büro aufgesucht und um einen Job gebettelt hätte.

»Ich verdiene es nicht. Ich habe kein Mitleid mit dir. Ich will dich ficken.«

Ich wusste, dass es Schwierigkeiten hervorrufen würde, wenn ich meine Arme um seinen Hals schlang, trotzdem tat ich es. Feuer flackerte durch meinen Körper und fuhr mir direkt in den Unterleib. »Dann tu es, denn ich will auf keinen Fall, dass du Mitleid mit mir hast«, flüsterte ich, denn ich war es leid, gegen die ungezügelte Anziehungskraft zwischen uns anzukämpfen.

Die Zukunft spielte in diesem Moment keine Rolle mehr. Alles, was ich wollte, war Trace. Ich wusste, dass ich mich nur hier aufhielt, um einen Job auszuführen, doch niemals zuvor hatte ich solche Gefühle für einen Mann gehegt. *Carpe diem! Nutze den Tag!* Niemals hatte mir dieses Sprichwort mehr bedeutet als in diesem Augenblick. Ich wollte die Gelegenheit beim Schopf ergreifen und nicht an morgen denken.

Ich konnte noch etwas wie Befriedigung in seinen Augen aufflackern sehen, bevor er seinen Mund auf meinen herabsenkte. Dann verlor ich mich in einer Welt des wahnsinnigen Verlangens und unsere Münder und Zungen vereinigten sich in wirbelnder Verzweiflung und verrückter Begierde.

Er küsste mich, als ob er von einer wilden Raserei besessen wäre, die er nicht kontrollieren konnte. Er versuchte, sich nicht mit seinem ganzen Gewicht auf mich zu legen, was ich aber sehr begrüßt hätte. Ich wäre am liebsten in ihn hineingekrochen, um zu spüren, wie sich unsere Körper auf die primitivste Art vereinigten.

Ich konnte nicht genug von ihm bekommen und ein einziges Mal mit Trace würde mein Verlangen wahrscheinlich nicht befriedigen, doch daran dachte ich jetzt nicht. Ich konnte nur noch ... fühlen.

Ich keuchte, als er seinen Mund von meinem löste. Ich wollte protestieren, als er sein Gewicht von meinem Körper nahm, denn im selben Moment, in dem er sich von mir löste, wollte ich ihn wieder spüren.

Als ich mir die Lippen leckte, konnte ich noch seinen Kuss schmecken. Ich sah, dass er seinen Pullover über den Kopf zog und ihn zu Boden warf.

*Gütiger Himmel!* Er war perfekt. Jeder Muskel wirkte wie aus Stein gemeißelt. Sein Bizeps war angeschwollen, als er sich von seinem Pullover befreit hatte, und seine Bauchmuskeln waren so wohlgeformt, dass ich jeden prächtigen Muskel seines Bauches und Brustkorbs erkennen konnte. Weiche Haut war zur Schau gestellt worden und es juckte mich in den Fingern, sie zu berühren. Reflexartig streckte ich die Hand nach ihm aus. Ich sehnte mich verzweifelt danach zu fühlen, ob seine Haut so warm war, wie sie aussah. Und es verlangte mich danach, der feinen Spur dunkler Haare mit dem Finger zu folgen, die enttäuschenderweise unter dem Taillenbund seiner Jeans verschwand.

»Nein, Eva!«, brüllte er. »Wenn du mich berührst, verliere ich die Beherrschung.«

Aber genau das *wollte* ich doch. Ich *lebte* dafür, ihn die Kontrolle verlieren zu sehen.

»Ich will dich berühren.«

Er ignorierte mein Flehen und zog mich in eine sitzende Position, um mir den Pullover auszuziehen. Ich dankte Claudette insgeheim, als er den pinkfarbenen Spitzen-BH enthüllte und den Verschluss auf der Vorderseite wie ein Experte löste. Ich erschauerte, als kühle Luft über meine verhärteten Brustwarzen strich. Ich ließ ihn die seidene Unterwäsche langsam an meinen Armen hinunter streifen, bevor sie auf dem wachsenden Kleiderberg am Boden landete.

»Wunderschön«, stöhnte er und drückte mich auf das Kissen zurück.

Ich keuchte laut auf, als sein heißer Mund auf einen meiner empfindlichen Nippel traf und so heftig daran saugte, dass er zu einer superharten Spitze wurde. »Ja«, flüsterte ich, unfähig, meine Stimme zu erheben.

Dann nahm er meine andere Brustwarze zwischen seine Finger und drückte sie gerade so fest zusammen, dass sich mein Unterleib gewaltsam zusammenzog.

»Mein«, forderte Trace, als er seinen Kopf von meinen Brüsten hob.

In diesem Moment gehörte ihm mein Körper und er durfte alles tun, was er wollte, solange er die unerträgliche Begierde in mir befriedigte. »Ja«, stimmte ich deshalb zu.

Langsam erkundete sein Mund das Tal zwischen meinen Brüsten und seine Zunge suchte sich ihren Weg an meinem Bauch hinunter. Grob fuhr ich ihm mit den Händen durchs Haar und zog daran, frustriert über den Stoff zwischen uns, während sich meine Hüften ihm entgegen bogen, um dort mehr Reibung zu bekommen, wo ich sie brauchte.

Doch schon zerrten seine Hände an dem Reißverschluss meiner Jeans, als ob er sich verzweifelt danach sehnte, seine hungrigen Augen meinen nackten Körper sehen zu lassen.

Ich hob den Hintern ein wenig, als er an meiner Jeans zog und sie zusammen mit dem pinkfarbenen Höschen an meinen Beinen hinab streifte.

»Mein Gott, Eva! Du bist das Hübscheste, das ich jemals gesehen habe«, stieß er heiser und ehrerbietig hervor.

Ich hatte mich niemals für hübsch gehalten, im besten Falle für leidlich attraktiv. Doch für eine Sekunde, einen Augenblick erlaubte ich mir, ihm zu glauben. Ich versank in seinen wild blickenden, wunderschönen Augen und fühlte mich in ihnen gefangen. Mein Atem stockte und ich wünschte mir, niemals mehr freizukommen.

Ein Stöhnen entwich zwischen meinen Lippen, als er meine Beine weit auseinanderspreizte und eine meiner Waden auf die Sofalehne und die andere auf den Boden legte. Als ich vollkommen offen für ihn dalag, fuhr er mit seinen Fingern über die Lippen meiner Muschi.

»Du bist feucht«, raunte er.

»Ja.« Es war nicht zu leugnen. Die frische Feuchtigkeit auf seinen Fingerspitzen war der sichtbare Beweis, wie sehr ich ihn begehrte.

»Ich liebe es, dich so zu sehen. Du brauchst mich. Es steht in deinen Augen geschrieben.«

Dass er mich auch brauchte, war ebenso offensichtlich. Er brach den Augenkontakt und senkte den Blick auf die Stelle, an der seine Finger im Spiel beschäftigt waren.

»Ich brauche dich. Fick mich, Trace! Bitte!« Es kümmerte mich nicht, dass ich bettelte.

Seine Finger tauchten in meinen Schlitz und dann kreiste sein Daumen quälend um meine Klitoris.

»Das habe ich vor, Liebes. Aber ich werde süchtig danach, dein Gesicht zu beobachten. Ich will es sehen, wenn du kommst.«

Seine Worte entzündeten meinen Körper, als ob er ein menschlicher Feuerwerkskörper wäre. Von jedem Nervenende gingen zischend elektrische Wellen aus.

»Berühr mich!« Er musste aufhören, mich zu reizen.

»Ich kann noch etwas viel Besseres tun. Ich muss dich schmecken.«

Im selben Augenblick glitt er an mir hinunter und senkte seinen Mund auf meinen Unterleib hinab, sodass seine Zunge sich zu seinen neckenden Fingern gesellen konnte.

Unfähig, mich zu beherrschen, schrie ich seinen Namen, als sein räuberischer Mund in meine Muschi eindrang und gierig leckte und saugte, als ob er niemals aufhören wollte.

»Oh mein Gott! Oh mein Gott!«, wiederholte ich dasselbe Mantra immer und immer wieder, betäubt von dem sensationellen Gefühl, das sein mich einsaugender Mund und seine den Daumen ersetzende Zunge in mir auslöste.

Ich konnte den Klang meiner eigenen Feuchtigkeit hören, als er seine Lippen, seine Nase und seine Zunge in meinem Leib vergrub. Er kostete und neckte und schnippste dann mit der Zunge gegen das feine Nervenknötchen, das seine ganze Aufmerksamkeit brauchte. So trieb er meine Begierde bis zu einem Punkt, der an Wahnsinn grenzte.

»Trace! Oh Gott! Bitte! Lass mich kommen!« Ich zerrte an seinen Armen und presste sein Gesicht an meine Muschi, um ihm zu zeigen, wie verzweifelt ich bereits war.

Mein Körper spannte sich unerträglich an und mein Rücken bäumte sich auf.

Ich kam mit einem mitleiderregenden, lauten, unzusammenhängenden Stöhnen und brabbelte immer wieder vor mich hin, was für ein gutes Gefühl er mir gab. Wellen der Ekstase überwältigten meine Sinne und ich ließ mich von ihnen davontragen, während Trace vom Saft meines Orgasmus kostete, als ob er keinen Tropfen vergeuden dürfte.

Meine Finger krallten sich in seine Haare, während ich vollkommen hilflos den spastischen Zuckungen ausgeliefert war, mit denen sich mein Körper Erleichterung verschaffte, und Trace immer noch gierig aufleckte, was meine Muschi hinausspie.

Ich war zwar erleichtert, aber nicht gesättigt. Ich beobachtete, wie er sich erhob und seine Jeans und die kurze Unterhose auszog, sodass sein geschwollener Schwanz endlich in die Freiheit entlassen wurde.

Ich erschrak etwas und starrte ihn an, trotzdem wollte ich ihn unbedingt in mir haben. Danach verlangte mich mehr als nach irgendetwas anderem, das ich jemals begehrt hatte.

Trace kramte in seiner Brieftasche herum und zog ein Kondom heraus. In Rekordzeit hatte er es sich übergezogen.

Dann senkte er sich zwischen meine geöffneten Schenkel und küsste mich. Ich seufzte in seinen Mund, als unsere nackte Haut endlich aufeinandertraf und solch eine Nähe entstand, dass sich mein Körper von Neuem entflammte.

Ich schmeckte mich selbst auf seinen Lippen und das beflügelte mich. In diesem Augenblick gehörte er mir. Ich liebte es, dass mein Duft überall an ihm haftete.

Er löste seine Lippen von meinen und begann, mit geöffnetem Mund eine Spur von Küssen auf meinen Hals zu legen.

»Schling deine Beine um mich!«, verlangte er barsch.

Ich gehorchte. Ich genoss das Gefühl, ihn zwischen meinen Beinen gefangen zu halten.

Ich spürte, wie sein Schwanz sich Einlass erzwingen wollte, und zuckte zusammen, als er fester drückte.

»Verdammt! Du bist so eng wie eine Jungfrau, Eva«, stieß er verzweifelt mit rasselnder Stimme hervor.

»Trace, ich *bin* Jungfrau.« Wahrscheinlich hätte ich es ihm vorher sagen sollen, aber ich wollte nicht, dass er aufhörte.

»Mist! Warum hast du mir das nicht gesagt?« Seine Gesichtsausdruck war wild und sein Blick anklagend.

»Fick mich! Das ist egal.« Ich hob meine Hüften, um ihn zu drängen, sich in mir zu vergraben.

»Das ist keineswegs egal. Halt dich an mir fest! Ich kann nicht aufhören.«

Ich fuhr ihm bereits mit den Händen über seine feuchte Haut und liebkoste seinen Rücken. Doch jetzt hielt ich inne und ergriff seine Schultern. »Tu es! Bitte!«

Mit einem Stöhnen drängte er vorwärts und brach sich seinen Weg durch jegliche Hindernisse, die uns trennen konnten, und vergrub sich in mir. Der Schmerz ging vorüber und erschien gering im Vergleich zu dem Gefühl des Gefülltseins und der Befriedigung zu wissen, dass er mir nun so intim verbunden war. Zuerst widersetzten sich meine inneren Muskeln, doch dann gaben sie seinem Schwanz nach und entspannten sich, als sie ihn wie ein Handschuh liebevoll umhüllten.

»So eng. So feucht. So verdammt heiß«, sagte Trace heiser. »Ich werde dich niemals gehen lassen wollen.«

Ich wusste, er *würde* mich gehen lassen, doch darüber würde ich mir später Sorgen machen. Im Moment wollte ich lediglich meine erste leidenschaftliche Erfahrung mit Trace genießen. Er war der Mann, auf den ich gewartet hatte, um ihm meinen unschuldigen Körper hinzugeben, der Mann, der meine Begierde erweckte.»Fick. Mich!«

Er biss die Zähne zusammen und sein Kiefermuskel zuckte. Ich wusste, er versuchte, die Kontrolle wiederzuerlangen. Aber genau das wollte ich nicht. Ich klammerte mich mit meinen Beinen fester an ihn und rieb mich an ihm.

»Warte, Eva! Ich kann dich so nicht nehmen. Ich muss sanft vorgehen.«

»Scheiß auf sanft«, keuchte ich.»Ich brauche dich, Trace. Bitte!«

Meine Worte schienen ihn zu ermutigen und er zog sich beinahe vollkommen aus mir zurück, um dann erneut in mich hineinzustoßen.»Bei dir habe ich mich nicht unter Kontrolle«, knurrte er.

Er fickte mich heftig, dann noch heftiger, als ob sein Leben davon abhinge, mir seinen Schwanz zu schenken. Ich genoss den Schmerz und die Erprobung meiner Muskeln, die sich um ihn herum zusammenzogen.»Ja. Keine Kontrolle. Keine Gnade«, drängte ich ihn, denn ich wollte ihn so pur und ungezähmt, wie er nur sein konnte.

»Ich kann nicht warten«, stöhnte er gequält.

Er fuhr so fest und schnell in mich hinein und wieder hinaus, dass ich meine kurzen Nägel in die weiche Haut seines Rückens grub. Ich konnte spüren, dass mein Orgasmus sich aufbaute und gierig nach Erlösung strebte.»Warte nicht!«, bettelte ich. Ich musste ihn kommen sehen.

Überraschend glitt eine seiner Hände suchend zwischen unsere Körper. Ich explodierte, als er plötzlich seine Finger auf meine Klitoris presste und mich zu einem überwältigenden Höhepunkt zwang.

Hitze raste durch meinen Körper und die Wände meines Tunnels klammerten sich um seinen Schwanz, während ich auf den Wellen der Ekstase ritt, die sich durch meinen Körper wälzten.

Ich beobachtete sein Gesicht, als er kam, mit zurückgeworfenem Kopf und einem Stöhnen, das so natürlich wie der Atem seinen Lippen entschlüpfte. »Du fühlst dich so gut an, Eva. Ich will dich niemals verlassen.«

Ich wollte zwar nicht, dass er mich jemals verließ, doch ich wusste, ich lebte nur in diesem Moment. Es gab keinen anderen Mann, dem ich meinen Körper hätte schenken wollen, und meine erste Erfahrung war göttlich. Ich hatte nicht auf jemand Spezielles gewartet, sondern auf jemanden, der solche Empfindungen in mir weckte wie Trace.

Wir blieben miteinander vereint. Schwer lastete sein Körper auf mir, was mir willkommen war. So versuchten wir beide, in den Nachwehen meines ersten umwerfenden Orgasmus zu Atem zu kommen. Ich streichelte seinen feuchten Rücken und verlor das Gefühl für die Zeit. Mein Geist war noch benebelt, als er sich schließlich zu erheben begann und einen schnellen, aber leidenschaftlichen Kuss auf meinen Mund drückte, bevor er sich aus meinen Armen befreite.

Langsam glitt er von mir herunter und begab sich ins Badezimmer, wahrscheinlich, um das Kondom zu entsorgen.

Ich blieb liegen und beobachtete ihn, unfähig, mich zu bewegen, unfähig zu denken. Mein Geist hatte sich so verausgabt wie mein Körper.

Er hatte sich äußerst anmutig bewegt, ohne den Hauch von Scham. Er hatte ja auch keinen Grund, sich für seinen Körper zu schämen.

Nur Augenblicke später war er zurück und mein mühsam errungener gleichmäßiger Atem beschleunigte sich aufs Neue.

Er setzte sich und zog meinen entblößten, verwundbaren Körper auf seinen Schoß. »Erzähl es mir! Erklär mir, warum du mir deinen Körper geschenkt hast, obwohl du ihn keinem anderen Mann hast geben wollen!«

»Es gab keinen anderen Mann, dem ich mich hätte hingeben wollen«, erwiderte ich atemlos. »Das geschah aus keinem besonderen Grund, ich wollte nur niemals mit jemandem auf diese Art intim werden.«

Er zog ungläubig eine Braue in die Höhe. »Niemand in all diesen Jahren? Wo zur Hölle bist du gewesen?«

Ich nahm seine grübelnde Miene in mich auf und wusste, ich würde ihm die Wahrheit sagen müssen. Ich fühlte mich auf eine Weise verletzlich und nackt wie noch niemals zuvor.

»Eva?« Sein Blick war durchdringend, abwartend.

Er schien direkt bis hinab in meine Seele zu schauen und, Gott helfe mir, ich brachte es nicht fertig zu lügen. »Ich war im Gefängnis. Vor einem Jahr hatte ich meine Zeit abgesessen. Ich habe drei Jahre in einer Besserungsanstalt für Frauen verbracht. Es tut mir leid. Ich hätte es dir sagen müssen. Du hast gerade eine Verbrecherin gefickt.«

Ich hatte nicht daran gedacht, wie er sich fühlen würde, eine überführte Kriminelle gefickt zu haben. Ich hatte nur einen Moment lang einen Traum leben wollen.

Ich bemühte mich, von ihm abzurücken, als ich den geschockten Ausdruck auf seinem Gesicht sah und einen kurzen Anflug von etwas, das mir wie Ekel erschien.

*Ich bin eine Kriminelle. Was habe ich erwartet?*

Niemand würde über die Tatsache hinwegsehen, dass ich die meiste Zeit meines Erwachsenenlebens hinter Gittern verbracht hatte. Niemand hatte je darüber hinweggesehen.

Taumelnd stand ich auf, drehte mich herum und lief in mein Zimmer. Ich dachte nicht einmal daran, meine Kleider aufzusammeln. Mit zitternden Fingern schloss ich die Tür hinter mir, drehte mich herum und ließ mich an ihr hinabgleiten, bis mein nackter Hintern auf dem Teppich landete.

Dann und nur dann ließ ich dem Schmerz freien Lauf, den ich in mir verschlossen hatte, und schluchzte wie ein kleines Kind. Schützend schlang ich die Arme um meinen nackten Oberkörper und ließ der Sturzflut ihren Lauf.

# KAPITEL 7

## Eva

Als mich am nächsten Morgen der Umfang dessen, was ich am Abend zuvor gesagt und getan hatte, mit voller Wucht traf, war ich vollkommen am Boden zerstört.

Unruhig setzte ich mich im Bett auf und strich mir das widerspenstige Haar aus dem Gesicht.

»Oh mein Gott!«, stöhnte ich und fuhr mir mit der Hand übers Gesicht.

*Ich habe Trace von meiner Vergangenheit erzählt, direkt nach den umwerfendsten Momenten meines Lebens.*

Alles, was er mit mir und meinem Körper getan hatte, hatte sich so verdammt perfekt angefühlt, jede Minute unwirklich. Warum nur musste ich alles zerstören?

»Weil er etwas an sich hat, das mir nicht erlaubt, ihn anzulügen«, flüsterte ich vor mich hin.

Irgendwann während der Nacht hatte ich mich vom Boden erhoben, nackt wie ich war, und mir einen Schlafanzug angezogen. Die Tränen waren schließlich versiegt und die

Schluchzer verebbt. Ich fühlte mich ausgelaugter, wunder und verletzlicher als jemals zuvor in meinem ganzen Leben. Trace hatte nachts an die Tür geklopft, doch ich hatte meine schmerzerfüllten Schluchzer unterdrückt und keinen Laut von mir gegeben, während er im Flur gestanden hatte. Schließlich war er gegangen. Sicher hatte er angenommen, ich wäre eingeschlafen. Leider hatte ich nicht viel geschlafen und als er gegen die Tür gehämmert hatte, war ich vollkommen wach gewesen. Ich war nur zu ängstlich gewesen, ihn einzulassen.

Heute feiern wir Thanksgiving. Wie soll ich ihm nur gegenübertreten? Ich ließ mich auf den Rücken fallen und bedeckte mein Gesicht mit einem Kissen. Ich musste mich ihm stellen und mit der Tatsache leben, dass er meine Vergangenheit kannte und dass sie nicht gut aufgenommen hatte. Seine Stimme hatte ärgerlich geklungen, als er letzte Nacht an meiner Tür gestanden hatte. Und ehrlich, konnte ich ihm das übel nehmen? Ich war nicht aufrichtig zu ihm gewesen, bevor er mich berührt hatte, und er war unwissentlich mit einer Kriminellen intim geworden, mit jemandem, den er nicht einmal kennen, geschweige denn ficken sollte.

»Eva!«

Als ich seinen tiefen Bariton vor meiner Tür hörte, setzte ich mich blitzschnell im Bett auf. »Ich weiß, dass du da drin bist. Letzte Nacht bin ich gegangen, weil ich dir Zeit geben wollte, doch das werde ich nicht noch einmal tun. Entweder öffnest du die Tür oder ich trete sie ein.« Seine Fäuste trommelten heftig gegen die schwere Holztür.

Resigniert stieg ich aus dem Bett, ging zur Tür, entriegelte sie und drehte mich auf dem Absatz herum, um mich aufs Bett zu setzen.

Sogleich betrat er mein Zimmer. Gewiss hatte er gelauscht, um das Klicken des Riegels zu hören. Natürlich hatte ich sie geöffnet, denn erstens würde ich ihn auf keinen Fall eine solch wunderbar polierte hölzerne Tür zerstören lassen und zweitens konnte ich nicht für immer vor der Wahrheit davonlaufen. Es gab keinen Weg, es noch länger hinauszuschieben.

Ich senkte den Kopf und musterte den cremefarbenen Teppich, denn ich wollte den Blickkontakt mit ihm vermeiden. Mein widerspenstiges Haar verdeckte mein Gesicht. Ich wartete.

Und wartete.

Und dann wartete ich noch länger.

Jeder Muskel in meinem Körper war angespannt. Ich wusste, er hielt sich im Zimmer auf. Ich hatte ihn nicht nur hereinkommen hören, sondern ich konnte ihn auch spüren. Trace Walker strahlte eine solch unwiderstehliche Energie ab, dass man ihn nicht ignorieren konnte, wenn er einen Raum betrat.

Gerade als ich aufgeben und meinen Kopf heben wollte, fand ich mich plötzlich auf meinem Rücken liegend wieder, von dem bedeutenden Gewicht seines Körpers niedergedrückt. »Was tust du?«, fragte ich mit zittriger Stimme, als er meine Hände über dem Kopf zusammenhielt.

»Mach das nicht noch einmal!«, verlangte er mit heiserer Stimme.

»Was?« Ich musste ihn ansehen, denn er wischte mir die Haare aus dem Gesicht.

»Weggehen«, knurrte er. »Vor mir davonlaufen. Tu das nicht noch einmal. Ich habe es gehasst.«

Mein Herz setzte aus, als ich in sein grimmiges Gesicht starrte. Er hatte dunkle Schatten unter den Augen und ich fragte mich, ob er überhaupt geschlafen hatte. »Du siehst müde aus.«

»Ich habe nicht viel geschlafen. Ich konnte nicht einschlafen, nachdem ich herausgefunden hatte, dass ich mit einer Jungfrau geschlafen habe, ohne es zu wissen. Und ich wusste, dass du geweint hast.«

*Woher wusste er das? Ich hatte doch versucht, keinen Laut von mir zu geben. Ich wollte auf keinen Fall, dass er Mitleid mit mir hatte.*

»Ich habe nicht geweint«, erklärte ich dickköpfig.

»Schwachsinn!« Er runzelte die Stirn und folgte mit dem Finger einer, wie ich glaubte, unsichtbaren Spur meiner Tränen. »Dein Make-up ist verschmiert.«

*Mist! Mist! Mist! Die verfluchte Claudette und ihre magische Mascara.*

Ich ahnte, dass die verräterische Spur meiner Tränen in einer schwarzen Linie von verschmiertem Make-up von meinen Wimpern bis hinunter auf meine Wangen führte. Ich würde von jetzt an auf Mascara verzichten.

»Ich habe geweint, also gut. Ich gebe es zu. Ich war sauer. Nicht der Rede wert.« Ich versuchte, den Strom von Tränen herunterzuspielen, den ich letzte Nacht geweint hatte und der meinen Kummer freigesetzt hatte, den ich jahrelang in mir verschlossen hatte.

Als ich bemerkte, wie seine Miene von Gereiztheit zu wildem Zorn wechselte, fragte ich mich, ob er vielleicht zur Gewalt neigte. Er war mir so beherrscht erschienen, sich seiner selbst so sicher. Dies war eine Seite an Trace Walker, die mich ein bisschen ängstigte.

»Es ist der Rede wert. Ich habe dir wehgetan. Es tut mir leid.« Sein Gesichtsausdruck war immer noch zornig, doch seine Augen spiegelten Reue.

»Du hast mir nicht wehgetan. Nicht wirklich.« Ich wehrte mich nicht gegen ihn. Sein Körper, der mich unter ihm gefangen hielt, war sonderbarerweise warm und tröstlich und sein Griff um meine Handgelenke war nur so fest wie nötig, um mich davon abzuhalten davonzulaufen ... wieder einmal.

Ich verdiente seine Gewissensbisse nicht. Ich hatte mich ihm freiwillig hingegeben, weil ich diese Erfahrung hatte machen wollen. Unbedingt. Ich wollte jemanden haben, an dem ich mich für eine Weile festklammern konnte. Ich wollte mich geliebt fühlen. Und vor allem wollte ich das Vergnügen genießen, das er mir schenken konnte.

»Warum, um Himmels willen, bist du dann auf diese Weise gegangen?«

Ich holte tief Luft. »Ich habe dir doch gesagt, dass ich eine ehemalige Strafgefangene bin. Du warst sauer, dass du mit mir geschlafen hast. Gib es zu!« Ich wollte es ihn zwar eigentlich nicht sagen hören, doch es *musste* sein. Meine Momente der Lust waren vorbei und es war an der Zeit, der Wahrheit ins Gesicht zu sehen.

»Ich war dir nicht böse. Ich war sauer auf mich selbst, Eva. Ich hätte es wissen müssen, hätte es merken müssen, dass du unerfahren warst. Doch ich habe nichts bemerkt. Ich wollte dich und darüber hinaus konnte ich keinen klaren Gedanken fassen. Ja, du hast mich überrascht. Ich war wütend, aber nicht auf dich.« Er machte eine Pause, bevor er hinzufügte: »Wer hat dir das eingebrockt? Deine Mutter, richtig?«

Ich starrte ihn an. »Du glaubst, dass ich unschuldig war?«

Er hob fragend eine Braue. »War es nicht so?«

»Doch.« Meine Brust schmerzte, als ich erkannte, dass er mich für unschuldig hielt an dem Verbrechen, für das ich ungerechterweise den Großteil meines Erwachsenendaseins vom Leben ausgeschlossen gewesen war.

Er zuckte mit den Schultern. »Ich glaube dir.«

Einfach so? So leicht? Er glaubte, dass ich unschuldig war? »Warum?«

Langsam lockerte er den Griff um meine Handgelenke, als ob er sich jetzt sicher war, dass ich nicht davonlaufen würde. »Weil du mir keinen Grund gegeben hast, dir nicht zu trauen. Du hast die meiste Zeit deines Lebens gearbeitet und du bist zu mir gekommen, um mich um einen Job anzubetteln, damit du überleben kannst. Du warst ehrlich, als du es nicht hättest sein müssen. Ich glaube nicht, dass du zu einem Verbrechen fähig bist, was auch immer man dir angelastet hat.«

Er half mir, mich hinzusetzen, stützte jedoch mit einer Hand weiterhin meinen Rücken.

»Du kennst mich kaum«, widersprach ich, verblüfft, dass er keine Zweifel zu hegen schien.

Niemand hatte mir je geglaubt, nicht einmal die Geschworenen.

»Was ist damals geschehen?«

Wieder traten mir die Tränen in die Augen und ich legte meine Hände aneinander, weil sie zitterten. Trace war der erste Mensch, der meine Schuld anzweifelte, und sein Vertrauen berührte meine Seele. »Ich verstehe nicht, warum du mir glaubst.«

»Glaub es einfach. Du musst nicht verstehen, warum. Erzähl mir nur, was geschehen ist, Eva.«

Seine Stimme klang jetzt beruhigend und ich spürte, dass ich mich endlich entspannte.

Eine seiner großen Hände kam auf mich zu und bedeckte meine ineinander verschlungenen Finger. »Hör auf, so unruhig zu sein! Wenn du nichts Schlechtes getan hast, hast du keinen Grund, dich schuldig zu fühlen.«

Es war nicht allein das Schuldgefühl, das mich nervös machte. Es war Trace. Er machte mich unruhig, aber nicht auf eine beängstigende Weise. »Niemand hat mir je geglaubt. Und ich spreche nicht gern darüber.«

Ich hasste es, mich daran zu erinnern, wie entsetzt ich gewesen war, wie sehr ich von einer Mutter betrogen worden war, der ich nichts bedeutet hatte. Sie hatte gewusst, was mir widerfahren war. Ich hatte sie angerufen und sie hatte bestritten, irgendetwas mit dem Verbrechen zu tun zu haben. Ich wusste jedoch, dass sie mich bewusst zurückgelassen hatte, damit man mich für den Diebstahl verantwortlich machte, sobald er entdeckt worden war.

Ich schluckte heftig. Ich wusste, ich schuldete ihm eine Erklärung. »Meine Mutter hat nie viel gearbeitet, doch eines Tages bekam sie eine vorübergehende Stelle als Assistentin und Gesellschafterin bei einer Mrs. Mitchell, kurz bevor sie deinen Vater kennengelernt hat. Tatsächlich war das nur möglich, *weil* sie für die Mitchells gearbeitet hat. Sie waren reich. Wahrscheinlich nicht so wohlhabend wie deine Familie, aber doch gut situiert.« Damit meinte ich, dass die Mitchells wahrscheinlich *nur* Millionen besaßen anstatt Milliarden. Trotzdem waren sie immer noch unglaublich reich.»Mrs. Mitchell hat deinen Vater auf einer Party meiner Mutter vorgestellt.«

Ich drehte den Kopf und sah, dass er nickte. Er schwieg jedoch und wartete, dass ich fortfuhr.

»Meine Mutter stahl ihrer Arbeitgeberin einigen sehr wertvollen Schmuck, kurz bevor ihr Beschäftigungsverhältnis endete, während einer Party anlässlich des Geburtstages ihres Sohnes. Ich war auch dort, denn ich arbeitete mit meiner Mutter zusammen – Mrs. Mitchell hatte mir als Aushilfe für diesen Abend ein anständiges Honorar angeboten. Ich arbeitete als Serviererin und Reinigungshilfe. Ich hatte nicht auf das zusätzliche Einkommen von diesem Abend verzichten können – eine Entscheidung, die ich am Ende bereut habe.«

»Wie kam es dazu, dass man dich beschuldigte?«, erkundigte sich Trace neugierig.

Ich zuckte mit den Schultern.»Meine Mutter ließ den Schmuck in unserer Wohnung zurück, als sie erkannte, dass dein Vater sie sehr bald heiraten würde. Sie wollte das Risiko nicht auf sich nehmen, mit der Beute geschnappt zu werden, daher ließ sie sie zurück, als sie nach Texas ging, um mit deinem Vater zusammen zu sein. Als Mrs. Mitchell Anzeige erstattete und die Ermittlungen begannen, war meine Mutter bereits weg. Der Schmuck wurde in unserer Wohnung gefunden und ich war die Einzige, die dort lebte.«

»Das reicht nicht –«

Ich unterbrach ihn, bevor er weitersprechen konnte.»Mrs. Mitchell hat geschworen, dass meine Mutter sie niemals bestehlen würde. Sie wusste, dass mein Vater meiner Mutter bereits die Ehe versprochen hatte und sie gegangen war, um in Texas ihr Glück zu finden.« Ich konnte einen gewissen bitteren Ton nicht vermeiden. »Ich glaube, Mrs. Mitchell wollte einfach nicht glauben, dass sie deinen Vater mit einer Diebin verkuppelt hatte, und außerdem wollte sie so etwas nicht an die Öffentlichkeit gelangen lassen. Es gab auch eine Videoaufzeichnung als Beweis.«

»Du wurdest auf einem Video aufgenommen?«

Ich schüttelte den Kopf. »Nicht ich. Es muss sich um meine Mutter gehandelt haben. An diesem Nachmittag begannen wir beide unsere Arbeit in den gleichen Uniformen, doch kurz nach unserer Ankunft in der Villa hat sie sich umgezogen, weil dein Vater als Gast erwartet wurde. Sie wollte nicht als eine der Angestellten betrachtet werden. Ich glaube kaum, dass die Mitchells sie jemals in der Uniform gesehen haben. Sie waren nicht anwesend, als wir mit den Vorbereitungen begonnen hatten.«

»Hat sie das mit Absicht getan?« Trace begann, ärgerlich zu werden.

»Wahrscheinlich.«

»Also hat sie geplant, die Schuld auf dich abzuwälzen?«

»Ich glaube nicht, dass sie wirklich damit gerechnet hatte, geschnappt zu werden. Sie hatte darauf verzichtet, die Gegenstände direkt zu verkaufen. Sie waren in ihrem Zimmer in der Wohnung versteckt. Sie hatte schon zuvor gestohlen. Kleinigkeiten. Laden- und Bagatelldiebstähle. Doch diesmal hatte sie sich an eine größere Sache herangewagt und ich glaube, sie hatte zu viel Angst, den Schmuck mitzunehmen, als sie nach Texas zu deinem Vater aufgebrochen war.«

»Warum zum Teufel haben sie deine Mutter auf dem Video für dich gehalten?«

»Niemand hat sich daran erinnern können, sie jemals in Uniform gesehen zu haben, und die Qualität der Aufzeichnung war schlecht. Sie konnten nur das ungefähre Gewicht, die Größe und die Haarfarbe der Person festlegen, die den Schmuck gestohlen hatte. Und diese Beschreibung passte auf ... mich. Aber auch auf meine Mutter. Wen, denkst du, haben sie verdächtigt, da ich doch im Besitz der Beute war und meine Mutter einen sehr reichen Mann heiraten würde?«

»Hast du deine Mutter zur Rede gestellt?«

Ich nickte. »Nur am Telefon. Sie schwor, nichts davon zu wissen. Dann sagte sie mir, ich müsste für meine Vergehen bezahlen und dass sie nie wieder mit mir sprechen wolle. Danach hat sie das Gespräch beendet.«

Mein Vergehen bestand nicht im Stehlen von Schmuck; ich hatte mich nur eines Verbrechens schuldig gemacht: geboren worden zu sein.

»Miststück!«, stieß Trace hervor.

Ich konnte ihm nicht widersprechen. Meine Mutter war der Teufel in Person. Doch das wusste ich bereits. »Die Geschworenen haben mich einstimmig verurteilt. Das Diebesgut wurde bei mir gefunden, ich war arm, ich war dort gewesen und hatte die Uniform getragen und außerdem passte die Beschreibung der Täterin aus dem Video auf mich. Ich wurde zu vier Jahren verurteilt. Nach drei Jahren wurde ich wegen guter Führung entlassen, stand jedoch noch einige Zeit unter Bewährung.«

»Mein Gott, Eva! Wie kann der Justiz ein solcher Fehler unterlaufen?« Seine Stimme drückte sein Erstaunen aus, doch hauptsächlich klang sie verärgert.

»Ich war zur falschen Zeit am falschen Ort.« Ich hatte mich mit meiner Vergangenheit abgefunden. Ich konnte an ihr oder meinem Schicksal nichts ändern. Ich konnte lediglich auf die Zukunft hoffen.

»Wie hast du es geschafft zu überleben?«

Ich wusste, was er meinte. Er wollte wissen, wie ich es ausgehalten hatte, im Gefängnis zu sitzen. »Zuerst war es sehr schwierig. Doch dann habe ich begonnen, in der Küche der Einrichtung zu arbeiten. Ich verhielt mich ruhig und vermied jeglichen Ärger. Wann immer ich an Bücher gelangen konnte, habe ich viel Zeit mit Lesen verbracht. So verging die Zeit.« Ich wollte nicht zugeben, dass mir jeder Moment im Gefängnis wie eine Ewigkeit erschienen war und dass meine Haltung, für mich zu bleiben, gegenüber den anderen Frauen Spannungen erzeugt hatte. Als ich endlich entlassen wurde, habe ich mir geschworen, niemals mehr ins Gefängnis zurückzukehren. Lieber wollte ich sterben.

»Und als du entlassen wurdest?«, wollte er wissen.

»Ich nahm jeden Job an, den ich ergattern konnte. In meinen Bewerbungen habe ich gelogen oder die Wahrheit etwas gebeugt. Viele meiner Anstellungen habe ich jedoch verloren, weil sie auf die ein oder andere Art herausfanden, dass ich im Gefängnis gesessen hatte. Wenn es möglich war, habe ich schwarzgearbeitet. Ich tat, was ich konnte, um zu überleben.«

Er packte meine Schulter und drehte mich zu sich herum. »Warum hast du nicht Kontakt zu uns aufgenommen, Eva? Mein Gott! Wir hätten dir geholfen.«

Ich sah ihm in die Augen und fragte ihn unverblümt: »Hättet ihr das? Hättet ihr das wirklich? Ihr *wusstet* nicht einmal, dass ihr eine Stiefschwester habt, und es wäre mir niemals in den Sinn gekommen, dass ihr mir tatsächlich glauben würdet. Niemand hat mir je Glauben geschenkt. Als meine Gerichtsverhandlung begann, waren meine Mutter und dein Vater bereits tot. Warum hättet ihr mir helfen sollen? Ich bin ein Niemand für jeden von euch und ihr wart mit eurer Trauer beschäftigt und hattet euren Vater verloren. Weißt du, wie viel Mühe es gekostet hat, nur in dein Büro zu gelangen, um mit dir zu reden? Wenn du mich nicht für jemand anderen gehalten hättest, hätte ich nicht einmal die Gelegenheit bekommen, mit dir zu sprechen.«

Er erhob sich und schob seine Hände in die Taschen seiner Jeans. »Es hätte einen Weg geben müssen, dich davor zu bewahren, für ein Verbrechen, das du nicht begangen hast, ins Gefängnis zu kommen.«

Ich musste lächeln, als ich seine Frustration sah, seinen Kummer über die Tatsache, dass der Justiz in meinem Fall ein Fehler unterlaufen war. »Du möchtest gern glauben, dass die Justiz unfehlbar ist. Ich hatte das auch glauben wollen.« Leider hatte ich lernen müssen, wie unberechenbar die Justiz wirklich sein konnte. »Meine Illusionen wurden in dem Moment zerschlagen, als das Urteil verlesen wurde.«

»Du warst erst siebzehn, richtig?«

»Ich war siebzehn, als der Schmuck gestohlen wurde, doch in meiner Wohnung wurde er einen Tag nach meinem achtzehnten Geburtstag gefunden. Nicht lange, nachdem ich festgenommen worden war, starben meine Mutter und dein Vater, also war ich auf mich allein gestellt. Ich wurde wie eine Erwachsene behandelt.«

»Fuck!« Trace fuhr sich frustriert mit der Hand durch seine Haare. So zerzaust wirkte er noch hinreißender. Mir war bewusst, dass er versuchte, eine Erklärung für die ungerechte Behandlung zu finden.

Doch auch er konnte nichts an der Vergangenheit ändern, obwohl er ein *Walker* war.

»Heute ist Thanksgiving. Ich werde mich umziehen und uns ein Festmahl zubereiten. Lass uns für eine Weile die Vergangenheit vergessen!«, schlug ich vor und stand auf, um mich zu duschen.

Obwohl es mich rührte, dass Trace mir vertraute, mangelte es mir immer noch an genügend Selbstvertrauen. Ich wollte nicht über meine Vergangenheit reden.

Doch Trace ergriff meinen Oberarm und drehte mich heftig zu sich herum. »Ich werde das niemals vergessen, Eva. Ich schwöre dir, ich werde dir nachträglich zu deinem Recht verhelfen!«

Als ich seine zornige Miene betrachtete, hätte ich ihm beinahe glauben können. Doch nach so vielen Jahren und so vielen Fehlern wusste ich, dass ich meiner Vergangenheit nicht davonlaufen konnte. »Es spielt keine Rolle mehr.«

Widerstrebend ließ er meinen Arm los. »Das spielt sehr wohl eine Rolle, verdammt«, knurrte er.

Ich lächelte ihn an und schüttelte ihn ab. Er konnte zwar meine Vergangenheit nicht ändern, aber ich wünschte, ihm verständlich machen zu können, wie viel sein Glauben an meine Unschuld mir bedeutete. Da ich das unmöglich in Worte fassen konnte, lächelte ich ihn an und machte mich auf den Weg ins Bad.

# KAPITEL 8

## Eva

»Das war unglaublich, Eva. Das Beste, das ich jemals gegessen habe«, bemerkte Trace ernst, während er an seinem Cappuccino nippte. Wir saßen gemütlich im Wohnzimmer beieinander.

Ich rieb mir den Bauch und wünschte, ich hätte mehr essen können. Das Thanksgiving-Essen war mir vorzüglich gelungen und das Beste, das ich jemals genossen hatte. Ich nahm an, dass das weniger meinen Kochkünsten als Traces sagenhafter Küche zu verdanken war. Sie bot jeglichen Komfort und die ausgefallenste Ausstattung, die ich je hatte benutzen dürfen. In solch einer Küche eine Mahlzeit zu verderben dürfte schwerfallen.

»Danke, dass ich die Küche benutzen durfte. Sie ist wunderbar.«

Er zog eine Braue in die Höhe, während er seine Tasse zum Mund hob. »Du sagst das so, als ob ich dir einen Gefallen getan hätte anstatt du mir.«

Er hatte mir *tatsächlich* einen Gefallen getan. Ich kochte für mein Leben gern und die Einrichtung seiner Küche war eines jeden Koches Traum. »Es hat mir Spaß gemacht.«

Es hatte mich äußerst erstaunt, als er die Küche aufgeräumt und den Tisch abgewischt hatte, während ich die Spülmaschine eingeräumt hatte. Die Aufgabe schien mir für ihn viel zu häuslich zu sein, doch ich mochte ihn um so mehr, weil es ihm nichts auszumachen schien, mir zu helfen, obwohl es sich um eine Arbeit handelte, an die er nicht gewöhnt war.

»Ich denke, du solltest den Job in einem der Resorts vergessen und stattdessen eine Gastronomieausbildung machen. Offensichtlich ist das deine Leidenschaft. Du solltest einen Beruf daraus machen«, schlug Trace vor, während er mich aufmerksam beobachtete.

»Das geht nicht. Ich brauche diesen Job, Trace.« Kochen war zwar meine Leidenschaft, doch ich war Realistin. Ich musste arbeiten, um mein Überleben zu sichern.

»Ich könnte dir helfen, das zu bekommen, was du hättest haben sollen, Eva. Das würde ich wirklich gern.«

Ich schüttelte den Kopf. »Nein. Du hast mir bereits genug geholfen.«

»Nichts, was ich tun könnte, wird ausreichen, um die Fehler der Vergangenheit wiedergutzumachen.«

»Dafür bist du nicht verantwortlich«, erklärte ich ruhig.

»Ich bin dein Stiefbruder«, wandte er ein.

Ich musste kichern. Wenn er die »du gehörst zu meiner Familie« Karte ausspielte, musste er verzweifelt sein. Normalerweise zog er es vor zu ignorieren, dass wir durch Einheirat miteinander verwandt waren.

*Wahrscheinlich, weil er mich erst am Abend zuvor gefickt hatte.*

»Was? Ich gehöre zu deiner Familie«, beharrte er stur.

»Es gibt keine Verbindung zwischen uns, Trace, und das weißt du auch. Du schuldest mir nichts und selbst, wenn es so wäre, hättest du mir schon einen großen Gefallen damit getan, mir Arbeit zu geben.«

Die Tatsache, dass meine Mutter seinen Vater geheiratet hatte, hatte absolut keine Bedeutung. Er hatte meine Mutter noch nicht einmal gekannt. Also konnte er über sie auch keine Verbindung ableiten. »Ich biete dir meine Hilfe nicht wegen unserer Verwandtschaft an, sondern weil du wahres Talent besitzt. Du solltest die Möglichkeit haben zu tun, was du möchtest.«

»Und du? Hattest du diese Möglichkeit?«, fragte ich zögernd. Trace war sehr jung gewesen, als sein Vater gestorben war, viel zu jung, um die Verantwortung für die Welt auf seinen Schultern zu tragen, so wie er es jetzt tat.

Er zuckte mit den Schultern. »Zum größten Teil. Ich habe immer gewusst, dass ich eines Tages den Platz meines Vaters einnehmen würde. Sebastian hat sich nicht für Geschäfte interessiert und Dane ist ein brillanter Künstler. Ich denke nicht, dass einer der beiden große Ambitionen hatte, Vaters Nachfolger zu werden.«

»Du hast dir niemals etwas anderes gewünscht?«

»Ich hatte es mir etwas anders vorgestellt. Ich wünschte, mein Vater hätte mich noch viel länger begleitet. Und ich wünschte, Dane hätte niemals diese Schmerzen erleiden müssen. Ich wünschte, ich hätte mehr Zeit gehabt, mein Diplom zu machen und meine Kenntnisse im Kampfsport zu verbessern. Im College hatte ich bereits einigen Erfolg, doch ich hatte mir ... mehr erhofft.«

»Du betreibst Kampfsport?« Also gut, vielleicht hätte mich das nicht überraschen sollen. Der Typ bewegte sich schnell wie ein Blitz und man sah ihm an, dass er trainierte.

»Nur als Hobby.«

»Hast du deinen Universitätsabschluss gemacht?«

»Natürlich. Es hat lediglich eine Weile gedauert, weil ich gleichzeitig Vaters Platz in der Firma einnehmen musste. Aber ich habe es durchgezogen.«

*Natürlich!*

Gab es etwas, das Trace Walker nicht schaffte?

Offensichtlich war das Einzige, das er nicht unter Kontrolle hatte, das Leben seiner Brüder.

»Also sind deine Brüder keine Teilhaber der Firma?« Ich war neugierig.

»Nein. Nur ich. Ich habe sie ausgezahlt, weil sie andere Pläne hatten. Beide sind unglaublich wohlhabend, doch sie sind keine Teilhaber des Walker-Konzerns mehr. Das wollten sie nicht.«

»Was wollen sie dann?« *Was willst du?*

»Ich denke, sie tun bereits, was sie wollen«, antwortete Trace sarkastisch. »Sebastian tut so wenig wie möglich, wenn es ums Arbeiten geht, und Dane lebt zurückgezogen auf seiner privaten Insel. Seine Werke sind gefragt, aber er erscheint niemals irgendwo persönlich.«

»Hat er so schwere Verletzungen?« Ich fragte mich, warum Dane sich so vollständig absonderte.

»Ich weiß es nicht. Er ist mein Bruder. Ich habe ihn niemals anders betrachtet als mit den Augen eines Bruders. Ich denke, dass ich seine Narben überhaupt nicht mehr wahrnehme.«

»Du machst dir Sorgen«, bemerkte ich.

»Ja«, gab Trace widerstrebend zu.

»Du bist für ihre derzeitige Situation nicht verantwortlich, ebenso wenig wie für das Flugzeugunglück.« Trace lud sich die Verantwortung für das Wohlergehen seiner Brüder auf, doch er musste loslassen. Seine Brüder waren immerhin erwachsen und mussten ihre eigenen Wege finden.

»Ich bin ihr älterer Bruder«, widersprach er schroff.

»Genau. Du bist nicht ihr Vater.« Er musste verstehen, dass seine Brüder ihn immer nur als älteren Bruder sehen würden, auch wenn er in der Firma die Rolle seines Vaters übernommen hatte. Am Ende würden sie es ihm vielleicht noch verübeln, dass er versuchte, ihr Leben zu organisieren.

Natürlich konnte ich als Außenstehende die Problematik gut überschauen. Doch ich wusste auch, dass es für Trace nicht einfach sein würde loszulassen. Er versuchte, sich so zu verhalten, als ob es ihn nicht kümmerte, doch das Gegenteil war der Fall: Er sorgte sich sehr. *Vielleicht viel zu sehr.* Das konnte ich natürlich leicht sagen, ich besaß ja keine Angehörigen mehr. Mein Herz schmerzte, wenn ich daran dachte, welches Leid diese Familie erlitten hatte. Und gemessen an dem, was der kleine Trace bis jetzt hatte verlauten lassen, war die Familie immer noch zerbrochen.

Für ein paar Minuten herrschte Schweigen. Trace schien in Gedanken verloren. Ich trank meinen Kaffee und stellte die leere Tasse vorsichtig auf den Beistelltisch. Auch er leerte kurz darauf seine Tasse und platzierte sie auf dem Tischchen vor ihm.

»Die Sache mit Britney habe ich gewiss zu verantworten«, gestand er mit gleichmütiger Miene. »Sie ist nur hinter Dane her, weil ich sie verlassen habe.«

»Sie ist eine falsche Schlange«, brummelte ich vor mich hin.

»Und es ist nicht deine Schuld, dass sie Dane aussaugt. Das ist allein ihr anzulasten.«

Mein Magen begann zu rumoren bei dem Gedanken, dass sich eine Frau einen Mann zum Opfer suchte, der so verletzlich war wie Dane.

»Bei dir hört sich alles so an, als trüge ich an nichts die Schuld.« Jetzt konnte ich einen gewissen Humor aus Traces Stimme heraushören.

»Ich bin mir sicher, dass du für vieles verantwortlich bist, doch bestimmt nicht für die Probleme deiner Brüder. Sie sind beide wohlhabende, erwachsene Männer, die sich aussuchen können, was sie mit ihrem Leben anfangen wollen.«

»Wofür trifft mich dann die Schuld?«, fragte er neckend.

*Du bist daran schuld, dass mir das Herz bricht, wenn ich an eine Familie denke, die ich noch nicht einmal kennengelernt habe. Du bist daran schuld, wenn ich mich darum sorge, ob es dir gut geht, obwohl ich die Walkers in der Vergangenheit gehasst habe. Du bist schuldig, Dinge mit mir gemacht zu haben, die Gefühle in mir hervorgerufen haben, die ich nicht gekannt habe. Und die mir mittlerweile den Verstand rauben.*

Ich holte tief Luft. »Ich denke, du bist unglaublich herrisch und du hasst es, wenn nicht alles nach deinen Wünschen läuft. Ich glaube, dass es dir deshalb so wichtig ist, die Kontrolle zu behalten, weil du deinem Vater nicht mehr ähneln würdest, falls du sie verlieren solltest. In deinen Augen wäre das beinahe unverzeihlich. Ich glaube, dass dir das Wohlergehen deiner Brüder mehr am Herzen liegt, als du zugeben willst. Und ich denke, dass du ein unglaublich großzügiger Mann bist, diesen Charakterzug aber vor anderen Menschen verbergen willst.«

»Ich denke, du bist verrückt.« Trace runzelte die Stirn.

Ich zog eine Braue in die Höhe, um seine Mimik zu imitieren, wenn er verärgert war. »Findest du?«

Er nickte knapp. »Ich bin ein Arschloch, weil ich es sein muss. Das Geschäftsleben macht dich zu einem Ekel.«

»Du bist so distanziert, weil du es sein *musst*. Denkst du, ich verstehe das nicht?« Ich hatte mich jahrelang distanziert verhalten, während ich immer dieselben Betonwände und Gitter angestarrt hatte. Ich hatte das analysiert. Offensichtlich hatte er das noch nicht. Für ihn schien die Distanzhaltung nicht frei gewählt zu sein. Es war die Art, wie er sein Leben meisterte, um sich zu schützen.

»Vielleicht verstehst du es wirklich«, gab er widerwillig zu. Dann stand er auf und reichte mir die Hand. »Komm mit mir!«

Ich wusste, dass er das Thema wechselte, weil er sich unbehaglich dabei fühlte, über sich selbst zu reden. Und ich ließ ihn von der Angel. Verflucht, auch ich wollte mich manchmal mit manchen Dingen nicht auseinandersetzen. Ich ließ mich von ihm hochziehen und folgte ihm in sein Heimbüro.

»Du hast dich nach dem Handy erkundigt. Ich habe einiges für dich bestellt, Dinge, von denen ich wusste, dass du sie brauchen würdest.«

*Und er hält sich für ein Arschloch?* Mir stockte der Atem, als er an seinem Ziel anlangte und auf einen Berg von Päckchen deutete, die die Hälfte des Fußbodens bedeckten. »Was hast du getan?«, fragte ich atemlos.

Er hatte mir doch bereits eine neue Garderobe besorgt, damit ich meine Rolle spielen konnte. Brauchte ich wirklich all dies auch noch?

»Dein neues Handy.« Er trennte das neueste Modell des iPhones vom Ladekabel und reichte es mir. »Ich denke, es ist alles installiert, was du brauchst.«

Automatisch nahm ich das Handy entgegen und starrte immer noch auf den Berg von Gegenständen, von denen er dachte, dass ich sie haben müsste.

Ein neuer Laptop.

Eine Digitalkamera.

Ein Kindle eBook-Reader?

Ich streckte die Hand aus und berührte das wunderbare Gerät, das mir etwas schenken würde, das ich unglaublich liebte: unbegrenzten Zugang zu Büchern.

»Ich habe mir gedacht, dass es dir gefallen wird. Ich habe ein Konto für dich eröffnet und es mit einem Guthaben aufgeladen. Du kannst so viele Bücher herunterladen, wie du willst.«

*Oh. Mein. Gott.* Er war zwar weit über das hinausgegangen, was ich wirklich brauchte, doch es rührte mich, dass er mir zugehört hatte, als ich erwähnt hatte, dass ich gern las. »Trace, ich brauche das nicht alles. Das geht weit über dringend Notwendiges hinaus.«

»Einige Frauen würden dem widersprechen«, erwiderte er trocken.

»Ich nicht. Ich weiß genau, was ich brauche, um zu überleben.« Ich griff nach einer anderen Schachtel. »Und was ist das?«

Er zuckte mit den Schultern. »Schmuck. Wenn wir als verlobt gelten, muss ich dir doch Schmuckstücke gegeben haben. Geschenke.«

Wie eine heiße Kartoffel ließ ich das Päckchen fallen. Der Gedanke an Schmuck traf mich wie ein Schlag. »Den will ich nicht.«

»Eva, nicht! Ich weiß, was du wegen deiner Vergangenheit empfindest, aber dies hier sind Geschenke.«

»Kein Schmuck!« Ich schüttelte den Kopf und zog mich von der Fülle an elektronischen Geräten, Schmuck und Geschenken zurück.

»Ja. Wenn wir zusammen wären, würde ich dich dazu bringen, jeden einzelnen Gegenstand anzunehmen, den ich dir geben wollte.« Er drehte sich herum und schritt zu seinem Schreibtisch hinüber. Dann brachte er mir eine Schatulle, die nicht neu zu sein schien. Er reichte sie mir. »Dein Verlobungsring.«

Ich schluckte heftig und versuchte, zu Atem zu kommen. Ich konnte keinen teuren Schmuck tragen. »Ich kann nicht.« Meine Stimme brach und Tränen traten mir in die Augen.

Doch Trace öffnete die mit schwarzem Samt bezogene Schachtel und nahm den Ring heraus. »Doch, du kannst.« Dann nahm er meine Hand und streifte mir langsam den Ring über den Finger. »Es ist notwendig.«

Als er fertig war, streckte ich die Hand aus und bemerkte, dass ich zitterte. Der Ring war verblüffend. Prinzess-Schliff und wahrscheinlich mehrere Karat. Er versprühte ein Feuer, das mich beinahe erblinden ließ. »Er ist wunderschön, aber so groß. Was ist, wenn ich ihn verliere?«

Mist, ich würde jeden einzelnen Tag sterben vor Angst mit diesem Felsbrocken an meinem Finger.

»Er hat meiner Mutter gehört, daher würde ich bevorzugen, dass du ihn nicht ablegst«, antwortete er heiser.

Ich starrte ihn an. »Oh mein Gott. Können wir nicht etwas anderes aussuchen?« Der gigantische Diamant besaß für ihn einen sentimentalen Wert und ich wollte nicht dafür verantwortlich sein, etwas zu verlieren, das seiner Mutter gehört hatte.

Er grinste mich an. »Nein. Ich bin der älteste Sohn. Von meiner Verlobten wird erwartet, ihn zu tragen, es sei denn, er würde dir nicht gefallen.«

»Er gefällt mir«, beeilte ich mich, ihm zu versichern. »Er ist wunderschön.« Ich sprach die Wahrheit. Der Ring war fantastisch, aber ich hatte Angst, ihn am Finger zu tragen. »Aber er bedeutet dir etwas und ich will nicht, dass ihm etwas zustößt.«

»Es wird ihm nichts geschehen. Und er steht dir gut. Er passt beinahe perfekt.«

Ja, das stimmte. Seine Mutter musste ungefähr die gleiche Ringgröße gehabt haben. »Darum geht es nicht.«

»Du musst den Ring tragen und ich hoffe, dass du die anderen Sachen auch tragen wirst, die ich für dich gekauft habe. Der Schmuck gehört dir. Ich habe ihn gekauft.«

Ich atmete tief durch, um meine Panik unter Kontrolle zu halten. Ich konnte nicht glauben, dass er einer Frau, die ihre Zeit für den Diebstahl von wertvollem Schmuck abgesessen hatte, ein unschätzbar wertvolles Erbstück und eine Menge weiterer teurer Schmuckstücke anvertraute. Was dachte er sich? Ja, er hatte gesagt, er glaube mir, doch ich hatte nicht verstanden, wie sehr ... bis jetzt.

*Trace glaubte wirklich, ich könnte niemals etwas stehlen.*

Er setzte sich auf einen braunen Lederstuhl neben den Stapel Geschenke, nahm meine Hand und zog mich auf seinen Schoß. Ich kämpfte um mein Gleichgewicht, doch schließlich fand ich die Balance mithilfe von Traces schützendem Griff um meine Taille und meinen Armen, die ich um seinen Hals schlang.

Von meinem erhöhten Sitz auf seinen Schenkeln blickte ich auf ihn hinab und seufzte, als ich seinen hungrigen Gesichtsausdruck gewahrte. »Ich weiß nicht, ob ich das kann.«

»Willst du dich vor unserer Abmachung drücken?«, knurrte er und festigte seinen Griff.

Ich schüttelte den Kopf. »Nein. Aber das alles verwirrt mich, Trace. Und aus den bekannten Gründen hasse ich Schmuck.«

»Das hier ist etwas anderes, Eva. Und ich liebe es, den Ring meiner Mutter an deinem Finger zu sehen.«

»Warum?«, fragte ich neugierig.

»Weil es bedeutet, das du fürs Erste zu mir gehörst.«

Mir blieb keine Zeit zu antworten, denn er legte mir eine Hand in den Nacken und zog meine Lippen nicht allzu sanft zu sich hinunter, um meinen Mund in Besitz zu nehmen.

# KAPITEL 9

# Trace

*I*m selben Moment, in dem ich den Ring an ihrem Finger sah, wusste ich, dass ich verloren war. Jede noch so wohlmeinende Absicht, meine Hände von Eva zu lassen, war vergessen.

Ja, ich wusste, ich sollte sie nicht wieder anrühren. Sie war noch Jungfrau gewesen und ich fühlte mich ziemlich schlecht wegen der Art, auf die ich sie genommen hatte. Doch das spielte keine Rolle mehr.

*Sie. Gehört. Mir!*

Meine Hand wanderte an ihr seidiges Haar und ich klammerte mich daran fest, um meine Beherrschung wiederzuerlangen. Als ich ihren Mund so gründlich wie möglich in Besitz nahm, verlangte mein Schwanz vehement, in ihr zu sein.

Mein Herz hämmerte fest und hart gegen die Wand meines Brustkorbs, als sie gegen meine Lippen stöhnte, was meinen Ohren wie Musik erschien.

Ich wollte sie unbedingt wieder ficken, aber dieses Mal langsam und behutsam, wie ich es schon beim ersten Mal hätte tun sollen. Das Problem bestand nur darin, dass ich mir nicht sicher war, ob ich bei Eva meine Beherrschung aufrechterhalten konnte. Ich wollte sie besitzen: ihr Herz, ihren Körper und ihre Seele. Ich wollte so tief in ihr sein und ihr so guttun, dass sie niemals mehr einen anderen Mann würde haben wollen.

Eigentlich war ich bereits verloren gewesen, als ich bemerkt hatte, dass sie Jungfrau war. Primitive Emotionen hatten mich überwältigt und meinen normalen Menschenverstand ausgeschaltet. Ich konnte nur noch daran denken, dass ich nicht wollte, dass sie außer mir jemals einen anderen Mann begehrte. Verflucht, wahrscheinlich hätte ich das Gleiche empfunden, auch wenn sie nicht unberührt gewesen wäre. Ich war einfach von ihr besessen.

Ich brach den Kuss ab und raunte gegen die weiche Haut ihres Halses: »Ich sollte das nicht mehr tun. Ich darf dich nicht mehr ficken.« Mein Gott, wie ich es hasste, wenn meine edlen, höheren Emotionen verhinderten, dass ich das bekam, was ich eigentlich wollte. Ich hätte es vorgezogen, meinen barbarischen Instinkten nachzugeben und mir zu nehmen, was ich haben wollte.

»Warum nicht?«

Die Enttäuschung in ihrer Stimme zerbrach mich beinahe. »Es wäre nicht fair dir gegenüber. Ich war ein geiler Mistkerl und hatte noch nicht einmal daran gedacht, dich zu fragen, ob du noch Jungfrau warst. Das erste Mal hätte anders für dich ablaufen sollen.«

*Es hätte mit einem Mann geschehen sollen, den du liebst und der besondere Gefühle in dir hervorgerufen hätte.*

Nach allem, was sie durchgemacht hatte, verdiente sie das und noch viel mehr.

»Es geschah *genau* auf die Art, wie ich es wollte. Niemand hat je in mir solche Gefühle geweckt wie du, Trace. Bitte, bereu es nicht!«, flehte sie mich an.

Aber genau das war ja das Problem. Ich bereute es tatsächlich *nicht*. Ich weidete mich an der Tatsache, dass ich der einzige Mann war, der je in ihr gewesen war. Und das weckte besitzergreifende

Gefühle in mir. Diese Empfindungen gefielen mir ganz und gar nicht, doch ich schien mich nicht stoppen zu können, wenn es um Eva ging. »Ich bereue es nicht«, gab ich widerstrebend zu. »Und es wird die Hölle werden, wenn wir im selben Bett schlafen müssen.«

»Warum müssen wir das tun?«, fragte sie verwirrt in einem Tonfall, der mich erkennen ließ, dass sie sexuell frustriert war. Sogleich überfiel mich der Wunsch, ihr Bedürfnis zu befriedigen.

»Du bist meine Verlobte. Glaubst du nicht, es würde ein wenig befremdend anmuten, wenn wir nicht zusammen schlafen?« Ich wusste, das wäre für meine Brüder ein riesengroßes Warnzeichen.

»Das nehme ich an«, flüsterte sie wehmütig.

»Wir werden das schaffen«, schloss ich abrupt und schob sie langsam von meinem Schoß, bevor ich meinen auf mich einströmenden Impulsen nachgeben konnte, dem Instinkt, sie noch einmal in Besitz zu nehmen.

Sie wand sich hin und her, als sie aufstand, und ich musste ein Stöhnen unterdrücken, als ihr köstlicher Hintern sich an meinem geschwollenen Schwanz rieb. Mein Gott! Es kostete mich all meine Kraft, sie nicht nackt auszuziehen und sie gleich hier auf dem Stuhl mit mir in den Himmel reiten zu lassen.

Während ich beobachtete, wie sie so hin und her zappelte, sich nervös durch die Haare fuhr und sich imaginäre Fussel von Jeans und Pullover strich, überkam mich plötzlich das Bedürfnis, sie zu beschützen. Eva hatte während ihres kurzen Lebens genug Leid erfahren und sie konnte weiteren Schmerz durch mich nicht gebrauchen.

»Lass uns einige dieser Sachen in dein Zimmer bringen«, schlug ich mit heiserer Stimme vor und erhob mich. Ich brauchte Ablenkung oder ich würde mich nicht beherrschen können.

»Es ist zu viel, Trace. Ich sehe ein, dass ich den Ring tragen muss, aber die anderen Sachen ...« Verzweifelt warf sie die Hände in die Luft.

Ich musste grinsen. Welche Frau weigerte sich, Geschenke anzunehmen?

*Nur Eva.*

Und sie wunderte sich, dass ich ihr vertraute? Zugegeben, ich folgte mehr meinem Bauchgefühl als dass ich Beweise hatte, doch ich hätte mein Leben darauf verwettet, dass sie sich die ihr angelasteten Verbrechen nicht hatte zu Schulden kommen lassen. Und mein Bauchgefühl hatte mich noch niemals getrogen. Leider konnte ich den Schmerz nicht ungeschehen machen, den sie in der Vergangenheit erlitten hatte. Doch ich würde ihr eine bessere Zukunft schenken, selbst wenn ich sie dazu zwingen musste.

Ich würde gewinnen.

Ich gewann immer.

»Entweder nimmst du die Sachen an oder du bist gefeuert.« Ich versuchte, meine Stimme fest klingen zu lassen.

Sie sah anbetungswürdig aus, als sie die Hände in die Hüften stemmte und stur ihr Kinn in die Höhe reckte. »Du würdest mich nicht feuern.«

Nein. Natürlich nicht. Es würde mich umbringen, nicht zu wissen, wo sie war und was sie tat. Doch das würde ich ihr nicht verraten. »Das käme auf einen Versuch an«, knurrte ich.

»Ich würde morgen gern einkaufen gehen und Weihnachtsgeschenke für deine Brüder kaufen. Kann ich einen deiner schicken Wagen ausleihen?«

Von mir aus konnte sie sich jeden Wagen ausleihen, der ihr gefiel. Es war allerdings meiner Aufmerksamkeit nicht entgangen, dass sie noch nicht zugestimmt hatte, meine Geschenke anzunehmen. Doch das würde sie noch tun. Mir war es recht, wenn sie tat, was auch immer ihr Spaß bereitete. Außer wenn es bedeutete, dass ich allein im Haus zurückbleiben würde. Diese Vorstellung gefiel mir keineswegs. Ich hatte geplant, morgens sehr früh ins Büro zu gehen und nachmittags zurückzukehren. Ich hatte die Nachforschungen bezüglich der Gründe für Evas Inhaftierung bereits ins Rollen gebracht und wollte mir auch die

Beweise anschauen. Ich würde alles tun, was in meiner Macht stand, um so schnell wie möglich wiedergutzumachen, was Eva angetan worden war.

»Ich werde dich begleiten«, erwiderte ich resigniert. »Ich habe auch noch keine Geschenke für meine Brüder besorgt.«

Mist! Ich hasste es, einkaufen zu gehen. Normalerweise überließ ich das meinen Angestellten.

»Wo ist dein Christbaum?«, erkundigte sich Eva und sah mich hoffnungsvoll an.

»Bis jetzt haben meine Angestellten ihn noch nicht aufgestellt.« Doch das würde noch geschehen, weil meine Familie zu Besuch kommen würde. Dies war eine jener Angelegenheiten, die für mich erledigt wurden, ohne dass ich darüber nachdenken musste.

Ihre entsetzte Miene amüsierte mich. »Du kannst deinen Baum doch nicht von den Angestellten schmücken lassen! Das sollte Tradition sein«, antwortete sie aufgeregt.

»Ich lebe allein. Das ist nicht wichtig für mich.« Meist feierte ich Weihnachten sogar ohne Baum.

»Doch, das ist wichtig. Ich hatte immer irgendeine Art von Christbaum, selbst wenn ich einen suchen musste, der ausgesondert worden war und den ich mit selbstgemachtem Schmuck dekoriert habe.«

Bei dem Gedanken an eine unmündige Eva, die so verdammt allein, hungrig und ängstlich war, drehte sich mir der Magen um. Wenn ihre Mutter nicht bereits tot gewesen wäre, hätte ich das Miststück am liebsten eigenhändig umgebracht. »Der Baum wird bald aufgestellt werden.«

»Oder wir suchen uns selbst einen aus und schmücken ihn auch selbst.«

Sie klang so hoffnungsvoll, dass ich weich wurde. Ich würde ihr alles geben, was sie brauchte, und noch viel mehr. »Wenn du es dir so sehr wünschst«, stimmte ich zu.

Nichts hatte sich jemals besser angefühlt als Eva, die sich mir an den Hals warf und sich mit ihrem ganzen, anschmiegsamen Körper an mich presste. Automatisch schlang ich meine Arme um sie, um ihr nach ihrem prekären Sprung gegen meinen viel härteren Körper Halt zu geben.

»Ich danke dir, Trace«, sagte sie unter Tränen. »Es wäre wunderbar, in diesem Haus einen Baum aufzustellen. Es wird wunderschön aussehen. Ich war schon lange nicht mehr in der Lage, einen normalen Baum zu schmücken, eigentlich seit Vaters Tod nicht mehr.«

Eine solch kleine Sache bereitete ihr ein solch großes Vergnügen. Es war beinahe beschämend, wie leicht ich sie glücklich machen konnte. Aber es war andererseits auch traurig. Wenn ein einfacher Weihnachtsbaum sie glücklich machen konnte, zeigte das auch, wie schwierig ihr Leben wirklich gewesen sein musste.

»Wir werden einen wahrhaft großen Baum besorgen«, knurrte ich und streichelte ihren Rücken. Ich hätte nicht sagen können, ob ich sie trösten oder meinen eigenen Ärger besänftigen wollte.

»Nicht alles Kostbare muss unbedingt groß sein.« Sie löste sich von mir und lächelte.

Ja, ich war ein Arschloch, aber ich konnte nicht widerstehen. Ich grinste sie an. »Manchmal ist es vergnüglicher, wenn etwas gerade groß genug ist.«

Sie verstand sofort, genau wie ich vermutet hatte. Sie gab mir einen Klaps auf den Arm und antwortete neckend, während sie die Augen verdrehte: »Perversling. Dreht sich bei dir alles nur um Sex?«

Zum Teufel, ja. Seitdem ich sie kennengelernt hatte. Mir war noch niemals eine Frau begegnet, die mich dazu brachte, den ganzen Tag mit einem Ständer rumzulaufen. Ja ... ich konnte nur noch daran denken, wieder in ihr zu sein. »Meistens, ja.«

Der Raum war erfüllt von Evas erheitertem Gelächter und ich spürte, wie mein Herz zu hüpfen begann. Mein Gott! Es gab nichts Besseres, als Eva so jung und sorglos zu erleben. Ich wünschte, ich könnte sie immer so zum Lachen bringen. Sie war jung, aber sie hatte in ihrem Leben bisher nichts zu lachen gehabt. Trotzdem konnte sie sich immer noch über Kleinigkeiten freuen, über die ich nicht einmal nachdachte.

»Bekommst du eine Zeitung geliefert?« In ihrer Stimme klang noch eine Spur des Lachens mit.

Ich zuckte mit den Schultern. »Wahrscheinlich.« Die Zeitung tauchte immer genau dann auf, wenn ich sie benötigte, daher nahm ich an, dass sie regelmäßig geliefert wurde.

»Du weißt es nicht?«

»Nein. Für gewöhnlich liegt sie morgens auf dem Tisch. Daher wird sie wahrscheinlich geliefert. Warum fragst du?«

Langsam löste sie sich von mir und mein Schwanz schrie protestierend auf.

»Black Friday-Angebote. Ich wollte mir die Werbeprospekte ansehen.«

»Wer geht denn am Black Friday einkaufen?« Natürlich hatte ich schon von den überragenden Sonderangeboten am Tag nach Thanksgiving gehört. Doch Schnäppchen waren es nicht wert, deswegen niedergetrampelt zu werden. Verflucht, ich untersagte sogar meinen Angestellten, für mich einkaufen zu gehen, bevor der Wahnsinn sich nicht beruhigt hatte.

»Ich«, antwortete sie ruhig. »Ich hatte noch nie viel Geld in meinem Leben. Ich möchte günstig Geschenke kaufen.«

Sie klang so ernst, dass ich nicht wagte, sie auszulachen. »Die Leute bringen sich gegenseitig um, um ein Schnäppchen zu ergattern.« Der Gedanke, sie könnte überrannt werden, gefiel mir gar nicht, und plötzlich war ich verdammt froh, sie zu begleiten.

»Man kann bei fast allem getötet werden«, spottete sie. »Es ist vielleicht ein bisschen verrückt, aber es könnte doch Spaß machen, morgen während all der Ausverkäufe einkaufen zu gehen.«

*Spaß? Ernsthaft?*

Mist! Wenn sie glaubte, sie würde morgen lächeln und lachen, dann würde ich gern mitgehen. Ich werde tatsächlich an dem denkbar verrücktesten Tag *einkaufen* gehen, nur um sie glücklich zu sehen. »Gut. Aber keine Jagd nach Superschnäppchen.«

Sie verbarg ihr Lächeln hinter ihrer Hand, aber ich wusste ohnehin, dass sie über mich lachte. Die kleine Hexe. War ihr bewusst, dass sie mich dazu brachte, Dinge zu tun, die ich normalerweise nicht tat, nur um zu sehen, wie sie sich wie jede andere Frau ihres Alters verhielt? Also gut, vielleicht nicht wie die Frauen aus meinem Bekanntenkreis, aber doch wahrscheinlich wie die Mehrheit der durchschnittlichen Frauen in den Zwanzigern. Ehrlich, ich glaubte nicht, dass sie auch nur ahnte, wie sehr ich mir wünschte, ihr Leben besser werden zu lassen. Eva war keineswegs der Typ Frau, der manipulierte oder nur an seinen Vorteil dachte. Sie freute sich einfach nur an alltäglichen Dingen, in deren Genuss sie nie gekommen war.

»Also gut. Nicht vor vier Uhr morgens«, stimmte sie zu. »Wie wäre es mit den Ausverkäufen um sechs oder sieben Uhr?«

Ich sah ihre flehentliche Miene und war besiegt. Ihre dunklen Augen waren zu ausdrucksvoll, zu aufgeregt. Ich verlor mich so leicht in ihrem hypnotisierenden Blick, dass es beinahe beängstigend war. »Acht Uhr.«

Mit diesem Kompromiss hoffte ich, den wahnsinnigen Rummel zu umgehen, der wahrscheinlich bereits in den Morgenstunden seinen Höhepunkt überschritten haben würde.

Niemand würde mich im Büro vermissen, denn alle Beschäftigten der Firma hatten einen Tag frei. Ich wäre morgen tatsächlich der Einzige dort gewesen und wahrscheinlich wäre es ein sehr produktiver Tag geworden. Doch plötzlich war mir das nicht mehr wichtig.

»Gut«, stimmte sie eilig zu. »Darf ich den Computer benutzen? Dann könnte ich mir die Angebote online ansehen.«

»Gewiss. Es ist dein Computer.« Sie würde ihn annehmen, ob sie nun wollte oder nicht.

»Ich meinte deinen Desktop.«

»Benutze deinen.« Ich wollte, dass sie sich daran gewöhnte, eigene Sachen zu besitzen.

»Ich habe keinen.«

Ich hob den neuen Laptop vom Boden auf und reichte ihn ihr. »Lass uns nach den Angeboten suchen!« Obwohl mir diese Worte fremd waren, kamen sie mir glatt über die Zunge. Niemals in meinem Leben hatte ich mich für Sonderangebote interessiert.

»Trace, ich kann das nicht alles annehmen –«

»Natürlich kannst du das«, unterbrach ich sie und wurde langsam ärgerlich.

»Ich verletze deine Gefühle«, stellte sie leise fest. »Bitte versteh mich doch! Ich bin nicht daran gewöhnt.«

»Dann gewöhne dich daran!«, erklärte ich mit fester Stimme, die ich für dickköpfige Menschen wie Eva reserviert hatte.

Ich versicherte mich, dass sie den Computer fest in ihren Händen hielt. Dann ließ ich meinen Höhlenmenscheninstinkten freien Lauf, hob sie hoch und trug sie aus dem Zimmer, bevor sie weiter protestieren konnte.

Ich würde gewinnen.

Ich gewinne immer.

# KAPITEL 10

## Eva

*D*ie folgenden Wochen, die ich allein mit Trace verbrachte, gehörten zu den besten meines Lebens. Der Weihnachtsbaum war wunderschön. Nachdem ich Trace erst einmal überzeugt hatte, einen richtigen Baum auszusuchen, besaßen wir nun eine wunderschöne abendliche Dekoration ... nachdem Trace herausgefunden hatte, wie man die Lichter befestigt. Dieser spezielle Prozess wurde von zahlreichen Flüchen begleitet, die mich zum Lachen brachten, während ich ihn dabei beobachtete, wie er mit den Lichterketten kämpfte. Es erstaunte mich immer noch, dass er noch niemals einen Baum selbst geschmückt hatte, noch nicht einmal als Kind.

Ich bekam ungehinderten Zugang zur Küche und Traces Personal brachte mir zuvorkommend alle Lebensmittel, die ich mir wünschte. Ein paar Mal hatte ich mir auch seinen Wagen ausgeliehen, um Besorgungen zu machen, und er hatte kein einziges Mal auch nur mit der Wimper gezuckt, als er mir die Schlüssel für eines seiner teuren Fahrzeuge ausgehändigt hatte. Ich wünschte, er hätte einen Chevy oder einen Ford in seiner Sammlung gehabt, ein Auto, das mich nicht zu einem nervösen

Wrack gemacht hätte. Leider war es dabei geblieben, dass ich einen Ferrari fuhr. Trace hatte erwähnt, er sei der am wenigsten teure Wagen der Sammlung, doch ich war zu gestresst, um nach seinem genauen Wert zu fragen. Ich war mir ziemlich sicher, dass ich es überhaupt nicht so genau wissen wollte.

Einige Tage bevor Dane mit der Hexe Britney eintreffen sollte, saß ich im Wohnzimmer und starrte auf den riesigen Weihnachtsbaum. Trace, auf dem Sofa, verschlang die glasierten Weihnachtskekse, die ich früher am Tag gebacken hatte, und nach dem ekstatischen Grunzen zu urteilen schmeckten sie ihm.

Ich machte uns beiden einen Kaffee zu den Keksen. Ich war mir sehr wohl bewusst, dass das Glück, das ich in den letzten paar Wochen gefunden hatte, sehr bald ein Ende haben würde. Sobald seine Brüder erst einmal hier eingetroffen wären, würde der aktive Teil meines Jobs beginnen. Sonderbarerweise würde es mir nicht schwerfallen vorzutäuschen, dass ich Trace gern hatte. Ehrlich, ich wurde langsam so süchtig nach ihm, dass es beinahe mitleiderregend war. Ich fühlte mich auf befremdende und mysteriöse Weise zu ihm hingezogen – die sexuelle Spannung zwischen uns war ständig präsent – aber ich ... mochte ihn auch. Ich liebte es, mit ihm zusammen zu sein. Er gab mir das Gefühl von Wichtigkeit, als ob ich etwas Besonderes wäre.

»Mein Gott, Eva! Verlass mich niemals! Das sind die besten Kekse, die ich je gegessen habe«, sagte er genießerisch, als er nach seiner Keksorgie nach Luft schnappte.

Ich lächelte ihn vom anderen Ende des Sofas über die Kaffeetasse in meiner Hand hinweg an. »Dasselbe hast du über die Karamellbonbons und die anderen Kekse auch gesagt.« Mein Gott, wie ich das an ihm liebte! Es gefiel mir, dass er niemals zögerte, mich für etwas zu loben, das ihm Freude bereitete. Er machte mir Komplimente, wie gut ich aussah, auch wenn ich salopp gekleidet war. Es verging keine einziger Tag, an dem mich Trace nicht ermutigte oder lobte, und ich war es nicht gewohnt,

Komplimente zu erhalten. Das wärmte mein Herz wie nichts anderes es möglicherweise gekonnt hätte.

Er nickte. »Die waren ja auch ganz hervorragend.«

Ich verdrehte zwar die Augen, doch insgeheim genoss ich seine Schmeicheleien. »Also, erzähl mir doch etwas über Dane. Er wird schon Montag hier eintreffen.« Es war bereits Freitagabend und ich wusste immer noch so wenig über seine Familie. Auch Sebastian würde nächste Woche ankommen und ich hatte das Gefühl, nicht die Einzelheiten zu kennen, über die eine Verlobte informiert sein sollte.

Trace hatte mir von kleinen Begebenheiten erzählt, Geschichten über ihn und seine Brüder aus ihrer Kindheit, doch mein Interesse galt den darauffolgenden Ereignissen bis heute.

»Er hätte seine Insel nie verlassen, wenn er damit durchgekommen wäre. Ich musste ihn überzeugen, dass er zu Weihnachten unbedingt hierherkommen muss.« Traces Stimme klang gleichmütig, doch ich konnte eine gewisse Traurigkeit heraushören, die er nicht verstecken konnte.

»Du hast gesagt, du würdest seine Narben nicht bemerken. Aber wie erscheinen sie einem Außenstehenden?« Ich machte mir zwar keine Sorgen wegen meiner möglichen Reaktion auf Danes Narben, denn ich hatte bereits eine Menge verunstalteter Menschen gesehen und bezweifelte, dass mich noch etwas schockieren konnte, doch ich wollte gern wissen, ob er beschämt und verspottet worden war.

»Ich nehme an, dass sie recht abstoßend wirken«, erwiderte Trace bekümmert. »Er musste sich mehr Operationen unterziehen, als ich zählen konnte, trotzdem sind die Narben noch sichtbar. Ein großer Prozentsatz seines Körpers war von Verbrennungen betroffen und außerdem waren viele seiner Gesichtsknochen gebrochen. Er ist jetzt geheilt, aber die Narben sind geblieben.«

»Spricht er darüber?«

Er schüttelte den Kopf. »Niemals.«

*Also gut. Merke dir: Erwähne auf keinen Fall den Unfall oder Danes Narben!* »Ich werde das Thema vermeiden. Worüber unterhält er sich denn gern?«

»Dane ist kein großer Redner, aber immer bereit zu einem Gespräch über jegliche Art von Kunst.«

»Ich kenne mich nicht gerade gut in der Welt der Kunst aus«, bemerkte ich nachdenklich.

»Das ist nicht so wichtig. Er kann sich natürlich auch über Politik unterhalten. Er ist in der Welt der Reichen und Oberflächlichen aufgewachsen.«

Trace lächelte mich an und ich erwiderte sein Lächeln. »Ich möchte lediglich eine Gesprächsbasis mit deinen Brüdern finden. Ich möchte, dass sie mich mögen.«

»Du musst lediglich du selbst bleiben und sie werden dich mögen«, brummelte Trace.

»Du meinst eine verurteilte Kriminelle, der eine höfliche Unterhaltung mit den Superreichen fremd ist?«

Trotz allem war ich eine Betrügerin. Trace und ich hatten uns auf die Geschichte geeinigt, dass wir uns auf einer Party kennengelernt hatten, bei der ich geholfen hatte, das Essen zu servieren. Der Rest hing ein wenig in der Schwebe.

»Du bist keine verurteilte Kriminelle«, knurrte er und setzte seine Tasse und den leeren Teller auf dem Kaffeetisch ab, um mich anzusehen.

»Dann ruf doch meine Akte auf!«, erwiderte ich verdrießlich.

»Okay«, stimmte er bereitwillig zu. »Ich werde es dich selbst tun lassen.«

Ich starrte ihn verwirrt an, doch dann sprang ich auf und folgte ihm in sein Büro.

Er bedeutete mir, mich in seinem riesigen Stuhl niederzulassen, und fummelte an dem Computer vor mir herum, während er mich zwischen seinen Armen gefangen hielt, die auf die Tastatur gerichtet waren.

Oh Gott, er roch so gut! Ich schloss meine Augen und atmete tief ein, in dem Bewusstsein, dass ich seinen männlichen Duft niemals vergessen würde. Ich konnte einen Hauch von Sandelholz ausmachen, doch der Rest roch unverkennbar allein nach ihm. Mir lief das Wasser im Mund zusammen, so sehr wünschte ich mir, ihn vollkommen in mich einzusaugen.

»Eva?«

Meine Augen öffneten sich und ich drehte mich zu ihm herum.

»Es tut mir leid. Meine Gedanken sind ... umhergeschweift.«

»Gib deine Daten ein. Dies ist unser Programm zur ersten Überprüfung des persönlichen Hintergrunds unserer Bewerber. Es durchsucht öffentlich zugängliche Dokumente. Wenn dies nichts ergibt, können wir noch eine gründlichere Prüfung durchführen. Falls du als Kriminelle registriert bist, werden wir es erfahren.«

Ich beäugte die winzigen Buchstaben auf dem Bildschirm und gab schnell die geforderten Daten ein.

»Starte das Programm!«, verlangte er.

Mit wild klopfendem Herzen drückte ich atemlos auf die Starttaste. Ich wusste, es würde auf dem Bildschirm erscheinen, und ich hasste es, mein Urteil geschrieben zu sehen. »Du weißt, dass es angezeigt werden wird.«

Er hüllte sich in Schweigen und konzentrierte sich auf den Bildschirm. Sobald der Bericht erschien, langte er an mir vorbei und drückte auf die Drucktaste. Dann nahm er das Schriftstück aus dem Drucker und überflog es hastig, bevor er es vor mich hinlegte. »Es ist sauber«, stellte er grinsend fest.

Mit schwitzenden Handflächen griff ich nach den Papieren und überflog die wenigen Seiten. All meine vergangenen Adressen waren aufgelistet sowie der Verlauf meines Arbeitslebens nach der High School.

*Ansonsten nichts.*

»Der Bericht ist nicht ausführlich genug«, wandte ich ein.

»Blödsinn. Er erfasst jede registrierte Verurteilung. Dein polizeiliches Führungszeugnis ist sauber.«

Ich schüttelte den Kopf und wunderte mich, warum es nicht erschien. »Das ist unmöglich.«

»Es taucht nicht auf, weil es gelöscht wurde.«

Ich wandte den Kopf und starrte ihn an. »Wie das?«

»Nachdem das Video genauer untersucht worden ist, hat sich herausgestellt, dass es deine Mutter zeigte und nicht dich. Die Aufzeichnung war von schlechter Qualität, aber ich verfüge über die Technologie, die aufgezeichneten Personen erkennbarer zu machen. Des Weiteren hatte ich ein Gespräch mit Mrs. Mitchell und eine Auseinandersetzung mit der Staatsanwaltschaft. Ich wusste, dass du einen längeren Prozess abgelehnt hättest, daher wurde das Urteil einfach aus deinen offiziellen Unterlagen ... gelöscht.«

Gelöscht? Wie konnten Jahre meines Erwachsenenlebens einfach verschwinden? »Du hast es getan.« Ich bezweifelte, dass die Staatsanwaltschaft meine Verurteilung so einfach aus meinen Papieren entfernt hätte.

»Spielt es eine Rolle, wie es geschah? Es ist weg.«

Nein, das war wirklich *nicht* wichtig. Ob Trace das Wunder nun selbst vollbracht hatte oder ob ihm dabei geholfen worden war, er hatte mich von der Vergangenheit befreit.

»Nein. Nein, es spielt keine Rolle.«

»Es wird nicht ungeschehen machen, was du erlitten hast, Eva. Aber es ist nur gerecht, dass du nicht mit einer Verurteilung in deinem Polizeibericht leben musst.«

»Ich bin frei«, murmelte ich verwundert vor mich hin. »Ich muss keine Angst mehr haben, wegen meiner kriminellen Vorgeschichte einen Job zu verlieren.«

»Nein. Ich verspreche dir, dass das Urteil niemals mehr in deinen Akten auftauchen wird.«

Tränen traten mir in die Augen und liefen mir die Wangen hinunter. Wie kann man einem Menschen für so etwas danken?

»Ich weiß nicht, was ich sagen soll. Ich weiß nicht, wie ich dir danken soll.«

»Du kannst beginnen, indem du das Thema nie mehr erwähnst und dich nicht mehr selbst runterziehst, weil du eine kriminelle Vergangenheit hast. Denn das stimmt nicht. Nicht mehr.«

Während ich ihn immer noch anblickte und auf das wilde grüne Licht in seinen Augen starrte, begann ich zu schluchzen. Es war keineswegs angenehm anzuhören. Meinem Mund entflohen gequälte Laute, die mich von all dem Schmerz und der Angst befreiten, die ich so lange in mir verschlossen hatte. Es war beinahe schmerzhaft, all dies loszulassen.

Trace schwieg. Er hob mich einfach aus dem Stuhl, trug mich ins Wohnzimmer zurück und erlaubte mir, mich von der traurigen Vergangenheit zu verabschieden.

All meine Ängste.

All der unerträgliche Schmerz.

Mein Gefühl, betrogen worden zu sein.

Mein Entsetzen, mich im Gefängnis wiedergefunden zu haben.

Mein tiefes Empfinden, allein zu sein.

Ich klammerte mich an ihn und all diese Gefühle wurden Vergangenheit, eine Vergangenheit, die meine Zukunft nicht mehr beeinflussen konnte.

»Ich kann nicht fassen, dass du das für mich getan hast«, jammerte ich an seiner Schulter.

»Glaub es! Ich würde es immer wieder tun, wenn es sein müsste.« Seine Arme schlossen sich fester um mich und er wiegte mich beruhigend hin und her.

»Ich danke dir. Allein hätte ich das nicht geschafft«, stieß ich hervor.

»Ich werde immer für dich da sein, Eva. Du bist nicht mehr allein«, erwiderte er heiser.

Trace konnte nicht wissen, dass er auch nie wieder allein sein würde. Er hatte mir einen Teil meiner Seele und meines Herzens gestohlen und ich wusste, dass ich ihn niemals mehr wiederbekommen würde.

An diesem Abend konnte ich nicht einschlafen. Ich war aufgestanden und in die Küche gegangen und hatte mir ein paar Kekse und ein Glas Milch geschnappt. Dann stand ich in der Küche und knabberte Kekse und konnte den unwirklichen Gedanken an meine nun makellose Vergangenheit nicht fassen.

Ich vermisste das Gefühl von Traces starken Armen um mich herum, seines kräftigen, harten Körpers, der mich beschützte. Er hatte mich, wie es mir schien, stundenlang in seinen Armen gehalten, bevor wir uns schließlich eine gute Nacht gewünscht hatten. Und nun war ich allein.

Ich wusste, dass ich mich daran gewöhnen musste, in Kürze wieder allein zu sein. Verstandesmäßig war mir das klar, aber die Sehnsucht meines Körpers und meiner Seele konnte ich nicht unterdrücken.

Ich verzehrte den letzten Keks und spülte mit der Milch nach, bevor ich die Tasse in die Spülmaschine stellte.

Ich entfernte das Ladekabel aus meinem Handy auf der Arbeitsplatte und suchte Isas Nummer. Anfang der Woche hatte ich ihr schließlich während eines langen Telefongesprächs die Wahrheit erzählt. Bis dahin hatte ich den Kontakt mit ihr gemieden, weil ich mich dafür geschämt hatte, dass sie alles für mich arrangiert hatte, damit ich die Gastronomieschule hätte besuchen können, und ich stattdessen im Gefängnis gelandet war. Meine Scham hatte mich davon abgehalten, sie früher anzurufen, doch Trace hatte mich gedrängt, sie zu kontaktieren. Seitdem er meine Verurteilung aus den Akten getilgt hatte, war meine Scham allmählich verflogen.

Isa hatte mich getröstet und ich hatte mit ihr über meine Unsicherheit reden können. Außerdem hatte sie mich gedrängt, meine Pläne bezüglich meiner Ausbildung wieder aufzugreifen, da Trace mir genügend Geld gegeben hatte. Ich wusste noch nicht genau, was ich tun würde, aber Isa hatte mir ihre Unterstützung angeboten. Schließlich hatten wir uns nach den Feiertagen zu einem Mittagessen verabredet.

Sie wusste alles, auch dass ich für Trace gewisse Gefühle hegte. Ich hatte zwar nicht zugegeben, dass ich mit ihm geschlafen hatte, doch sie hatte die Wahrheit erraten.

*Bist du wach?* Ich schickte ihr eine kurze Textnachricht. Es war bereits sehr spät, aber ich dachte mir, dass sie nicht antworten würde, falls sie schon eingeschlafen war.

Sekunden später klingelte mein Telefon.

»Ist alles in Ordnung?«, fragte Isa besorgt.

»Alles gut. Ich wollte dich nicht stören.«

»Das tust du nicht. Ich warte auf Robert. Es gab einen Notfall bei der Arbeit.«

Mir schwoll das Herz. Isa klang so unglaublich glücklich. »Du liebst ihn.«

»Von ganzem Herzen«, gab Isa froh zu. »Wie geht es Trace?«

»Es geht ihm gut. Er ist im Bett. Ich konnte nicht schlafen.«

Wir unterhielten uns eine Weile und erzählten uns gegenseitig, was sich in der vorherigen Woche ereignet hatte.

»Du hörst dich so an, als ob du verrückt nach Trace wärst.«

»Ich glaube, das stimmt.«

»Dann lass ihn nicht los, Eva«, sagte sie ernst.

»Das muss ich, Isa. Wir haben keine Zukunft und er will mich nicht für immer.«

Sie seufzte ins Telefon. »In manchen Fällen kann man nur von einem Tag zum anderen leben. Ich hatte auch nicht an eine gemeinsame Zukunft mit Robert geglaubt. Doch eines Tages haben wir erkannt, dass wir nicht getrennt sein wollen. Das ist nicht über Nacht geschehen. Manchmal musst du dafür offen sein, die Dinge natürlich wachsen zu lassen.«

Was Trace anbelangte, erschien mir alles bereits wie ein dichter Dschungel. »Er ist Milliardär und ich bin eine Frau, die im Gefängnis gesessen hat. Was wäre das für eine verrückte Kombination?«

»Robert ist reich und ich bin ein Mädchen von bescheidener Herkunft«, erinnerte Isa mich.

»Aber du hast dich verbessert –«

»Genau wie *du* es tun wirst. Sei geduldig, Eva! Gönn dir eine Pause. Trace wird glücklich sein, dich zu haben. Es gibt nicht viele Frauen, die nicht nur hinter seinem Geld her sind.«

»Sein Geld ist mir egal«, bestätigte ich. »Es geht mir allein um ... ihn.«

»Dann hol dir, was du willst! Gott weiß, stur genug bist du ja. Du hast deine Kindheit überlebt und hattest dann einen schlechten Start als Erwachsene. Du verdienst, eine Weile glücklich zu sein.«

Wir unterhielten uns noch ein wenig und festigten unseren Plan, uns nach den Feiertagen zu treffen. Nachdem wir unser Gespräch beendet hatten, dachte ich über unser Gespräch nach und fragte mich, ob ich etwas wagen und einfach nur für den Moment leben musste, um etwas zu ändern.

*Geh zu ihm! Gönn dir jedes Vergnügen, das du im Augenblick von ihm bekommen kannst! Genieß die Illusion, denn die Wirklichkeit wir dich allzu schnell einholen.*

Ich war keine Frau, die in den Tag hineinlebte. Doch einst hatte ich meine Zukunft sorgfältig geplant und keiner meiner Träume hatte sich verwirklicht. Vielleicht sollte ich lernen, im Augenblick zu leben und mir zu nehmen, was ich wollte.

Im Moment brauchte ich Trace.

Ich fragte mich, ob er mich immer noch begehrte, doch war ich mir ziemlich sicher, dass wir uns gleichermaßen voneinander angezogen fühlten. Jedes Mal, wenn wir zusammen waren, konnte man die Spannung zwischen uns spüren, und das merkten wir beide. Mein Körper schrie nach Befriedung und nur er konnte sie mir geben.

Leise schlich ich durch das Haus und fand im Dämmerlicht meinen Weg zu seinem Zimmer. Ein paar Nachtlichter waren eingeschaltet, doch ansonsten war das Haus dunkel.

»Ich weiß nicht, ob ich es tun kann«, flüsterte ich vor mich hin, als ich vor Traces Schlafzimmertür stand.

Oh ja, ich *konnte* es. Ich *wollte* es. Ich wollte Trace nahe sein und wenn ich ihm gegenüber mein Bedürfnis preisgeben musste, damit mein Wunsch in Erfüllung ging, dann war es mir egal.

Ich drückte die Türklinke nieder und stieß die Tür auf, erleichtert, dass sie nicht abgeschlossen war. Die Fensterläden standen auf und das Mondlicht erleuchtete seine schlafende Gestalt. Ich bewegte mich näher an das Bett heran.

Mein Gott, wie schön er war! Er lag auf dem Rücken, die Decke war bis zu seiner Taille hinuntergerutscht. Mein Unterleib zog sich heftig zusammen, als ich Traces wohlgeformten Oberkörper sah. Im Schlaf sah er entspannter aus, doch ebenso heiß wie immer. Eine Locke war ihm in die Stirn gefallen und ich musste meine Hände zu Fäusten ballen, um sie ihm nicht aus dem Gesicht zu wischen. Er wirkte wie eine perfekt modellierte Statue ohne einen einzigen Makel und mein Herz schlug mir bis zum Hals.

Ich wandte meinen Blick von ihm ab, unfähig, meine Begierde oder meine lüsternen Gedanken zu unterdrücken. Ich wollte Trace Walker auf eine verwirrende und sehr elementare Weise. Das konnte ich nicht leugnen. Verzweifelt wollte ich ihn berühren und mich von ihm auf die gleiche Art wie vor einigen Wochen in Besitz nehmen lassen.

Ohne nachzudenken schlüpfte ich neben ihn ins Bett.

»Eva?«

Ich musste antworten. »Ja.«

»Warum bist du hier? Stimmt etwas nicht?« Seine Stimme war tief, männlich und heiser vor Schlaf, doch seine Fürsorge war sogleich geweckt.

»Wir müssen bald zusammen in einem Bett schlafen. Ich dachte nur ...« Oh verdammt, ich wusste nicht, was ich dachte. Dann fühlte mein Körper sich gefangen, als er sagte: »Ich kann dich nicht in meinem Bett haben, ohne dich zu ficken, Eva. Das ist unmöglich.«

»Und ich kann nicht hier sein, ohne dich zu begehren«, gab ich mit zitternder Stimme zu.

Trace hatte sich auf mich gerollt und drückte mich mit seinem Körpergewicht nach unten. Seine Augen konnte ich nicht sehen, doch seine gequälte Miene konnte ich erkennen.

»Ich habe kein Recht, mit dir zusammen zu sein, Eva. Aber da du nun einmal hier bist, bezweifle ich, dass ich dich wegschicken kann. Ich begehre dich zu sehr.«

Es klang wie eine Drohung, doch ich fasste es so auf, wie es mir gefiel. Er begehrte mich und nur das war wichtig. »Ich will mit dir schlafen, Trace. Sonst wäre ich nicht hier.«

»Ich nehme nicht an, dass du verhütest.«

»Doch. Das tue ich tatsächlich. Seit meinem sechzehnten Lebensjahr.« Eine ungewollte Schwangerschaft konnte ich wirklich nicht gebrauchen und auch wenn ich jetzt behaglich lebte, hatte ich zuvor doch in einer rauen Umgebung gehaust. Ich hatte die Pille sowohl als Schutz gegen das Undenkbare als auch zur Stabilisierung meiner unregelmäßigen Periode erhalten.

»Gott! Ich hoffe, du vertraust mir und weißt, dass ich dich nicht ohne Kondom nehmen würde, außer du glaubst mir, dass ich getestet und gesund bin.«

»Ich glaube dir«, erwiderte ich atemlos. Ich vertraute ihm absolut und vollkommen.

»Gut. Ich habe nämlich keine Kondome hier. Ich hatte gedacht, wenn ich sie alle wegwerfen würde, käme ich nicht mehr in Versuchung, dich wieder zu ficken. Doch jetzt hast du Pech«, warnte er mich.

Ich lächelte in die Dunkelheit und schlang ihm meine Arme um den Hals. Mit den Fingern streichelte ich seinen Nacken. »Vielleicht wollte ich mein Schicksal herausfordern«, neckte ich ihn.

»Dann warst du erfolgreich.« Dann senkte er sich auf mich hinab und bedeckte meinen Mund mit seinem.

# KAPITEL 11

## Eva

*I*ch badete mich in Traces Geruch und dem Gefühl, ihm nahe zu sein. Ich hatte mir genommen, was ich wollte, und weigerte mich, mich schuldig zu fühlen. Ich wusste, ich würde es nicht bereuen, mit ihm geschlafen zu haben. Wenn ich es nicht gewollt hätte, wäre ich nicht hier gewesen. Zu lange war ich Jungfrau gewesen und ich war begierig auf die Höhenflüge, die nur Trace mir schenken konnte.

Unsere Zungen duellierten sich und schlangen sich umeinander. Ich konnte das schnelle Heben und Senken seines Brustkorbs spüren, da sein Körper auf meinem ruhte. Ich verfluchte das schlichte Baumwollnachthemd, das unsere Körper trennte, und wünschte, ich wäre nackt. Meine Brüste fühlten sich hart und empfindlich an und ich sehnte mich danach, Trace Haut an Haut zu spüren.

Sein wilder Mund verschlang mich und ich gab ihm genau das zurück, was er mir schenkte: Leidenschaft, Begierde und das unbeschreibliche Bedürfnis, unsere Körper zu vereinigen, um das schmerzende Verlangen meines Körpers und meiner Seele zu befriedigen.

Schließlich gab er meine Lippen frei und zog mit offenem Mund eine heiße Spur auf der empfindlichen Haut meines Halses hinunter.

Ich schob ihm meine Hüfte entgegen, spannte sie an und stöhnte: »Ich brauche dich, Trace. Fick mich!«

»Dieses Mal machen wir es langsamer, mein Herz«, verlangte er.

»Schnell. Fest. Und so tief, wie du kannst«, gab ich zurück, wohl wissend, was mein Körper verlangte.

»Nein. Letztes Mal bin ich nicht dazu gekommen, dich zu schmecken. Doch dieses Mal wird mir das gelingen, selbst wenn es mich umbringen sollte«, erwiderte er entschlossen mit seinem Mund an meinem Hals.

Ich wollte nicht geleckt werden. Ich wollte gefickt werden. Ich ließ meine Hand an seinem Rücken hinabgleiten und bemerkte, dass er vollkommen nackt war. Die Versuchung, ihn zu berühren, war zu groß, und ich zwang eine Hand zwischen unsere Körper. »Ich muss dich berühren.«

»Baby, das darfst du nicht«, befahl er. »Dann werde ich es nicht aushalten. Entspann dich, Eva! Lass mich dir zeigen, wie gut das sein kann.«

Ich seufzte und ließ meine widerspenstige Hand wieder seinen Rücken hinauf wandern. »Ich fühle mich aber nicht entspannt. Ich fühle mich begierig«, wimmerte ich.

»Ich weiß. Ich werde mich darum kümmern.«

»Wann?«, fragte ich fordernd.

Ich hörte, wie er leise lachte, als er mir das Nachthemd über den Kopf zog und mich so vollkommen entblößte, da ich kein Höschen trug. »Bald, meine süße Eva.« Er warf das Nachthemd auf den Boden.

Er leckte mit der Zunge über meine Haut und kostete sie, während er sich seinen Weg an meinem Körper hinab suchte. Als er eine meiner Brüste mit der Hand umfasste, stockte mir der Atem.

Ich stöhnte, als sein Daumen meine geschwollene Brustwarze liebkoste und gleichzeitig sein Mund über die andere fuhr. Mein

Körper pulsierte und seine Berührung entflammte mich. Ich bezweifelte, dass ich das überleben würde.

»Bitte, Trace! Ich brauche dich.«

»Ich brauche dich auch, Baby. Aber lass mich dich vorher befriedigen.«

Er bewegte sich weiter nach unten und seine Zunge glitt gemächlich in meinen Bauchnabel und zog dann eine flammende Spur über meinen Unterleib.

Meine Finger klammerten sich an das Bettlaken, als sein heißer Atem über meine Muschi strich.

»Gott! Ja.« Ich konnte die Worte kaum hervorbringen.

Er teilte meine Beine und spreizte sie weit auseinander. Dann nahm er ein Kissen, legte es mir unter den Hintern und brachte sein Gesicht auf gleiche Höhe mit dem Teil von mir, der am dringendsten nach seiner Aufmerksamkeit verlangte.

Dann verschlang er mich, ohne sich zu beeilen. Seine Zunge tauchte zwischen meine Falten und in meinen durchweichten Unterleib. Er kostete meine Säfte, als ob er nicht genug bekommen könnte.

»Trace! Oh mein Gott! Bitte!« Ich brauchte Erlösung. Heftig klammerte ich mich an das Laken, denn ich brauchte einen Halt, um nicht den Verstand zu verlieren.

Seine Zunge umkreiste mehrere Male neckend das pulsierende Nervenknötchen, bevor er meine angeschwollene Klitoris zwischen seine Zähne nahm und immer und immer wieder seine Zunge darüber schnellen ließ.

Ich schrie auf, als er seine andere Hand ins Spiel brachte, mit einem Finger in meinen Kanal eindrang und dann einen zweiten folgen ließ. Die Dehnung löste ein brennendes Gefühl aus, aber es tat nicht weh. Irgendwie fand er den empfindlichen Punkt in mir und liebkoste meinen G-Punkt mit jeder Bewegung seiner Finger.

Mein Rücken bog sich durch, denn mein Körper wurde von Empfindungen überwältigt, als er mich mit seinen Fingern fickte und meine Klitoris mit seiner wollüstigen Zunge reizte.

Mein Orgasmus begann im Bauch; die Muskeln zogen sich zusammen und entspannten sich wieder.

Ich brauchte ihn; ich brauchte das hier.

»Ja«, stöhnte ich laut auf, als mein sich aufbauender Orgasmus sich zu einem Strudel verblüffender Empfindungen entwickelte. Ich schloss die Augen und gab mich ganz meinen Gefühlen hin.

Trace hörte nicht auf. Er fickte mich noch fester mit seinen Fingern und stimulierte meine Klitoris mit einer Heftigkeit, die mich erstaunte.

»Trace!«, schrie ich auf, als mein Höhepunkt mich mit voller Wucht traf und meinen Körper durchschüttelte.

Als die Erlösung eintrat, erschauderte ich. Mein Rücken hob sich vom Bett ab, während Trace seinen Rhythmus beibehielt und mich dazu zwang, heftig zu kommen.

Ich keuchte, als der Orgasmus verebbte, und rang nach Atem, während Trace den Beweis meiner Befriedigung aufleckte, als ob er keinen Tropfen vergeuden wollte.

Es blieb mir keine Zeit, mich zu erholen. Er rollte uns herum und sogleich lag ich mit gespreizten Beinen auf ihm und presste meinen noch pochenden, feuchten Unterleib gegen seine durchtrainierten Bauchmuskeln.

»Nimm dir, was du willst, Eva!«, keuchte Trace. »Aber um Himmels willen, tu es jetzt!«

»Ich will dich.« Immer noch atmete ich heftig ein und aus, nicht etwa, weil ich mich noch nicht erholt hatte, sondern weil mein Verlangen, Trace in mir zu haben, mich beinahe verzehrte.

»Dann nimm mich! Ich kann nicht länger warten.«

Die wilde Begierde in seiner Stimme spornte mich an. Ich hatte keine Ahnung, was ich tun sollte, doch ich würde einen Weg finden. »Ich bin mir nicht sicher, was ich tun muss.« Nicht, dass ich ihn daran erinnern wollte, dass ich ziemlich unerfahren war, doch ich brauchte seine Mitwirkung.

Grob umfassten seine Hände meinen Hintern. »Führ mich in dich ein!«

Ich tat, was er verlangte, schlang meine Hand um seinen riesigen Schwanz und führte ihn in meine Muschi ein. Ich nahm meine Hand zurück, als er die Führung übernahm und mich mit seinen Händen auf meinen Pobacken zurechtrückte und mich dann auf sich hinabzog.

Die Dehnung meines Kanals löste überwältigende Gefühle in mir aus, als ich meinen Körper mit Traces Hilfe langsam auf ihn hinabsenkte. Als er mich vollkommen ausfüllte, schnappte ich nach Luft. »Ja!« Ich warf den Kopf zurück und ließ meine Hüften kreisen.

»Jetzt fick mich!«, forderte Trace mit rasselnder Stimme.

Ich begann, mich heftiger zu bewegen, während er mich mit festem Griff um meinen Hintern führte.

»Oh Gott!« Ich ließ meine Hüften rotieren und erkundete das Gefühl, ihn in dieser Position zu lieben. Ich gab mich ganz dem Vergnügen hin, dass unsere Körper vereinigt waren.

Ich verschmolz ganz mit ihm, als er mich festhielt und begann, immer und immer wieder in mich hineinzustoßen.

Jeder Stoß seiner Hüften nahm mich in Besitz und verschlang mich, bis ich an nichts anderes denken konnte als an die Stillung unseres Verlangens. Ich senkte meinen Oberkörper auf ihn hinab und ließ meine Haut an seiner entlanggleiten. Meine Brustwarzen waren hart und gespannt und ich sog scharf die Luft ein, als sie beinahe schmerzhaft stimuliert wurden, während sie über seinen feuchten Oberkörper glitten.

Ich stützte mich mit je einer Hand zu beiden Seiten seines Gesichts auf das Bett und blickte auf ihn hinab, während er seinen strafenden Rhythmus beibehielt und immer wieder in mich eindrang. Sein Gesicht sah angespannt aus. Seine Augen konnte ich nicht erkennen, doch ich wusste, sie spuckten Feuer.

»Du bist so verdammt eng«, knurrte er.

Wenn man in Betracht zog, dass ich beinahe noch Jungfrau war, schien das sehr wahrscheinlich.

»Tue ich dir weh?«, erkundigte er sich in scharfem, gequältem Tonfall.

»Nein. Es fühlt sich perfekt an.«

Ich senkte meinen Kopf und küsste ihn. Dabei konnte ich mich selbst auf seinen Lippen schmecken. Es war erotisch und sinnlich und jede Bewegung aus purer fleischlicher Lust geboren. Dann drängte sich seine Hand zwischen uns und seine Finger spielten mit meiner Klitoris. Sogleich spürte ich, wie ein weiterer Orgasmus sich in mir aufbaute, und ich fragte mich, ob ich den überleben würde. »Ich kann nicht. Nicht noch einmal.«

»Noch einmal«, beharrte er und stöhnte auf, als die pulsierenden Wände meines Kanals begannen, sich fest um seinen Schaft zu schließen. »Fuck! Eva!«

Zusammen erlebten wir unseren Höhepunkt und unsere Körper waren noch miteinander verbunden, als sich die Säfte seiner Erlösung in mich ergossen.

»So gut«, stieß Trace aus tiefster Kehle hervor.

Mein Herz und mein Körper wiederholten seine Worte, doch sprechen konnte ich nicht. Es spielte keine Rolle, dass Trace mich buchstäblich angeleitet hatte, und es war unwichtig, dass die Technik vielleicht nicht perfekt war. Wichtig war allein, dass das überwältigende Vergnügen, das mein Körper empfand, seinen Weg in mein Herz fand.

Ich ruhte mit meinem Gewicht auf Trace, beide rangen wir nach Atem. Tief in meinem Herzen wusste ich, dass ich in dem Augenblick, in dem ich in sein Bett gestiegen war, mein Schicksal besiegelt hatte, doch Trace zog mich so stark an, dass ich ihm nicht widerstehen konnte. Ich wollte mir einreden, nur für das Jetzt leben zu können, aber ich wusste, der morgige Tag würde kommen und ich würde für das, was wir getan hatten, mit einem gebrochenen Herzen zahlen müssen.

Ich war dabei, mich in Trace Walker zu verlieben.

Vielleicht war ich zuvor noch niemals verliebt gewesen, aber ich wusste, wie es sich anfühlen würde, *nicht* verliebt zu sein.

Und meine Gefühle für ihn unterschieden sich von allem, was ich jemals zuvor erfahren hatte. Er war für mich wie Kokain, eine Sucht, von der ich mich nicht befreien konnte, wenn ich die Gelegenheit bekam, ihn zu berühren.

Ich ließ meinen Kopf auf seiner feuchten Schulter ruhen und mein Körper bewegte sich im Rhythmus seiner tiefen Atemzüge.

»Ich sollte mich anders hinlegen.« Er würde viel besser atmen können, wenn ich mich von ihm lösen würde.

Seine Arme schlossen sich fester um mich, seine Umarmung wirkte wie ein Schraubstock. »Nein. Du bist genau dort, wo ich dich jetzt brauche«, widersprach er heiser.

Ich seufzte und ließ mich entspannt an seinen Körper sinken. Ich fühlte mich sicherer als jemals zuvor. Trace war zu einem stabilen Halt in meinem Leben geworden, ein Mann, der sich um mich sorgte. Ich hatte mich zwar noch nicht davon überzeugt, dass er mich liebte, doch seine besitzergreifende Umarmung zeigte deutlich, dass er mich begehrte, mich mochte. An diesen Gedanken klammerte ich mich und versuchte, nicht an den Tag zu denken, an dem ich ihn würde verlassen müssen.

Seine Lippen liebkosten sanft meine Stirn. »Hey, ist alles in Ordnung, mein Herz?«, fragte er schläfrig.

»Es geht mir gut«, versicherte ich ihm. Und das war keine Lüge. Ich fühlte mich glücklich und zufrieden, solange ich nicht an die Zukunft dachte ...

»Ich bedaure es nicht, dass du hier bei mir bist. Ich habe darauf gewartet, dass du zu mir kommst, Eva. Doch ich muss wissen, warum.«

Er erlaubte mir, mich von ihm herunterzurollen, hielt mich aber fest an seine Seite gedrückt, als er hinzufügte: »Verlass mich niemals!« Dann vergrub er sein Gesicht in meinen Haaren und hielt mich eng und besitzergreifend an sich gepresst.

Seine Stimme klang leicht verblüfft und verletzlich. Angesichts des Gedankens, dass Trace seine eigenen wunden Stellen besaß, zog sich mir das Herz zusammen. Jeder, den er liebte, war aus seinem Leben geschieden. Sein Vater, seine Mutter und auf gewisse Art auch seine Brüder. Dane hatte sich vom Leben zurückgezogen und Sebastian versuchte immer noch herauszufinden, wer er war, während Trace sich bemühte, ihn schneller erwachsen werden zu lassen, als Sebastian es wollte. In Wahrheit war Trace ebenso allein wie ich, obwohl er das nötige Geld besaß, um tun und lassen zu können, was ihm beliebte.

*Er ist nicht glücklich.*

Seit dem Moment, in dem wir uns kennengelernt hatten, hatte ich seine Energie und seine Ruhelosigkeit spüren können. Vielleicht weil ich nachempfinden konnte, wie er sich fühlen musste.

»Dies sollte eigentlich zeitlich begrenzt sein«, flüsterte ich vor mich hin, so leise, dass er mich nicht verstehen konnte. Trotzdem saugte ich Traces moschusartigen Duft in mich auf und genoss die Freude, die ich in seinen Armen erlebte.

Lauter sagte ich: »Ich werde nirgendwohin gehen.«

»Gut.«

Ich seufzte und dachte nicht mehr an die Zukunft. Wegen Trace konnte ich mich auf Vorhaben in meiner Zukunft freuen, Vorhaben, von denen ich aufgrund meiner Vergangenheit nicht mehr geglaubt hatte, sie verwirklichen zu können. Ich wollte das perfekte »Jetzt« nicht mit Gedanken an ein jüngstes Gericht von morgen verderben.

Ich kuschelte mich an ihn und verlor mich in dem neuen Gefühl, mich sicher und beschützt zu wissen. Ich sonnte mich in der Tatsache, dass er mich jetzt bei sich haben wollte. Auf gewisse Weise brauchte er mich ebenso sehr wie ich ihn.

Ich schwor mir, dafür zu sorgen, dass Trace wieder lachen konnte und eine neue Verbundenheit zu seiner Familie finden würde, bevor ich gehen musste. Ich wollte ihn so glücklich machen, wie er mich während der letzten paar Wochen. Er verdiente es und alles, was ich geben konnte, war ich selbst und mein Herz.

Mittlerweile atmete er entspannt und regelmäßig. Ich wusste, er war eingeschlafen. Ich hob den Kopf und küsste sein raues Kinn. Dann ließ ich mich behaglich in den Schlaf gleiten, während sich unsere Körper so eng umschlangen, als ob sie sich niemals mehr trennen würden.

# KAPITEL 12

## Trace

S ie.
*Bumm!*
Gehört.
*Bumm! Bumm!*
Verdammt noch mal.
*Bumm!*
Mir.
*Bumm! Bumm! Bumm!*

Ich stoppte. Seit mehr als einer Stunde hatte ich auf meinen Sandsack eingeschlagen. Doch leider hatte das nicht geholfen, die rasende Besitzgier einzudämmen, die mich befallen hatte, seitdem ich in der Nacht zuvor mit Eva geschlafen hatte.

Ich war verloren, vollkommen süchtig nach ihr und zerstört, falls sie gehen würde. Sie war wie ein Licht in meiner dunklen Seele und ich genoss das Leuchten und die Hitze. Inzwischen brauchte ich sie und konnte sie nicht mehr gehen lassen.

Mit einer behandschuhten Hand wischte ich mir über die Stirn. Ich schwitzte wie ein Schwein und eigentlich wollte ich nicht aufhören, mich an meinem Pseudo-Gegner abzureagieren, denn ich befürchtete, sonst vollkommen durchzudrehen.

»Ich muss gehen«, brummte ich gereizt, nahm ein Handtuch und machte mich auf den Weg zur Dusche.

Eva und ich mussten schon bald das Haus verlassen. Ich war verpflichtet, die Weihnachtsfeier der Firma zu besuchen. Es würde keinen guten Eindruck machen, wenn der Boss sich nicht blicken lassen würde. Ehrlich, ich wäre lieber zu Hause geblieben und hätte Eva ins Bett getragen und sie gefickt, bis ich wieder bei Sinnen gewesen wäre.

»Ich kann nicht«, stellte ich mit tiefer, rasselnder Stimme fest und drehte den Kaltwasserhahn der Dusche im Fitnessbereich auf. Mein Gott! Ich sprach doch *tatsächlich* mit mir selbst und benahm mich, als wäre ich dement.

Ohne die Miene zu verziehen stellte ich mich unter den kalten Wasserstrahl. Langsam gewöhnte ich mich daran. Bevor ich *ihr* begegnet war, hatte ich niemals eine kalte Dusche nötig gehabt. Inzwischen wurde mir das Gefühl von warmem Wasser fremd.

Ich rieb meinen harten Schwanz, von dem Wunsch getrieben, mich zu befriedigen, doch ich wusste bereits, dass es nichts nützen würde. Die Erleichterung hielt nie länger als ein paar Minuten an. Ich musste sie nur sehen und schon war ich wieder hart, als ob ich niemals gekommen wäre.

»Fuck!« Gnadenlos schrubbte ich meinen Körper und versuchte, ihren Duft aus meinen Poren zu entfernen. Es funktionierte nicht.

Nicht, dass ich Eva nicht gemocht hätte. Im Gegenteil, ich war besessen von ihr. Doch es gefiel mir nicht, jemanden zu brauchen, und ganz gewiss wollte ich mich nicht so fühlen, als ob ich mit ihr zusammen sein müsste, um atmen zu können. Ich steckte in einer verdammt hilflosen Situation und das hasste ich.

Zum ersten Mal seit langer Zeit gerieten meine Gefühle außer Kontrolle. Heute hatte ich versucht, ihr aus dem Weg zu gehen, sicher, dass ich dann fähig sein würde, meine Gedanken zu ordnen. Nachdem ich einiges in meinem Büro erledigt hatte, hatte ich Dane und Sebastian angerufen, um mich zu erkundigen, wann sie eintreffen würden. Schließlich war ich hierhergekommen, an den einzigen Ort, an dem ich mir vorstellen konnte, mir Eva aus dem Kopf schlagen zu können.

Als ich fertig war, drehte ich den Hahn zu, stieg aus der Duschkabine und griff nach dem Handtuch. Während ich mich eilig abtrocknete, fragte ich mich, was sie an sich hatte, dass ich keinen einzigen Gedanken fassen konnte, in dem wir beide nicht nackt vorkamen.

*Es geht mir nicht nur um Sex.*

Nein. Ganz und gar nicht. Wenn die Anziehungskraft, die Eva auf mich ausübte, rein fleischlicher Natur gewesen wäre, hätte sie jetzt abnehmen müssen. Stattdessen wurde sie immer stärker. Selbst in diesem Moment fragte ich mich, woran sie dachte und was sie tat. Hauptsächlich wollte ich ihr nahe sein und dieselbe Luft atmen.

Ich warf das Handtuch in den offenen Wäschekorb. »Ich muss verrückt sein«, raunte ich und bangte um meine geistige Gesundheit.

Ich konnte Eva nicht von mir stoßen, aber ebenso wenig konnte ich ihr nahe sein, ohne dass mich meine Gefühle überwältigten.

Ärgerlich auf mich selbst lief ich die Treppe hinauf in mein Zimmer, nicht sicher, ob ich enttäuscht oder erleichtert sein sollte, als ich mein Schlafzimmer leer vorfand. Ich wünschte mir, Eva wäre hier. Ich wünschte mir, sie würde in mein Leben einfallen, wie nur eine Frau es konnte.

Nachdem ich einen Blick auf die Uhr geworfen und erkannt hatte, dass ich bereits aus dem Haus sein sollte, zog ich mich hastig an. Eigentlich war das gar nicht so wichtig. Keiner meiner Angestellten war auf meine Anwesenheit angewiesen, um sich in dem mondänen Country Club, wo die Feier stattfand, einen schönen Abend zu machen.

Aber ich hasste es, mich zu verspäten. Ich kam niemals zu spät. Schnell schlüpfte ich in meinen schwarzen Smoking und war in Rekordzeit angekleidet. Ohne mich noch einmal umzublicken verließ ich mein Schlafzimmer, denn ich wollte vermeiden, einen Blick auf das riesige Doppelbett zu werfen, auf dem ich Eva in der vergangenen Nacht gefickt hatte, als ob mein Leben davon abhinge.

Als ich in den Flur hastete, wäre ich beinahe mit Eva zusammengestoßen. Im selben Moment, in dem ihr Körper auf meinen traf, fing ich sie auf.

»Es tut mir leid. Ich habe mich verspätet«, entschuldigten wir uns beide gleichzeitig.

Ich konnte nicht anders, ich musste lachen, als sie einen Schritt zurücktrat.

Ich zerrte an dem Kragen meines eleganten weißen Hemdes, denn plötzlich war mir warm geworden. Meine Augen verschlangen Eva, ihren kurvigen weiblichen Körper in demselben *fick-mich* Kleid, das meine Fantasien beflügelte, seitdem ich es vor ein paar Wochen gesehen hatte. »Du trägst ... das?«

Ihre Miene fiel in sich zusammen. »Ja. Du hast gesagt, es sei formell. Steht es mir nicht?«

»Doch.« Sie sah unglaublich sinnlich aus. Das seidige Material umgab ihren Körper wie eine zweite Haut an Stellen, wo es eigentlich nicht hätte erlaubt sein sollen. Gemessen an heutigen Standards war das Kleid bescheiden, doch ich wusste, es entblößte ihren Rücken und zeigte die graziöse Linie ihres Nackens. Zu viel ihrer cremefarbenen Haut war zur Schau gestellt und das hasste ich. »Du siehst wunderschön aus.«

Ihr Haar war zu einer eleganten Frisur hochgesteckt. Ihr Make-up war perfekt und es gab nichts an ihr auszusetzen.

»Danke.« Nervös fummelte sie an ihrem Kleid herum.

»Nicht! Du siehst perfekt aus.«

Sie hörte auf, an ihrer Kleidung herumzuspielen, und sah mich an. In ihren Augen schimmerte Unsicherheit. »Findest du das wirklich? Du klingst nicht sehr sicher.«

»Ich bin eifersüchtig. Ich will nicht, dass dich ein anderer Mann in diesem Kleid sieht. Ich habe Angst, jemand könnte dich mir wegnehmen.« Ich war ehrlich. Ich wollte nicht, dass sie sich unwohl fühlte, da sie doch gerade erst ihr Selbstvertrauen zurückgewann.

Ihr Lächeln belohnte mich. »Du hast so viel Unsinn im Kopf«, sagte sie lachend. »Aber es gefällt mir.«

Sie nahm meinen Arm, den ich ihr angeboten hatte, und ich geleitete sie die Treppe hinab. Niemals hätte ich zugegeben, dass ich die Äußerung betreffs meiner Ängste vollkommen ernst gemeint hatte.

Falls ich mir irgendwelche Sorgen gemacht hätte, wie Eva mit meinen Angestellten zurechtkommen würde – was ich tatsächlich niemals wirklich getan hatte – wäre jeder Zweifel verflogen, als ich sie von meinem Stuhl neben ihr beim Abendessen beobachtete. Ihr Lächeln war echt und ihr Interesse an den Menschen ehrlich. Es schien, dass meine Bekannten spürten, dass sie wirklich an deren Leben interessiert war. Und sie sprachen ohne zu zögern über sich selbst.

Es gab nichts Einstudiertes oder vorgetäuscht Freundliches an Eva. Die Leute fühlten sich einfach auf natürliche Art von ihrem Lächeln angezogen.

Ich konnte das sehr gut nachvollziehen. War doch mein Schwanz ständig hart, weil mich eben dieses Lächeln in seinen Bann zog.

Nach dem Essen hatten sich die Leute in Grüppchen zusammengefunden. Die meisten von ihnen waren miteinander befreundet, weil sie sich mit demselben Arbeitsgebiet beschäftigten oder in derselben Abteilung zusammenarbeiteten.

Ich versuchte, ein interessiertes Gesicht zu machen, als der Vizepräsident der Walker Corporation auf mich einredete, doch eigentlich wollte ich nichts Geschäftliches hören. Um Himmels willen, wir waren auf einer Weihnachtsfeier! Konnte er nicht fünf Minuten seine Klappe halten und nicht über die Arbeit reden?

Schließlich hob ich die Hand, um ihn zum Schweigen zu bringen. »Wir befinden uns auf einer Weihnachtsfeier, Turner. Können wir nicht einen Abend lang das Geschäft vergessen?«

»Gewiss, Sir«, erwiderte er nervös. »Ich dachte nur, sie hätten gern die Zahlen betreffs dieses Handels erfahren.«

Ich schüttelte den Kopf und betrachtete die ernste Miene dieses Mannes. Er war ein harter Arbeiter und eine Führungskraft in meiner Firma. Wie kam es, dass ich nur so wenig über sein Leben wusste? »Wo ist Ihre Frau, Turner?«

»Ich weiß nicht. Ich glaube, sie unterhält sich mit ein paar anderen Frauen.«

»Ich schlage vor, Sie suchen sie und bringen ihr einen Drink.« Das war nicht wirklich nur ein Vorschlag. Meine Stimme war ziemlich fordernd. »Das Geschäftliche können wir nächste Woche besprechen. Vergnügen Sie sich, Turner! Und entspannen Sie sich ein bisschen, Mann! Vielleicht nehmen Sie sich etwas Zeit für Ihre Familie.«

Ich wusste, dass er zwei Söhne hatte und eine wunderschöne Frau, die alles für ihn tun würde. Er konnte sich glücklich schätzen.

Er nickte abrupt. *Kluger Mann.* Kein Wunder, dass ich ihm eine leitende Stellung gegeben hatte. »Danke, Sir.« Er zögerte, bevor er hinzufügte: »Fröhliche Weihnachten, Mr. Walker!«

Zur Hölle, der Kerl stotterte beinahe. War ich für gewöhnlich so einschüchternd? »Fröhliche Weihnachten, Turner!«

Gedankenverloren beobachtete ich, wie Turner sich davonmachte, um seine Frau zu suchen. Ich kannte jedes Detail bezüglich dessen, womit sich meine Angestellten in der Firma beschäftigten. Doch es kam mir befremdlich vor, dass ich noch nicht einmal wusste, wie alt Turners Kinder waren. Wenn ich genauer nachdachte, wusste ich beinahe nichts Persönliches über *keinen* meiner Angestellten. Vielleicht, weil ich mir nie die Mühe gemacht hatte nachzufragen. Mein Geschäft funktionierte wie ein streng geführtes Schiff und ich war der Arschloch-Kapitän. Normalerweise kümmerte mich das nicht. Doch nachdem ich gesehen hatte, wie Eva während eines Abendessens mehr persönliche Dinge über meine Angestellten erfahren hatte als ich über Jahre hinweg, kam mir das doch traurig vor.

Nicht, dass mir die Menschen, die für mich arbeiteten, egal gewesen wären. Aber ich wurde so davon in Anspruch genommen, die Firma effizient zu führen, dass in meinem Leben für alles andere keine Zeit blieb. Oder vielleicht hatte ich auch Angst, jemandem zu nahe zu treten. Oh, zur Hölle, ich wusste nicht, *warum* ich ein Arschloch war, ich wusste nur, dass ich eins *war*.

Ich trank einen Schluck von meinem Scotch auf Eis und starrte Eva an. Ich befand mich am anderen Ende des Raumes und sie war mit ein paar Frauen, Sekretärinnen aus der Vertragsabteilung, in ein Gespräch vertieft. Sie zollte mir nicht die geringste Aufmerksamkeit, doch ich hatte immer noch das Gefühl, dass sie mich unbewusst herbeirief und mich mit jeder erregenden Bewegung ihres Körpers und mit ihrem entzückenden Mienenspiel zu sich lockte.

Dazu war Eva geboren: glücklich, aus sich herausgehend und freundlich zu jedem, der mit ihr in Berührung kam. So hätte ihr Leben verlaufen sollen ... doch leider war es so nicht gewesen.

In dem Moment, in dem sich Evas Gesichtsausdruck veränderte, wusste ich, wen sie gesichtet hatte. Ihre Arme, die gerade noch ausdrucksvolle Bewegungen vollführt hatten, fielen schlaff an ihrer Seite hinunter und ihr Blick wurde wachsam. Mit angespanntem Körper blickte sie durch den Raum nach rechts.

*Vielleicht hätte ich sie nicht hierher einladen sollen. Vielleicht war das ein Fehler gewesen.* Es brachte mich beinahe um zu sehen, wie sich Evas Augen verdunkelten, doch es gab Dinge, die sie verdiente zu wissen. Und aus diesem speziellen Grund hatte ich Mrs. Mitchell hierher eingeladen. Sie hatte mich angefleht, ihr zu erlauben, mit Eva persönlich zu sprechen, doch auf keinen Fall wollte ich meine – und Evas – Privatsphäre in meinem Haus verletzt sehen. Eva fühlte sich in meinem Haus geborgen und sicher und ich wollte, dass sie auch weiterhin so empfand. Doch ich konnte auch verstehen, dass sie die ganze Wahrheit erfahren musste, nachdem die Einzelheiten ihrer Abstammung ans Tageslicht gekommen waren.

»Mist! Hoffentlich werde ich das nicht bereuen«, raunte ich leise, sodass niemand mich verstehen konnte.

Ich nahm einen weiteren Schluck von meinem Whiskey und beobachtete angestrengt die zwei Frauen, als sich die ältere von beiden ihren Weg durch die Menge zu Eva bahnte. Langsam zog sie Eva von der Frau weg, mit der sie sich gerade unterhielt. Ich sah, wie auf dem Gesicht meines süßen Mädchens ihr stures Temperament aufflackerte, und musste grinsen.

*Sie kann sehr gut auf sich selbst aufpassen.*

Ja, ich wusste, Eva konnte sich selbst verteidigen, doch ich wäre am liebsten zu ihr gegangen, denn ich wusste, dass sie sich verletzlich fühlte, wenn sie ihrer ehemaligen Anklägerin gegenüberstand. Wie auch immer, ich hatte Nora Mitchell versprochen, dass sie ein paar Minuten allein mit Eva reden konnte, wenn sie hier erschien. Ich wollte, dass Eva Nora an einem neutralen Ort traf, einem Ort, an dem es keine Rolle spielte, ob das Gespräch mit Nora schlechte Erinnerungen hinterlassen würde.

Ich sah, dass das anfängliche Zusammentreffen nicht gut verlief. Eva sah zutiefst verärgert aus und Nora war den Tränen nahe.

Ich ließ heftig den Atem fahren, von dem ich nicht einmal gewusst hatte, dass ich ihn zurückgehalten hatte, als Nora behutsam Evas Arm nahm und ihr einen flehentlichen Blick zuwarf, der Eva veranlasste, sich herumzudrehen und Nora zu folgen.

Wenn sie Eva wehtun oder auch nur ein Wort äußern würde, das Eva verärgerte, würde Nora Mitchell das für den Rest ihres Lebens bedauern, schwor ich.

Ruhelos bewegte ich mich durch den Raum, während meine Augen unbewusst nach Eva suchten. Ich konnte sie nirgends entdecken, daher nahm ich an, dass die beiden Frauen ein ruhiges Plätzchen gefunden hatten, um ungestört miteinander reden zu können.

*Ich werde warten. Ich habe Nora versprochen, ihr Zeit zu geben.*

Ehrlich, es war mir vollkommen egal, was ich der älteren Frau versprochen hatte, doch ich hoffte, das Gespräch würde Eva helfen, noch besser mit ihrer Vergangenheit abschließen zu können. Im Grunde ging es mir nur um Eva und ich hoffte im Stillen, das Richtige getan zu haben.

# KAPITEL 13

## Eva

Es hätte mich eigentlich nicht überraschen sollen, dass die Frau, die ich mehr hasste als jede andere Frau auf der Welt, auf einer Walker-Party auftauchte.

Was mich aber wirklich geschockt hatte, als sie mich ansprach, bestand in der Tatsache, dass sie mich um ein Gespräch unter vier Augen gebeten hatte. Ich rechnete damit, dass sie mir drohen würde, mich zu entlarven, wenn ich mich noch einmal in ihren sozialen Kreisen zeigen würde.

Daher bereitete ich mich auf eine unangenehme Unterhaltung vor, während sie mich in einen kleinen, leeren Raum führte, der ebenso vornehm ausgestattet war wie der restliche Country Club.

»Bitte setzen Sie sich«, sagte die ältere Frau.

»Ich ziehe es vor, stehen zu bleiben«, erwiderte ich kühl und entzog ihr meinen Arm. Ich bezweifelte, dass unsere Unterredung viel Zeit in Anspruch nehmen würde.

»Es ist eine ziemlich lange Geschichte, Evangelina. Bitte.« Sie setzte sich auf ein goldfarbenes Sofa und deutete auf den passenden Sessel ihr gegenüber.

Niemand nannte mich je bei meinem vollen Namen, daher gewann sie meine Aufmerksamkeit. Ich setzte mich ungeschickt auf die Kante des Sessels, bereit zu flüchten, falls sie mir eine Moralpredigt halten würde.

Wem versuchte ich etwas vorzumachen? Dieses Zusammentreffen ließ mich erkennen, dass ich mich niemals von der Vergangenheit würde befreien können, obwohl meine Personalakte sauber war.

Ein Aufenthalt im Gefängnis holte einen immer ein, ob man nun schuldig war oder nicht. In den Augen gewisser Leute würde ich immer eine Diebin, eine verurteilte Kriminelle bleiben.

Bis jetzt hatte ich meinen Blick auf den Boden geheftet, doch nun hob ich meinen Kopf. Ich war unschuldig und hatte keinen Grund, diese Frau noch zu fürchten. Trotzdem verursachte mir diese Unterredung Magenschmerzen.

Ich kannte Nora Mitchell kaum, denn ich hatte sie vor der Geburtstagsfeier ihres Sohnes nur einmal kurz gesehen. Zu meiner Gerichtsverhandlung war sie nicht erschienen, hatte jedoch eine schriftliche Stellungnahme abgegeben. Wahrscheinlich war sie damals zu krank gewesen, um persönlich vor Gericht aufzutreten. Für eine Frau ihres Alters – ich schätzte sie auf Anfang sechzig – war sie recht attraktiv. Im Unterschied zu anderen reichen Frauen versuchte sie nicht, ihr Alter mit gefärbten Haaren zu vertuschen. Ihre Haare waren kurz und lockig und schimmerten in einem attraktiven Silbergrau. Ihr hübsches blaues Kleid wirkte eher elegant als repräsentativ und sie trug einige der Schmuckstücke, die einst gestohlen worden waren. Als ich sie wiedererkannte, verfinsterte sich mein Gesicht.

»Als Erstes möchte ich mich bei Ihnen entschuldigen. Ich habe Sie beschuldigt, ohne alle Fakten zu kennen.«

Also gut. Sie versetzte mir einen Schock und ich war mir ziemlich sicher, dass ich sie mit offenem Mund anstarrte.

Sie fuhr fort: »Ich wollte nicht glauben, dass Karen mich bestehlen könnte, obwohl es doch offensichtlich war, dass sie das getan hatte. Ich dachte nur noch daran, sie zu schützen. Ich habe immer nur versucht, sie zu schützen.«

»Ich verstehe nicht.« Warum sollte Nora Mitchell sich um meine Mutter sorgen? Meine Mutter war doch nur vorübergehend und für eine kurze Zeit ihre Gesellschafterin gewesen.

»Karen war mein einziges Kind, Evangeline. Deine Mutter war meine Tochter.«

Ich legte eine Hand auf meinen Bauch, der protestierend zu rumoren begann. »Das ist unmöglich. Meine Mutter hat mir erzählt, ihre Eltern hätten sie und ihre Schwangerschaft mit mir nicht akzeptiert. Sie sagte, ihre Eltern hätten sich von ihr distanziert.«

Mrs. Mitchell schüttelte den Kopf. Auf ihrem Gesicht zeigte sich Bedauern. »Dein Großvater war ein rauer Geselle, es war nicht einfach, mit ihm zusammenzuleben. Es stimmt, er hatte den Kontakt zu Karen abgebrochen und niemals mehr ein Wort mit ihr gewechselt. Und mir hatte er auch nicht erlaubt, sie zu besuchen. Nachdem er gestorben war und ich wieder geheiratet hatte, diesmal einen netteren Mann, habe ich nach deiner Mutter und dir gesucht. Doch ich konnte euch nicht finden. Mit der Zeit redete ich mir selbst ein, dass es besser für mich wäre, nichts zu wissen.«

Diese Bemerkung schmerzte mich sehr, weil ich nicht verstehen konnte, wie jemand so leicht vergessen konnte, dass er irgendwo auf der Welt eine Tochter und ein Enkelkind hatte. Doch ich ließ meine Emotionen fahren. Es spielte keine Rolle mehr und ich versuchte immer noch, ihre Behauptungen zu verarbeiten. »Wusste sie, wer du bist, als sie zum Arbeiten zu Dir kam?«

Nora nickte. »Sie wusste es, doch sie sagte, sie wolle nichts von mir annehmen. Sie wäre nur an dem Job interessiert. Da ich keinen anderen Weg sah, mit ihr in Verbindung zu bleiben, gab ich ihr die Arbeit. Ich wollte dich treffen, deshalb brachte sie dich auf dem Geburtstag meines Stiefsohns mit zu mir.«

»Stiefsohn?« Ich hatte nicht gewusst, dass er nicht ihr leiblicher Sohn war.

»Ich habe drei Stiefkinder. Zwei Jungen und ein Mädchen. Ich liebe sie alle, als wären sie meine eigenen Kinder. Doch deine Mutter habe ich niemals vergessen.«

Groll stieg in mir auf, doch ich unterdrückte ihn. »Aber offensichtlich hast du vergessen, dass du eine Enkelin hast«, erwiderte ich trocken.

»Nein, Evangelina. Auch nachdem ich mir eingeredet hatte, du seist schuldig, hätte ich niemals ein Wort gesagt. Doch ich war dazu gezwungen.«

Na gut, das erklärte zumindest, warum Mrs. Mitchell einige Zeit benötigt hatte, um den Diebstahl zu bemerken. »Du hast versucht, mich zu decken?«

Sie nickte, ihr grauer Kopf bewegte sich nervös auf und ab. »So wie ich es immer für deine Mutter getan hatte.«

»Was meinst du damit?«

»Deine Mutter war kein einfaches Kind gewesen und als Teenager wurde sie noch wilder. Wenn sie in Schwierigkeiten geriet, half ich ihr und verschwieg es ihrem Vater. Später, nachdem sie gegangen und ihr Vater gestorben war, begann ich, Literatur über psychische Störungen zu lesen. Ich würde sagen, sie war wahrscheinlich bipolar, neben einigen anderen Störungen, die daraus resultierten, dass sie mit meinem ersten Ehemann aufgewachsen war. Er war auf geistiger und körperlicher Ebene gewalttätig. Ich habe deswegen Schuldgefühle. Ich blieb bei ihm und Karen musste mit dem Missbrauch leben.«

»Willst du sie entschuldigen?«, erkundigte ich mich bitter. In meinem Herz gab es keinen Platz, meiner Mutter zu verzeihen.

»Nicht mehr. Ich möchte lediglich, dass du verstehst, was ihr widerfahren ist.«

»Mein Vater war ein guter Mann. Er arbeitete hart, um uns ein Dach über dem Kopf zu erhalten. Wir hatten vielleicht nicht die materiellen Dinge, die sie von zu Hause gewohnt war, aber

mein Vater liebte sie, obwohl sie ihn oft wie Dreck behandelt hat.«
Eigentlich hatte meine Mutter ihn *immer* so behandelt.

»Ich habe ihn nie kennengelernt, doch ich bin mir sicher, dass er ein guter Mann war. Doch der Vater deiner Mutter legte sehr viel Wert auf sein Ansehen und er weigerte sich, sie unverheiratet und schwanger bei uns aufzunehmen. Ich weiß, dass er im Unrecht war, und fühlte mich so hilflos, als er sie hinauswarf, doch vielleicht glaubte ich, es ginge ihr besser, sobald sie erst einmal unser Haus verlassen hätte.« Mrs. Mitchell verschwieg die Tatsache, dass ich ein gemischtrassiges Kind gewesen war. Doch auch so war offensichtlich, dass ich bereitwilliger angenommen worden wäre, wenn ich besserer Abstammung gewesen wäre.

»Sie hat sich nie geändert. Nachdem sie ausgezogen war, hat sie sich ebenso verrückt benommen wie zu Hause. Vielleicht war sie bipolar, aber sie war auch soziopathisch. Alles drehte sich nur um sie und wenn es nicht nach ihrer Nase ging, putzte sie jeden in ihrer Umgebung herunter.«

»Das habe ich nach einiger Zeit in ihrer Gesellschaft auch herausgefunden«, stimmte Mrs. Mitchell zu. »Ich habe sie angefleht, sich ärztlich behandeln zu lassen, aber sie hat sich geweigert.«

»Warum um alles in der Welt hast du zugelassen, dass sie mit Traces Vater anbändelt?« Kein Mann hatte meine Mutter verdient und Traces Erzählungen nach zu urteilen war sein Vater ein guter Mann gewesen.

»Ich fühlte mich schuldig an Karens miserabler Kindheit und Jugend. Ich dachte, dass es ihr vielleicht besser gehen würde, wenn sie eine gute Partie machte«, erwiderte Mrs. Mitchell zerknirscht.

»Sie war egoistisch, eine Diebin und eine Lügnerin. Traces Vater hatte es nicht verdient, an sie gebunden zu sein, ohne genau zu wissen, worauf er sich einließ.«

»Ich weiß das alles, doch das ändert nichts an der Tatsache, dass sie mein kleines Baby war, mein einziges Kind. Als sie jünger war, erfand ich allerlei Entschuldigungen für ihr Verhalten. Ich glaube, ich versuchte immer noch, sie zu einer besseren Frau zu machen, als sie in Wirklichkeit war. Ich wusste als Einzige, dass sie nicht richtig im Kopf war. Doch ich wollte es nicht zugeben.«

Tränen der Reue flossen über Nora Mitchells Gesicht, doch als ich an die eiskalte Angst dachte, mit der ich die meiste Zeit meines Erwachsenendaseins hatte leben müssen, fiel es mir schwer, Mitleid mit ihr zu haben. »Also wurde ich geopfert, um sie zu schützen?«, erkundigte ich mich sarkastisch.

»Nein. Und das hätte nicht passieren dürfen. Doch ich habe lange gebraucht, mir selbst gegenüber ehrlich zu sein.«

Ich biss die Zähne zusammen. »Wann? Wann hast du dich entschlossen, die Wahrheit zu sehen?«

Nora wühlte in ihrer großen Handtasche und zog etwas heraus. »Als Trace bei mir nach Antworten suchte, habe ich endlich ihr Tagebuch gelesen. Sie hatte es in meinem Haus zurückgelassen, als sie losgezogen ist, um deinen Vater zu heiraten. Trace hat mir das Video gezeigt und mir erklärt, was er für die Wahrheit hält. Er hatte Recht.«

Ich starrte auf das flache, schwarze Notizbuch. Sie reichte es mir, aber ich wusste nicht, ob ich es annehmen wollte.

Sie legte es auf den kleinen Kaffeetisch, der zwischen uns stand. »Es tut mir leid, Evangelina. Ich hätte immer wissen müssen, dass es Karen gewesen war. Doch ich dachte, nach der Heirat mit Traces Vater würde sich für sie alles zum Guten wenden.«

»Und was mich anbelangt?«

»Ich redete mir ein, du seist schuldig und hättest einen Gefängnisaufenthalt verdient.«

»Ich habe es nicht getan. Ich habe in meinem ganzen Leben noch nichts gestohlen, außer gelegentlich ausgemusterte Lebensmittel.« Ich hatte getan, was ich tun musste, um zu überleben, aber ich hatte es immer gehasst. Selbst wenn es sich um Abfall gehandelt hatte, wusste ich doch, dass es nicht *mein* Abfall war und ich nicht etwas an mich nehmen sollte, was mir nicht gehörte. Aber gegen den Überlebenswillen kam man nicht an.

»Ich verstehe dich. Ich erwarte nicht von dir, dass du mir verzeihst, doch ich wollte dich wissen lassen, dass es mir leid tut.« Die Frau brach in Tränen aus und bedeckte mit einer Hand krampfhaft ihren Mund, als ob sie verbergen wollte, dass sie weinte.

Ich sah, wie ihr fette Tränen die Wangen hinab liefen, und mein Herz begann zu bluten. Ich erhob mich und ging zu ihr hinüber. Dann hockte ich mich neben sie und nahm ihre Hand, die auf ihrem Bein lag. »Sie ist es nicht wert, wie du weißt.«

»Wer?«, fragte Mrs. Mitchell mit kratziger Stimme.

»Meine Mutter. Sie ist den Schmerz nicht wert, den du in dir trägst. War es wahrscheinlich niemals.«

»Ich weine nicht wegen ihr«, antwortete sie unter Tränen. »Es tut mir leid für dich.«

Auf das Mitleid dieser Frau konnte ich verzichten. »Nicht! Ich bin jetzt abgesichert. Trace hat mir geholfen, wie es kein anderer können oder wollen würde. Er vertraut mir.«

»Trace Walker ist ein guter Mann, Evangelina.« Sie streichelte den Diamant an meinem Finger. »Ich bin froh, dass du dein Glück gefunden hast. Es war ziemlich offensichtlich für mich, dass er dich liebt.«

Ich widersprach ihr nicht, denn ich erkannte, dass ihr Trace bezüglich unserer Verlobung nicht die Wahrheit verraten hatte. Er liebte mich zwar nicht, doch er mochte mich. »Er ist ein energiegeladener Mann«, antwortete ich ausweichend.

Nora schniefte. »Manchmal sind das die besten. Ich habe bereits zwei Ehemänner begraben und kenne den Unterschied zwischen einer guten und einer schlechten Beziehung.«

»Hat Trace unser Treffen in die Wege geleitet?« Ich war davon überzeugt, dass Noras Erscheinen kein Zufall gewesen war.

»Ja. Es gefiel ihm zwar nicht, aber er hat mir zugestimmt, dass du die Wahrheit wissen solltest.«

»Die Wahrheit soll dich befreien«, murmelte ich und bezweifelte, dass der Bibelspruch auf meine Situation anzuwenden war. »Ich bin froh, dass du es mir gesagt hast.«

Ich erhob mich und legte ihre Hand behutsam auf ihren Oberschenkel zurück.

»Es tut mir leid«, wiederholte sie niedergeschlagen.

Ich sah auf sie hinab und mir wurde bewusst, dass sie genau wie ich ein Opfer war. Obwohl ihre Beweggründe verzerrt waren, versuchte sie, ihre Fehler wiedergutzumachen. Sie musste nicht hier sein, um mir die Wahrheit zu sagen. Sie hätte sich für den Rest ihres Lebens etwas vormachen und mir bis in alle Ewigkeit die Schuld zuweisen können. Das wäre einfacher gewesen und besser für ihre Psyche.

»Ist schon gut«, sagte ich sanft. »Ich habe überlebt.«

»Du hättest so viel mehr haben sollen als nur das nackte Leben.«

Ich griff nach dem Tagebuch meiner Mutter, denn mir war bewusst, dass ich es lesen musste. »Das hatte ich. Vierzehn Jahre lang hatte ich meinen Vater. Er war mir mehr als genug.«

»Du hast ihn wirklich geliebt«, stellte Mrs. Mitchell fest.

Ich nickte. »Aus ganzem Herzen. Danke, dass du mir die Wahrheit gesagt hast.«

»Eines Tages würde ich gern an deinem Leben teilhaben, Evangelina. Du bist zu einer erstaunlichen Frau herangereift.«

Einst hätte ich alles dafür gegeben, diese Worte von einem Familienmitglied zu hören. Jetzt war mein Gehirn jedoch mit Informationen überlastet und ich versuchte immer noch, die Details einzuordnen, die ich erhalten hatte. »Ich brauche Zeit zum Nachdenken.«

Die ältere Frau nickte. »Gewiss. Ruf mich an, wenn du genügend Zeit gehabt hast. Ich werde es auch verstehen, wenn du dich nicht meldest.« Sie wies mit dem Kopf auf das Tagebuch meiner Mutter.»Es wird schwierig sein, es zu lesen. Sie war sehr zornig.«

Ich schritt zur Tür und drückte die Klinke hinunter.»Daran bin ich gewöhnt«, informierte ich sie und verließ den Raum.

Trace war da, um mich zu unterstützen, und schlang mir einen Arm um die Taille.»Ist alles in Ordnung mit dir?«

Seine Miene war ausdruckslos, aber ich wusste, er wollte mich fragen, ob ich akzeptieren konnte, was mir gerade mitgeteilt worden war.»Ich weiß nicht.«

Er geleitete mich zum Aufzug, ohne mit mir oder jemand anderem ein Wort zu wechseln.

Ich wartete, bis sich die Aufzugtür hinter uns geschlossen hatte, bevor ich mich in seine Arme warf und haltlos weinte.

# KAPITEL 14

## Eva

*I*ch bekam Panik, als sich die Tür langsam zu bewegen begann und die Gitterstäbe vor meinem Gesicht auftauchten, bevor sich die Tür vollends schloss und mich mit einem lauten Knall einsperrte. Die Endgültigkeit des Geräuschs klang wie das Echo der Resignation meiner Seele.

Ich würde Jahre an diesem Ort verbringen und für ein Vergehen bezahlen, zu dem ich niemals fähig gewesen wäre.

Mit rasendem Herzen versuchte ich, meiner Hysterie Herr zu werden, und umklammerte die Gitterstäbe.

Ich bin unschuldig!

Ich muss hier raus!

Ich gehörte nicht hier hin, aber Gerechtigkeit war in meinem Schicksal nicht vorgesehen.

Ich war schon einmal hier gewesen. Ich hatte in Untersuchungshaft gesessen, während ich auf meinen Prozess gewartet hatte. Doch jetzt war alles anders. Ich wartete nicht mehr darauf, dass man mich für unschuldig erklärte und freiließ.

Ich war für schuldig befunden und zu vier Jahren verurteilt worden. Wie hatte das geschehen können?

*Mit klammen Händen griff das Entsetzen nach mir und ein Schauer lief meine Wirbelsäule hinab.*

*Ich würde nicht hier herauskommen.*

*Für sehr lange Zeit würde ich nicht mehr hier rauskommen.*

*Meine Situation erschien mir unwirklich, doch die Realität wurde mir nur allzu schnell bewusst.*

»Ich habe es nicht getan«, flüsterte ich hysterisch vor mich hin, doch Worte waren sinnlos. Nicht eine einzige Person hatte an meine Unschuld geglaubt. Von jetzt an, auch wenn ich wieder frei sein würde, galt ich als verurteilte Kriminelle.

»Nein. Bitte! Ich habe es nicht getan.« Meine Stimme wurde lauter und hysterischer.

*Verzweifelte Schluchzer drangen aus meinem Mund und ich ließ mich auf die Knie sinken, während meine Hände an den Gitterstäben hinabglitten. Ich fühlte mich so hoffnungslos.*

»Nein! Nein! Nein!«, schrie ich in der Hoffnung, jemand würde mich hören, würde sich vielleicht um mich kümmern. »Neiiiiin!«

»Eva!« Eine feste, männliche Stimme drang in mein vernebeltes, von Furcht besessenes Gehirn.

»Trace?« Die Tränen flossen mir die Wangen hinunter und ich zitterte am ganzen Körper, als ich mich im Bett aufsetzte.

»Mein Gott! Ich habe geglaubt, du würdest niemals mehr aufwachen.« Er schlang seine Arme um meinen nackten Körper.

*Ein Traum.* Es war nur ein Traum. Ich war nicht im Gefängnis und Trace glaubte an meine Unschuld. Tatsächlich hatte er sie sogar bewiesen.

Ich sank entspannt gegen seinen Körper, immer noch ein bisschen orientierungslos in dem dunklen Schlafzimmer, obwohl ich wusste, dass wir uns in seinem Bett befanden. »Es tut mir leid«, murmelte ich an seiner nackten Brust.

»Schlechte Träume?«

Ich nickte, obwohl ich wusste, dass er mich nicht sehen konnte. »Ja. Solche Albträume hatte ich schon eine ganze Weile nicht mehr.« Ich vermutete, dass das Gespräch mit Nora den Schmerz aktiviert hatte, der immer noch tief in mir begraben war.

»Über deinen Gefängnisaufenthalt?«

»Ja. Ich war entsetzt, als sie mich eingeschlossen haben. Ich konnte nicht glauben, dass es wirklich geschah.«

»Dachtest du, das Rechtssystem würde sich niemals irren?«

»Aus irgendeinem Grund habe ich geglaubt, dass sie die Wahrheit herausfinden würden. Doch sie haben niemals wirklich danach gesucht. Es war ziemlich wahrscheinlich, dass ich schuldig war, daher hat sich nicht wirklich jemand darum bemüht.« Ich war mir nicht sicher, ob ich sie wirklich für den Irrtum verantwortlich machen konnte. Der Fall schien klar und einfach.

»Es geht um deine Großmutter, nicht wahr?«, fragte Trace heiser.

»Irgendwie ... schon. Aber auch sie hat mich für schuldig gehalten.«

»Mist! Ich hätte ihre Bitte ablehnen sollen. Ich hätte dir das nicht zumuten sollen.«

»Nein, das hättest du nicht tun sollen. Ich war böse auf dich, aber ich verstehe deine Gründe. Wenn du gefragt hättest, hätte ich mich geweigert. Aber ich glaube, ich musste ihre Geschichte hören.«

Als Trace und ich die Party verlassen hatten, hatte ich nicht mehr viel gesagt. Obwohl ich mich anfänglich noch an ihn geklammert hatte, war ich am Ende wütend auf ihn gewesen, dass er mich gezwungen hatte, Mrs. Mitchell zu treffen. Ich hatte mich ausgezogen und war ins Bett geschlüpft, während Trace noch aufgeblieben war. Emotional vollkommen erschöpft war ich eingeschlafen, bevor er ins Bett gekommen war.

»Ich wollte dir nicht noch mehr Schmerz verursachen, Eva.« Seine Stimme klang reumütig und er tröstete mich, indem er mir unbewusst den Rücken rieb.

»Ich weiß.« Ich seufzte, denn ich wusste, Trace tat immer das, was er für das Beste hielt. »Aber ich wäre gern gewarnt, bevor du noch einmal etwas Derartiges inszenierst.«

Er ließ mich auf mein Kissen zurücksinken und meine Augen schlossen sich wieder.

»Schlaf, mein Herz! Wir reden morgen darüber.« Besitzergreifend legte er einen Arm um meine Taille.

Weil ich noch immer erschöpft war, gehorchte ich und fiel in Schlaf.

Als ich meine Augen wieder öffnete, war es immer noch dunkel. Im ersten Augenblick wunderte ich mich, warum ich so abrupt wachgeworden war, doch ich brauchte nur einen Moment, um zu verstehen, dass es mein erregter Körper war, der sich weigerte weiterzuschlafen.

*Oh mein Gott!*

Ich konnte Traces heißen, steinharten Körper an meinem Rücken spüren. Und eine ansehnliche Erektion presste sich gegen meinen Hintern. Er hatte mich an sich gezogen. Fest. Eine seiner Hände lag auf meinem Bauch. Die andere ...

*Oh, Mist!*

Ich unterdrückte ein Stöhnen und mein Körper spannte sich an, als seine vorwitzigen Finger träge an meiner Klitoris spielten. Er erkundete meine Muschi, als ob sie ihm gehörte, als ob sie eine Erweiterung seines eigenen Körpers wäre. Ich war mir nicht sicher, ob er vollkommen wach war.

»Sag mir nicht, ich soll aufhören!«, bat er, heiser vor Verlangen.

Ich denke, meine Frage, ob er schlief oder nicht, war damit beantwortet. Ich erschauerte, als sein warmer Atem über die empfindliche Haut meines Nackens und meiner Ohren strich.

Mein Gott, wie gut er sich anfühlte!

Unsicher, was ich Trace gegenüber im Moment empfand, verkniff ich mir eine verbale Antwort. Mein Körper begehrte ihn, aber mein Verstand war ihm noch böse, dass er mich dieser Situation ausgesetzt hatte, ohne mich auch nur zu fragen, ob ich die Frau sehen wollte, die mich angezeigt hatte. Während mein logischer Verstand seine Entscheidung verstehen konnte, konnte ich nicht anders, als mich leicht ... betrogen zu fühlen.

Mir stockte der Atem, als ich so in die Dunkelheit starrte und mein Körper mit meinem Verstand kämpfte, Trace nachzugeben.

»Ich weiß, dass du wach bist, Eva.«

Natürlich wusste er, dass ich wach war. Ich keuchte inzwischen wie eine schamlos Sexbesessene.

»Ich weiß, dass du mich in diesem Moment begehrst«, raunte Trace.

Mein Rücken bog sich durch, als er begann, mich ernsthaft zu erregen. »Bitte!« Ich atmete flach, als mein Körper sich anspannte und ich dem Höhepunkt entgegenraste, während er schneller und schneller über das kleine Nervenknötchen rieb.

Falls er versuchte zu beweisen, dass ich ihn begehrte, hatte er Erfolg.

»Komm für mich!«, verlangte er, während sein Mund die empfindlichen Stellen an meinem Hals erkundete und seine andere Hand zu meinen Brüsten wanderte und die harten Spitzen meiner Brustwarzen reizte.

Ich ertrank in sensationellen Empfindungen und außer an meine Befriedigung konnte ich an nichts mehr denken. Mein Körper hatte die Kontrolle übernommen und er brauchte Trace.

Ich hob mein zuoberst liegendes Bein und streckte es über Traces Oberschenkel, um ihm den Zugang zu verschaffen, den er brauchte, um mich in den Wahnsinn zu treiben.

»Braves Mädchen«, flüsterte er besänftigend. »Lass mich rein!«

Mir kam flüchtig der Gedanke, dass hinter seinen Worten mehr steckte als die Aufforderung, ihm seine erotische Aufgabe leichter zu machen, doch ich befand mich zu weit im Nebel meiner Wollust, um analysieren zu können, was er gemeint hatte.

Mein Kopf fiel gegen seine Schulter und in diesem Augenblick fühlte ich mich so verwundbar und nackt, dass es beinahe beängstigend war.

Trace konnte auf mir wie auf einem Instrument spielen und ich reagierte so leicht und so natürlich.

Mein Orgasmus wogte in einer Welle der Ekstase über mich hinweg, die sich aufbaute, dann über jeden einzelnen Nerv meines Körpers plätscherte und mich verausgabt und entspannt stöhnend in seinen Armen zurückließ.

So lag ich eine Weile da, während Trace mich fest in seinen Armen hielt und mit einer Hand meine nackte Hüfte streichelte. »Fühlst du dich jetzt besser?«, erkundigte er sich.

»Hmm ...« Meine Fähigkeit zu sprechen war noch nicht ganz zurückgekehrt.

»Du warst so unruhig. Ich dachte ...«

Ich konnte mich nicht daran erinnern, noch weitere schlechte Träume gehabt zu haben, doch vielleicht hatte ich nicht gut geschlafen. »Und du dachtest, ein Orgasmus würde vielleicht helfen?« Ich konnte nicht anders. Ich lächelte in die Dunkelheit.

»Nein. Ich habe dich fest an mich gedrückt und dann habe ich die Beherrschung verloren«, erwiderte er mit einem Hauch von Humor. »Ich musste dich einfach zum Kommen bringen.«

»Warum?« Ich hatte mich jetzt etwas erholt und drehte mich in seinem Arm herum, um ihn ansehen zu können.

»Ich konnte nicht schlafen. Ich wollte über dich wachen. Ich denke, jetzt weiß ich, dass ich dich nicht so nahe bei mir haben kann, ohne dich zu berühren.«

Ich saugte seinen männlichen Duft in mich hinein und vergrub mein Gesicht an seinem Hals. Wie kam es nur, dass er immer gerade dann solche Erklärungen abgab, wenn ich eigentlich böse auf ihn sein wollte?

»Du hast nicht geschlafen? Du warst wach?« Ich hob den Kopf, um einen Blick auf die Uhr zu werfen. Es war beinahe fünf Uhr morgens. Ich vermutete, dass bereits einige Stunden vergangen waren, seitdem er mich aus meinem Albtraum geweckt hatte. »Nein. Ich war mir zwar sicher, das Richtige getan zu haben, aber trotzdem habe ich mich wie ein Arschloch gefühlt. Die Geschichte hat dich offensichtlich beunruhigt.«

»Es war nur ein schlechter Traum. Ich habe ein Problem damit, dass du nicht vorher mit mir geredet hast. Ich hatte ein Recht, informiert zu werden.«

»Hättest du dich bereit erklärt, Nora zu treffen, wenn ich dich eingeweiht hätte?«

Ich schwieg eine Weile, bevor ich antwortete: »Ich weiß es nicht. Doch ich hätte die Möglichkeit dazu bekommen sollen. Jahrelang konnte ich nicht meine eigenen Entscheidungen treffen, Trace. Weißt du, wie es ist, wenn man noch nicht einmal die elementarsten Dinge selbst entscheiden darf? Wenn dir gesagt wird, wann du essen, arbeiten oder pinkeln sollst, um Himmels willen?«

Tief in meinem Herzen wusste ich, dass er die Entscheidung nicht deshalb allein getroffen hatte, weil er alles unter Kontrolle haben wollte. Obwohl er in der Tat ein Kontrollfreak war, hatte er nur so gehandelt, weil er wusste, dass ich mich geweigert hätte, Mrs. Mitchell zu treffen. Ich wusste, dass ich mich dem Treffen entzogen hätte, um mich nicht der Vergangenheit stellen zu müssen, die ich einfach nur vergessen wollte.

»Daran habe ich bisher nicht gedacht, Eva.«

Ich verdrehte die Augen in dem noch dunklen Zimmer. Ich hielt ihm zugute, dass er wahrscheinlich zumindest *jetzt* darüber nachdachte.

»Es wäre die Hölle«, stellte er fest.

»Schlimmer als das. Es war demütigend.« Meine Erfahrungen im Gefängnis waren der Grund, warum ich immer noch nicht wusste, wer ich war und wo in der Welt mein Platz war. Ich hatte keine Möglichkeit gehabt, das herauszufinden.»Du hast wahrscheinlich noch nie die Kontrolle über dein Leben verloren.« Trace war immer in der Lage gewesen, sein Schicksal selbst in die Hand zu nehmen. Mir war diese Chance nicht gegeben worden. Niemals. Er rollte sich auf den Rücken und zog meinen Oberkörper auf seinen Brustkorb. Während er meinen Kopf auf seine Brust bettete, antwortete er unglücklich:»Nicht bis ich dich kennengelernt habe.«

Mein Herz schlug Purzelbäume und ich fragte mich, ob er damit meinte, dass ich ihn dazu bringen konnte, die Kontrolle zu verlieren. Leider hatte ich das noch nicht mitbekommen, aber ich hätte es gern gesehen.»Also sind Sie am Ende auch nur ein Mensch, Mr. Walker«, neckte ich ihn. Mein Ärger verflog allmählich.

»Es scheint so«, erwiderte er trocken.

Er hatte eine schwierige Entscheidung gefällt und obwohl ich seinem Verhalten nicht zustimmte, hatte Trace die schwierigste Option gewählt, weil er sie für das Beste für mich hielt. Ich konnte ihm verzeihen. Schließlich hatte mich noch nie jemand gern genug gehabt, um sich um meine Wohlergehen zu kümmern.

Ich strich mit der Hand über seinen Brustkorb und genoss das Gefühl seiner warmen Haut, die seine harten Muskeln umspannte. Dann ließ ich meine Finger sanft über seinen Bauch hinab wandern, bis ich die Spur aus hellen Haaren nachziehen konnte, von der ich wusste, dass sie zu einem eindrucksvollen Schwanz führte. Lächelnd schloss ich meine Hand um seinen Schaft. Es überraschte mich nicht, dass er kaum in meine Handfläche passte.

»Eva. Fang nicht damit an!«, wehrte er herrisch ab.

»Warum nicht?«, erkundigte ich mich betont unschuldig, während ich ihn streichelte. Es faszinierte mich, den weichen Kopf seines Penis und die samtige Haut, die sich über seinen harten Phallus spannte, zu berühren.»Du fühlst dich wunderbar an.«

Noch niemals zuvor hatte ich einen Mann an diesen Stellen berührt und ich entzückte mich an Trace.

»Ich werde die Beherrschung verlieren«, stöhnte er verzweifelt. Verdammt, darum ging es mir doch. Ich wollte ihn einmal außer Kontrolle sehen. »Ich werde dich zum Kommen bringen«, versprach ich ihm, obwohl ich keine Ahnung hatte, ob mir das gelingen würde.

»Fuck!«

Sein verzweifelter Fluch ermunterte mich, es zu versuchen. Es gab nichts, das ich mir mehr wünschte, als seine Wollust zu schmecken. Also bewegte ich meinen Mund an seinem Körper hinab, indem ich meine Zunge über seine strammen Bauchmuskeln gleiten ließ, und ergötzte mich an dem salzigen Geschmack seiner Haut.

Mutig trat ich die Decken bis hinunter ans Fußende und wanderte mit meinem Mund zu seiner angeschwollenen Männlichkeit. Ich leckte an dem pilzähnlichen Kopf und stöhnte leise auf, als ich den Sehnsuchtstropfen auffing. Dies war Traces Essenz und sie schmeckte absolut köstlich.

Es störte mich nicht, dass er sich an meinen Haaren festklammerte. »Du musst mich in den Mund nehmen, Eva«, forderte er mit bereits erregter Stimme.

»Brauchst du mich?«, fragte ich und presste meine Hand fester um die Wurzel seines Schaftes. Ich wollte das Gleiche hören wie er, als er mich befriedigt hatte.

»Mehr als alles andere auf der Welt.« Seine Stimme klang tief und urtümlich wild, kratzig und heiser.

Mein Herz schwoll an. Das war alles, was ich hören wollte. Ich schloss meine Lippen um seinen Schwanz und nahm so viel von ihm in meinen Mund auf wie hineinpasste.

Ich mochte vielleicht ungeschickt und unerfahren sein, doch zumindest hatte ich über Jahre hinweg von gewissen Sexpraktiken gehört und viel darüber gelesen. Meine Lippen schlossen sich fester um ihn und während ich mich zurückzog, saugte ich an ihm. Sogleich stieß er meinen Kopf nach unten, damit ich ihn wieder in mich aufnahm.

Diesmal ließ ich mich von ihm führen und spürte an seinem Griff in meinen Haaren, was er brauchte. Und Trace war keineswegs schüchtern.

»Saug fester, Eva! Fuck! Ich halte es nicht mehr lange aus.« Nun gab er einen brutal schnellen Rhythmus vor, seine Hüften kamen mir entgegen, um meinen Mund zu ficken, und seine Hand drückte mein Gesicht nach unten. Die Erfahrung war fleischlich und pur. Ich genoss jeden Moment seiner Unbeherrschtheit, während er zustimmend fluchte und stöhnte.

»Mein Gott! Du machst mich wahnsinnig, Eva. Ich werde kommen wie ein geiler Teenager.« Er klang so, als ob er um Atem rang.

Es kümmerte mich nicht, wie er kam. Ich wollte lediglich, dass er kam. Ich wollte ihm die gleiche Ekstase schenken, in die er mich vor wenigen Minuten versetzt hatte.

*Komm schon! Komm für mich, Trace!*

Ich nahm meine freie Hand und liebkoste zärtlich seine Hoden, woraufhin sich sein Körper anspannte.

»Zieh dich zurück, außer du willst meinen Saft schlucken«, warnte er mich eiligst.

Genau das hatte ich vor. Ich wollte jeden einzelnen Teil von Trace erkunden. Ich schloss meine Lippen noch fester um ihn, obwohl er meinen Kopf von seinem pulsierenden Schaft zurückziehen wollte. Dann nahm ich soviel von ihm in mir auf, wie ich konnte, und ein bisschen mehr.

»Verdammt, Eva!«, stöhnte er verzweifelt. Sein Rücken bäumte sich auf; er schien in einen Kampf verwickelt ... mit sich selbst. »Du fühlst dich so verdammt gut an.«

Ich spürte die Flut seiner Erlösung am Grunde meiner Kehle und glücklich schluckte ich. Seien Reaktion war köstlich, der Moment beinahe unwirklich.

Trace Walker hatte sich vollkommen in seinen Orgasmus ergeben. Wild und beinahe schmerzhaft klammerte er sich an meinen Haaren fest, als er sich mit einer Losgelöstheit in mich ergoss, wie ich sie noch niemals gesehen hatte.

Dann entspannte sich sein Körper und fiel auf das Bett zurück. Ich konnte ihn angestrengt atmen hören, als sich seine Hände aus meinen Haaren lösten.

Ich genoss die Erfahrung und leckte ihn sauber, während er noch um Atem rang. Dann kuschelte ich mich an seine Seite.

»Ich habe dich gewarnt«, sagte er barsch. Seine Stimme klang verwundbar.

»Ich weiß. Aber ich wollte dich schmecken«, antwortete ich ehrlich, während ich es mir neben ihm, auf dem Bauch liegend und mit einem Kissen unter dem Kopf gemütlich machte.

Obwohl ich wusste, dass es sehr schmerzen würde, wenn mein Job bei Trace vorbei wäre, wollte ich alles auskosten, was möglich war, solange ich noch mit ihm zusammen war. So lange war mir jedes Gefühl außer Angst und Verzweiflung versagt worden, dass ich nicht widerstehen konnte, mir jegliche Freude zu erlauben, die ich erleben konnte, selbst wenn ich später dafür würde zahlen müssen.

Ich spürte, dass er sich aufsetzte und nach dem Laken und der Decke am Fußende griff. Ich schrie auf, als seine Hand mit einem lauten *Klatsch!* auf meinem Po landete.

»Wofür war das?«, erkundigte ich mich mit verstellt wütender Stimme.

»Dafür, dass du mich verrückt gemacht hast«, knurrte er und deckte uns zu. Dann zog er mich nahe an sich heran und ich tauschte seine Schulter gegen mein Kissen.

Lächelnd steckte er fürsorglich die Decke um mich herum fest. »Ich würde sagen, diese Situation ist ziemlich abgefahren. Du heuerst deine Stiefschwester als Verlobte an und am Ende stellt sich heraus, dass sie ein Sträfling ist. Trotzdem bist du nicht davongelaufen«, neckte ich ihn. Wirklich, vielleicht war er wirklich ein bisschen neben der Spur.

»Du bist kein Sträfling und ich würde niemals vor dir davonlaufen. Ich brauche dich viel zu sehr.« Er klang vollkommen ernst und irgendwie verärgert.

Das brachte mich zum Schweigen. Zwar jauchzte mein Herz, aber ich wusste, ich durfte seinem Geständnis nicht zu viel Gewicht beimessen.

*Ich brauche dich auch.*

Solche Gedanken kamen mir in den Sinn, doch ich hielt den Mund und sprach sie nicht laut aus. Wenn ich etwas in meiner Vergangenheit gelernt hatte, dann war es, dass ich nur auf wenige Leute außer mir selbst auf lange Sicht zählen konnte.

Ich schloss die Augen und erlaubte mir, einfach zu genießen, in seinen Armen zu liegen, die sich beschützend um mich schlossen. Fürs Erste fühlte ich mich sicher und das musste genügen.

# KAPITEL 15

## Trace

»*I*ch versuche immer noch herauszufinden, wie du eine Frau ergattern konntest, die so gut kocht wie Eva«, bemerkte Sebastian Walker lässig und leerte in einem Zug sein Glas Whiskey.

Ich hatte nicht gewusst, wie sehr ich Sebastian und Dane vermisst hatte, bis sie zum Weihnachtsfest bei mir eingetroffen waren. Britneys Anwesenheit sorgte für eine gespannte Atmosphäre, doch mein jüngster Bruder schien nicht hoffnungslos in sie verliebt zu sein. Zumindest hoffte ich das.

Eva war wunderbar. Sie hatte köstliche Gerichte gekocht und meine Brüder verzaubert, bis sie halb verliebt in sie waren, was mich zutiefst ärgerte. Um ehrlich zu sein, sie war lediglich sie selbst, doch das reichte aus, um die beiden zu faszinieren, besonders da sie nicht gerade dem Typ Frau entsprach, mit dem ich normalerweise ausging. »Ich kann mich glücklich schätzen«, antwortete ich und betrachtete meine Brüder. Sie saßen mir gegenüber, jeder an einem Ende des Sofas.

Eva war nach dem Abendessen verschwunden. Sie hatte uns erzählt, noch Geschenke einpacken zu müssen. Britney hatte behauptet, müde zu sein, und sich ebenfalls verabschiedet. Nicht dass es mir das Herz brach. Was ich bisher von der Gift sprühenden Hexe mitbekommen hatte, reichte für ein ganzes Leben.

Es war Heiligabend und es war mir gelungen, keine einzige Minute mit Britney allein zu verbringen. Eva war mir nicht von der Seite gewichen und spielte die Rolle der verliebten Verlobten so gut, dass ich mich langsam daran gewöhnte. Ich will nicht lügen. Ich liebte jede Minute, in der sie mir angehörte, obwohl alles nur Fassade war.

»Du hast Glück, Trace«, stimmte Dane leise und nachdenklich zu. »Es ist nicht leicht, eine Frau zu finden, der es nicht wichtig ist, ob du reich bist, und die dich nicht nur deines Geldes wegen haben will. Ich denke, du kannst sicher sein, dass für Eva dein Geld keine Rolle spielt. Ich glaube, sie will einfach nur, dass du glücklich bist.«

Ich starrte ihn an und fragte mich, warum Dane *so* dachte. Es brachte mich beinahe um, doch ich musste die Frage stellen. »Ist es so mit Britney?«

»Nicht einmal annähernd«, erwiderte Dane gelassen.

»Du glaubst nicht, dass sie dich liebt?«, fragte Sebastian und runzelte die Stirn, während er sich erhob, um sich einen weiteren Drink einzuschenken.

Noch immer starrte ich Dane an und fragte mich, was in seinem Kopf vorging. Wusste er, dass Britney ihn benutzte? »Britney kommt mir gelegen. Sie ist gewillt, für das, was ich ihr geben kann, auf der Insel zu bleiben, und sie lässt sich von mir ficken. Denkt etwa einer von euch, ich wüsste nicht, dass sie mich benutzt?« Neugierig sah er Sebastian und mich an.

Verdammt, mein jüngerer Bruder war weitaus klüger, als ich es ihm zugestanden hatte. »Warum behältst du sie dann?«

Dane zuckte mit den Schultern. »Wer sonst sollte mich haben wollen? Ich wollte ficken und sie war gewillt, es zu ertragen, falls ich ihr genügend versprach, um die Unbequemlichkeiten wettzumachen. Ich mache mir keine Illusionen darüber, dass ihr nichts wichtiger ist als Geld. Das war schon immer so.«

Danes Stimme klang zwar ein wenig bitter, doch ich war erleichtert, dass es ihm nicht das Herz brechen würde, wenn Britney entscheiden sollte, dass es an der Zeit sei zu gehen. Tatsächlich war es wahrscheinlicher, dass Dane ihres Jammerns müde werden und sie selbst darum bitten würde zu verschwinden.

Sebastian ließ sich mit einem vollen Glas aufs Sofa zurückfallen. »Kumpel, nichts für ungut, aber Britney ist anstrengend, auch wenn sie gut aussieht.«

Ich lächelte, als ich erkannte, dass Sebastian hinter Britneys blonde Haare und kornblumenblaue Augen gesehen und entdeckt hatte, dass es in ihrem Inneren nichts gab, das sich mit ihrer äußeren Schönheit vergleichen ließe.

Dane zuckte mit den Schultern. »Schon gut. Sie ist ein rabiates Miststück und das weiß ich. Ich glaube, ich ziehe es mittlerweile vor, allein zu sein, anstatt sie immer um mich herum zu haben.« Er drehte den Kopf zu mir. »Ist es dir auch so ergangen, Trace?«

Ich verschluckte mich beinahe an meinem Drink. *Mist! Er wusste es.*

»Was?« Hustend nahm ich das Glas vom Mund.

»Bist du sie auch leid geworden? Hast du sie deshalb sitzen lassen?«

Ich stieß heftig die Luft aus. »Woher weißt du, dass ich mich öfter mit ihr getroffen hatte?«

Danes Lippen lächelten, aber seine Augen schimmerten traurig. »Ich lebe vielleicht auf einer Insel, aber nichtsdestotrotz verfolge ich die Pressemitteilungen. Ich habe mich vergewissert, dass es zwischen dir und Britney aus war, bevor ich ihr erlaubt habe, auf die Insel zu kommen. Ich fühlte mich irgendwie schlecht dabei, etwas mit einer Frau anzufangen, die mein Bruder abgelegt hatte, aber mir bleibt keine große Auswahl bei den Frauen. Es tut mir leid.«

»Es muss dir nicht leid tun«, versicherte ich eilig. »Es war nichts Ernstes zwischen uns.«

Er nickte. »Ich weiß.«

Ich schüttelte meinen Kopf angesichts der Ironie, dass ich versuchte, Dane zu schützen, während er es bedauerte, sich mit einer Frau zu treffen, mit der ich einstmals zusammen gewesen war.

»Ich wusste nicht, dass du früher mit Britney ausgegangen bist.« Sebastian klang verärgert. »Warum hast du nichts gesagt?«

»Vielleicht weil ich dich niemals nüchtern genug angetroffen habe, um es erwähnen zu können«, antwortete ich in sarkastischem, anklagendem Ton. Doch sogleich bereute ich meine Worte, konnte sie aber nicht ungesagt machen. In Wahrheit hatte ich bewusst vermieden, Sebastian aufzuklären.

Ich beobachtete, wie Sebastians Gesicht sich verdüsterte und er einen großen Schluck aus seinem vollen Glas trank. »Zumindest trage ich keinen Stock im Hintern«, murmelte er verbittert. »Entschuldige, dass ich nicht so perfekt bin wie du, Bruder.«

Ich schätzte mich selbst überhaupt nicht als so stocksteif ein. »Ich verlange doch nicht von dir, perfekt zu sein. Ich bitte dich nur darum, dich zu bessern. Hör auf, dich immer nur auf Partys herumzutreiben, anstatt dich um deinen Lebensunterhalt zu kümmern!«

»Darum muss ich mich nicht sorgen. Ich bin Milliardär. Du hast Vaters Platz eingenommen, also was erwartest du von mir?«

»Du hast das College besucht, Sebastian. Ich erwarte von dir, dass du erwachsen wirst.« Jetzt war ich wirklich wütend. Ich war es leid, von ihm für etwas kritisiert zu werden, das meine Pflicht war.

»Warum? Ich werde niemals deine Erwartungen erfüllen können. Warum sollte ich es versuchen?«

»Ich habe keine Erwartungen. Ich bin nicht Vater.«

Ich sah zu Dane hinüber, doch der schien nicht bereit, sich in die Unterhaltung einzumischen. Tatsächlich schien er recht zufrieden, mich die Sache allein mit Sebastian ausfechten zu lassen.

»Dann hör auf, dich wie Vater zu benehmen«, erwiderte Sebastian bitter.

Mein Zorn begann überzukochen. »Ich kann nicht er sein. Das ist mir noch niemals gelungen. Ich habe es versucht, doch niemals habe ich es geschafft, so klug zu sein wie er. Ich werde niemals so weise werden und gewiss werde ich die Firma niemals so gut führen können wie er.«

»Du machst deine Sache erstaunlich gut«, bemerkte Dane ermutigend, der sich schließlich doch entschieden hatte, am Gespräch teilzunehmen. »Du warst noch jung, als du die Firma übernommen hast.«

»Ich habe sie übernommen, weil ich es musste. Ich war der Einzige, der alt genug war. Ich dachte, ich wäre auch der Einzige gewesen, der Lust darauf hatte.« Ich blickte Sebastian an. »Wenn du die Verantwortung hast übernehmen wollen, warum hast du es dann nicht gesagt?«

»Warum hast du mich nicht gefragt?«, schoss er zornig zurück.

Ich explodierte. »Glaubst du, ich habe das gewollt? Glaubst du, ich wollte direkt nach Vaters Tod in seine Fußstapfen treten? Ich war erst einundzwanzig Jahre alt und hatte keine Ahnung, was ich tat. Ich tastete im Dunkeln und versuchte, mein Studium zu beenden und gleichzeitig seinen Job als Vorstandsvorsitzender auszufüllen. Ich. War. Noch. Nicht. Bereit!«

Ich hatte nicht erwartet, dass ich diese Worte einmal aussprechen würde, am wenigsten meinen Brüdern gegenüber. Doch inzwischen waren wir alle erwachsen geworden und die Zeit der Entfremdung zwischen uns musste zu Ende gehen. Unsere Familie war zerbrochen und ich wollte uns wieder zu einem Ganzen vereinigt sehen.

»Ich bin nicht viel jünger als du. Ich hätte dich unterstützen können«, brach Sebastian das Schweigen. Er klang nicht mehr wütend.

»Ich wollte Dane und dir eine Chance geben zu trauern, eine Chance, euch zu erholen und ein normales Leben zu führen.«

Ich wusste, dass ich heftig atmete, und versuchte, meine Gefühle unter Kontrolle zu bekommen.

»Unser Leben wäre niemals mehr in normalen Bahnen verlaufen«, antwortete Dane ernst. »Ich denke, wir glaubten beide, dass du die Position als Vorstandsvorsitzender übernehmen und uns aus dem Familiengeschäft heraus haben wolltest. Ich war erleichtert, dir die Wahrheit sagen zu können. Ich wollte kein Geschäftsmann sein. Das war noch nie mein Wunsch.«

Das wusste ich. Und ich hatte angenommen, dass auch Sebastian etwas anderes im Sinn gehabt hatte. Ich starrte meinen zweitjüngsten Bruder nachdenklich an. »Und du? Was wolltest du?«

»Ich wollte meine Brüder«, erwiderte Sebastian heiser. »Und ich wollte Vater zurück.«

»Das wollte ich auch. Aber von mir waren so viele Menschen abhängig, dass ich wusste, ich musste alles zusammenhalten.«

»Du dachtest, du müsstest Distanz halten, damit du durchhalten konntest?«, erkundigte sich Dane.

»Ja. Ich stand eine Weile auf wackligen Füßen, doch ich wollte das niemanden wissen lassen.« Ich hatte mich gefürchtet, doch das wollte ich nicht zugeben. »Ich vermisse Vater jeden einzelnen Tag«, gestand ich.

»Das tun wir alle«, antwortete Dane. »Ich glaube, wir gehen lediglich unterschiedlich damit um. Ich fühlte mich einige Zeit schuldig, dass wir lebten und er gestorben war.«

Sebastian und ich schauten Dane erstaunt an. Mein kleiner Bruder hatte so viel durchgemacht. Es traf mich hart, dass er sich auch noch schuldig fühlte zu leben, während mein Vater tot war.

»Tu das nicht, Dane!«, verlangte ich.

Mein kleiner Bruder hielt eine Hand hoch. »Ich bin darüber hinweg. Aber das hat lange gedauert. Ich denke aber leider, dass Sebastian ein paar Probleme zu lösen hat.«

»Ich –«

Ich unterbrach Sebastian. »Entschuldigung. Es tut mir leid, dass ich euch nie gefragt habe, was ihr wollt. Ich habe zu vieles einfach unterstellt. Ich war überfordert.«

»Für *mich* ist das kein Problem«, erwiderte Dane und blickte Sebastian direkt in die Augen. »Wie ich schon sagte, ich bin dankbar, dass du die Firma übernommen hast.«

Sebastian stellte sein Glas auf dem Tisch ab und seufzte tief. »Ich war nicht dankbar. Ich war eifersüchtig. Ich wollte so gern so sein wie du, Trace. Ich wollte dir helfen und schnell erwachsen werden, um dir zur Seite stehen zu können.«

»Wünsch dir das nicht!«, knurrte ich. »Das hat an mir gezehrt.«

Jahrelang hatte ich jegliche Emotionen unterdrückt, um die Kontrolle zu behalten. Eva war die Einzige, die meine Maske der ruhigen Sicherheit durchbrochen und mich genauso gesehen hatte, wie ich bin. Ich hatte niemals um meinen Vater getrauert und war niemals darüber hinweggekommen, was ich verloren hatte.

»Du hast Recht, Trace. Ich muss erwachsen werden«, gab Sebastian zu, während er sich auf dem Sofa zurücklehnte.

»Und was willst du tun, wenn du erwachsen bist?«, fragte ich scherzhaft.

Sebastian grinste. »Vielleicht die zweite Stelle in der Leitung der Firma übernehmen? Ich denke darüber nach, ob ich mich vielleicht wieder einkaufen kann.«

Mein Bruder würde auf keinen Fall irgendwo die zweite Stelle einnehmen. »Ich würde nur eine gleichberechtigte Partnerschaft akzeptieren. Du müsstest soviel Geld in die Firma einbringen, dass du mein Partner sein könntest.«

Sebastian hatte Ingenieurwesen studiert und ich hatte immer angenommen, dass er sich ein eigenes Ingenieurbüro aufbauen würde. Außerdem hatte er als Nebenfach Wirtschaft studiert. Wirklich, er würde einen hervorragenden Partner abgeben, wenn er das Saufen und Feiern aufgeben könnte.

»Ich könnte dir deine Bürde erleichtern«, erklärte Sebastian zögernd. »Ich glaube, das würde mir gefallen. Ich könnte einige der Bauprojekte übernehmen.«

»Ich hasse diesen Bereich«, bemerkte ich stirnrunzelnd.

Sebastian grinste. »Das klingt, als ob es funktionieren könnte.« »Ich werde aber die Hauptbüros nicht nach Texas verlegen.« Ich hatte nach all der Zeit inzwischen alles in Denver zentralisiert und es gefiel mir dort.

»Ich werde meinen Besitz in Texas verkaufen und hier arbeiten«, schlug Sebastian vor.

»Das wird nicht leicht sein«, warnte ich ihn, denn ich wusste, es würde ihm schwerfallen, seinen ganzen Besitz in Texas zu veräußern, einschließlich des Familienanwesens nahe Dallas, das inzwischen Sebastian gehörte und in dem er lebte – wenn er tatsächlich einmal zu Hause war.

»Es muss mir nicht unbedingt alles leichtfallen«, erwiderte Sebastian. »Ich brauche lediglich ein Ziel.«

»Du hast bereits eines«, antwortete ich hastig, denn ich wünschte mir sehnlichst, meinen Bruder wieder bei mir zu haben. Ich konnte seine Entschlossenheit erkennen und bezweifelte nicht, dass er es schaffen würde.

Sebastian nickte. »Ich denke, ich werde sogleich alles in die Wege leiten.«

Ich betrachtete meine beiden Brüder und fragte mich, wie ich Sebastian so falsch hatte einschätzen können. War es mir mit Dane ebenso ergangen?

Als ob er meine Gedanken lesen könnte, bemerkte Dane trocken: »Glaub ja nicht, ich würde hierher nach Denver ziehen. Ich liebe meine Einsamkeit.«

*Also gut.* Bezüglich Dane hatte ich mich nicht geirrt.

»Direkt nach den Feiertagen werde ich mich an die Arbeit machen und alles verkaufen und den Umzug vorbereiten«, erklärte Sebastian eifrig.

Ich musste über seine Begeisterung lachen und mein Herz fühlte sich leichter an als seit Jahren. »Also bist du bereit, dein jetziges Leben aufzugeben?«

Ich bemerkte, dass Sebastians Whiskeyglas unberührt auf dem Tisch stand und auch jetzt schien er keine Eile mehr zu haben weiterzutrinken. Vorher hatte ich ihn ununterbrochen trinken sehen, seitdem er hier angekommen war.

»Es wurde mir langsam langweilig«, erwiderte er ernst. »Ich denke, ich suche mir vielleicht eine Frau wie Eva und werde mit der Zeit sesshaft.«

»Rühr sie nicht an oder ich werde dich töten!«, knurrte ich, nur teilweise ernst.

Sebastian hob beschwichtigend eine Hand. »Sie ist ganz offensichtlich in dich verliebt. Wenn sie nicht so an dir kleben würde, hätte ich wahrscheinlich versucht, sie dir auszuspannen. Sie kocht vorzügliche Nudelgerichte.«

»Sie ist mehr als nur eine gute Köchin«, sagte ich gereizt. »Sie bedeutet mir alles.«

Mir wurde bewusst, dass ich nicht mehr schauspielerte. Innerhalb dieser relativ kurzen Zeit war es bereits so weit gekommen, dass Eva mir so viel bedeutete. Ich zog nicht einmal mehr in Betracht, dass wir uns nach den Feiertagen trennen könnten. Ich brauchte sie und wollte mir gar nicht erst vorstellen, wie mein Leben ohne sie aussehen würde. Ich glaube, ich wusste von Anfang an, dass ich sie niemals gehen lassen würde.

»Das geht schon sehr weit«, murmelte Sebastian. »Ich kann mir nicht vorstellen, dass ich jemals eine Frau treffen werde, ohne die ich nicht leben könnte.«

»Das Gleiche habe ich von mir auch geglaubt«, gab ich zu. »Doch manchmal wirst du von Gefühlen überwältigt, gegen die du machtlos bist.«

Verdammt, ich hatte es versucht. Ich hatte auf meinen Sandsack eingeschlagen, bis jeder einzelne Muskel in meinem

Körper geschrien hatte, doch Eva hatte ich nicht aus meiner Seele vertreiben können.

»Besser du als ich«, gab Sebastian zurück. »Ich kann gern auf Gefühle dieser Art verzichten.«

»Ich auch«, schloss sich Dane an. »Wie habt ihr euch überhaupt kennengelernt?«

In jenem Moment hätte ich am liebsten alles über Eva und mich ausgeplaudert. Doch ich konnte es nicht. Meine Brüder und ich versuchten immer noch, unsere alte Vertrautheit wiederzuerlangen, und ich wollte unsere Fortschritte nicht untergraben, indem ich ihnen erzählte, dass ich die Sache mit Eva inszeniert hatte. Außerdem, ob sie wollte oder nicht, sie würde zu mir gehören.

»Das ist eine lange Geschichte«, antwortete ich einfach. »Aber sie hat es nicht leicht gehabt und verdient es, glücklich zu sein.«

»Ich mag sie«, bemerkte Sebastian offen.

»Ich auch«, fügte Dane hinzu.

Ich nickte. Ich war froh, dass sie Eva mochten, denn sie würden sie bis in alle Ewigkeit bei mir antreffen.

Es würde nicht leicht sein, Eva zum Bleiben zu überreden, doch ich würde sie dazu bringen, mich zu lieben und mich niemals verlassen zu wollen. Es war bedeutungslos, wie hart ich daran würde arbeiten müssen, um sie zum Bleiben zu bewegen. Wenn ich sie für immer behalten konnte, war es der Mühe wert.

*Und wenn sie nicht bleiben will? Wir haben eine Abmachung getroffen und sie kann darauf bestehen, dass du sie einhältst. Sie hat ihren Teil erfüllt.*

Allein der Gedanke daran, mich von Eva zu verabschieden, machte mich verrückt. Ich beschloss, ein Scheitern meiner Absichten nicht in Betracht zu ziehen, denn diese Möglichkeit schied für mich aus.

Sie musste bleiben. Sie würde mich nie verlassen. Sie musste für immer zu mir gehören.

Vielleicht würde sie sich gegen das Unvermeidliche sträuben, doch irgendwie würde ich sie überzeugen, dass wir zusammengehörten.

Und am Ende würde ich gewinnen.

Gegenüber Eva war ich nicht so anmaßend wie im geschäftlichen Bereich. Jetzt bedeutete sie mir mehr als das Geschäft und so war es wahrscheinlich vom ersten Moment an gewesen, in dem sie so dreist in mein Büro spaziert war.

Doch ich würde gewinnen.

Ich musste gewinnen, um meinen Verstand zu bewahren.

# KAPITEL 16

## Eva

» Ich habe meine Tochter gehasst seit dem Tag, an dem sie geboren wurde. Doch jetzt wird sie endlich dafür bezahlen müssen, dass sie mich von all den Dingen ferngehalten hat, die mir zustehen. Ich wurde reich geboren und hätte immer reich sein sollen. Das war mein Geburtsrecht. Dafür dass sie mir alles weggenommen hat, wird sie ins Gefängnis gehen. Ich bin glücklich. Endlich wird sie dort sein, wo sie sein sollte – nämlich im Gefängnis, um dort zu verrotten. Es spielt keine Rolle, dass ich das Verbrechen begangen habe, für das sie die Strafe wird absitzen müssen. Was macht es schon aus, dass ich den Schmuck gestohlen habe? Er gehörte meiner Mutter. Ich hatte das Recht, ihn zu stehlen. Das Wichtigste ist, dass Eva bezahlen muss, und ich bin mir ziemlich sicher, dass sie verurteilt werden wird. Ich werde bekommen, was ich verdiene, und einen reichen Mann heiraten. Ich hätte ihn nicht erst heiraten müssen, um zu bekommen, was mir zusteht, doch jetzt nehme ich mir, was ich bekommen kann. Ich frage mich, ob es falsch ist zu hoffen, dass die Brut meines verstorbenen Mannes im Gefängnis sterben wird. Ich glaube nicht, dass ich ihr Unrecht tue. Und ich hoffe, dass sie niemals mehr lebend dort herauskommt, wenn sie erst einmal verurteilt worden ist.«

Mit einer heftigen Bewegung schloss ich das Tagebuch meiner Mutter, unfähig, noch ein weiteres Wort ihres verrückten Geschwafels zu lesen. Die Passage war der letzte Eintrag, den sie kurz vor ihrem Tod geschrieben hatte. Ich wischte mir die Tränen vom Gesicht und wünschte, ich hätte das Heft niemals geöffnet. Mein Herz zog sich zusammen und ich ließ den Schmerz über den Betrug meiner Mutter über mich hinweg schwemmen. Hätte ich dieses Tagebuch doch niemals zu Gesicht bekommen!

Was hatte ich mir erhofft, als ich es geöffnet hatte, um den letzten Eintrag zu lesen? Dass sie zugeben würde, mich wirklich zu lieben, und dass sie sich schuldig fühlte für das, was sie getan hatte? *Nachdem ich die letzte Passage gelesen hatte, konnte ich das ausschließen.*

Das Tagebuch hatte auf Traces Bett gelegen, als ich nach oben gekommen war, um sein Geschenk einzupacken. Ich nahm an, die Putzfrau hatte es unter dem Bett gefunden und es auf den Bettüberwurf gelegt.

Neugierig hatte ich es aufgeschlagen und einige Passagen gelesen, einschließlich der, die ich gerade beendet hatte. Obwohl mich Nora vorgewarnt hatte, war ich auf das Ausmaß der teuflischen Bösartigkeit und den bitteren Hass meiner Mutter, den sie über all die Jahre gegen mich aufgestaut hatte, nicht vorbereitet gewesen.

»Es überrascht mich, dass sie mich am Leben gelassen hat«, murmelte ich leise mit tränenverschleierter Stimme vor mich hin.

Warum sie mich als Kind nicht getötet hatte, würde ich niemals verstehen. Hatte sie vor einem Mord zurückgeschreckt? Oder hatte sie gewusst, dass sie dann nicht so einfach davongekommen wäre? Gewiss hatte sie sich gewünscht, ich wäre tot. Doch offensichtlich hatte sie niemals den Mut aufgebracht, mich eigenhändig aus der Welt zu schaffen. Das hatte mit Mitleid nichts zu tun. Das konnte ich ihren Tagebucheinträgen entnehmen. Höchstwahrscheinlich hatte sie Angst gehabt, wegen Mordes im Gefängnis zu landen.

*Sie ist meine Tränen nicht wert.*

Mein Verstand wusste, dass sie geistesgestört gewesen war und man sie für ihre Gefühle nicht verantwortlich machen konnte. Doch das Kind in mir fragte sich immer noch, warum sie mich niemals hatte lieben können. Ich hatte die unmöglichsten Verrenkungen angestellt, um ihr auch nur die geringste Zuneigung zu entlocken. Als Kind hatte ich nicht verstanden, warum sie mich hasste, und geglaubt, es wäre meine Schuld. Als Erwachsene wusste ich es besser, doch aus irgendeinem Grund verletzte mich ihr Hass immer noch.

»Es war äußerst interessant ... dieses kleine Buch zu lesen«, ertönte plötzlich eine weibliche Stimme an der Türschwelle.

*Britney.*

Ich unterdrückte ein Würgen angesichts ihres zuckersüßen Tonfalls. Ich wusste, hinter ihrem hinreißenden, blonden Supermodel-Äußeren verbarg sich das Herz einer Giftschlange.

Ich drehte mich herum und sah, dass sie das Buch in meiner Hand anstarrte. »Was?«

Mit einem gönnerhaften Lächeln, das ich ihr am liebsten sogleich aus dem Gesicht geschlagen hätte, glitt sie in den Raum.

Wenn möglich hatte ich es vermieden, ihr nahezukommen, und hatte ihre gemeinen Anspielungen ignoriert, wenn ich gezwungen gewesen war, ihre Gesellschaft zu ertragen. Ich mochte Traces Brüder und mein Herz blutete für Dane. Sie waren zwar zusammen, aber Britney verdiente Dane nicht. Ja, er war von Narben gezeichnet, doch er verdiente nicht noch einen Stachel im Fleisch oder solch eine Nervensäge wie diese Frau. Sie war so kalt wie die Antarktis.

»Oh, ich hoffe, es macht dir nichts aus, aber ich habe etwas zum Lesen gesucht und das kleine Buch gefunden, das du gerade in der Hand hältst. Eine sehr interessante Lektüre. Ich glaube, es würde die Leute begeistern zu erfahren, dass Trace Walker eine

Kriminelle heiraten wird und dass sein Vater ohne es zu wissen eine Geisteskranke geheiratet hat. Und zu guter Letzt heiratet Trace seine Stiefschwester.« Britney lächelte teuflisch.

Sie hatte bewusst herumgeschnüffelt und das Tagebuch meiner Mutter gefunden. Ich hatte es nicht ganz gelesen, Britney jedoch offensichtlich schon. »Du hast in meinen persönlichen Gegenständen herumgeschnüffelt?«, vergewisserte ich mich ärgerlich.

Ich beäugte ihr stark geschminktes Gesicht und die langen blondgelockten Haare, die immer perfekt aussahen. Selbst wenn wir uns nur zu Hause aufhielten, war sie wie zu einer Party gekleidet. Heute trug sie hochhackige Schuhe und ein grünes Minikleid, das ihre Schenkel zum größten Teil freiließ, obwohl draußen wahrscheinlich Temperaturen unter dem Gefrierpunkt herrschten.

Britney zuckte mit den Schultern. »Ich habe etwas zum Lesen gesucht. Ich habe diese Informationen nur rein zufällig gefunden. Du musst zugeben, dass die Geschichte nicht gerade gut klingt. Trace verlobt mit seiner Stiefschwester und sein Vater mit einer Verrückten verheiratet. Trace wäre es mit mir so viel besser ergangen«, schloss Britney.

»Mit einer Hexe wie dir wäre es ihm niemals besser ergangen«, knurrte ich.

Britney schnappte gespielt nach Luft. »Die Katze zeigt ihre Krallen. Ich nehme an, du bist nach deinem Gefängnisaufenthalt ziemlich gewalttätig geworden. Selbst du musst zugeben, dass es ein bisschen krank ist, mit seiner Stiefschwester verlobt zu sein.«

»Wir. Sind. Nicht. Verwandt.« Ich wollte ihr auf keinen Fall meine Beziehung zu Trace erläutern. Das ging sie nichts an.

»Lass uns zum Geschäft kommen!« Britneys Stimme hatte nun jeglichen Hauch der Unschuld verloren. Jetzt zeigte sie ihr wahres Gesicht. »Trace gehört zu mir. Ich kann die Missgeburt von Bruder nicht mehr länger ficken. Ich kann nicht einmal mehr seine Berührung ertragen. Er ist scheußlich. Noch nicht einmal seines Geldes wegen kann ich es tun. Es verursacht mir Gänsehaut.«

»*Du* verursachst *mir* eine Gänsehaut«, ächzte ich wütend. Ich konnte mich kaum beherrschen.

»Du bist lediglich eifersüchtig«, stellte Britney fest. »Ich bin eine Schönheit und das weißt du.«

*Innen, wo es darauf ankommt, bist du hässlich.*

Ich gab keine Antwort. Ich starrte sie einfach nur an.

»Überlass Trace mir und ich werde kein Wort über den Inhalt des Tagebuchs erwähnen. Doch wenn du mit ihm zusammenbleibst, werde ich am morgigen Weihnachtstag mit den Neuigkeiten herausplatzen. Du hast die Wahl. Für welche der beiden Möglichkeiten entscheidest du dich?« Britney hielt spöttisch zwei Finger in die Höhe.

Ich kochte vor Wut. So zornig war ich selbst damals nicht gewesen, als meine Mutter mich betrogen hatte. »Er wird nicht zu dir zurückkehren.«

Ich wusste, dass Trace Britneys schwache Fassade durchschaut hatte.

»Doch, das wird er«, versicherte sie.

»Du willst ihn ebenfalls erpressen? Womit?«

»Ich kann mich auf vernünftige Art von Dane trennen oder ihm das Herz brechen. Ehrlich, mir ist es egal, wie es sich gestaltet. Ich kann ihm sagen, er sei ein Monster. Ich kann mich von ihm niemals mehr berühren lassen.«

»Schlampe!«, fauchte ich und wünschte mir, die Möglichkeit zu haben, sie zum Teufel zu schicken. Leider wusste ich jedoch nicht, was ich tun sollte.

Jedes kleinste Detail unseres Lebens würde ans Tageslicht gezerrt werden und ich konnte nicht zusehen, wie Trace so etwas durchmachen musste. Ich durfte auf keinen Fall zulassen, dass sein Vater noch nach seinem Tod durch den Dreck gezogen wurde. Das würde alle Walker-Brüder umbringen. Wir hatten gewusst, dass unsere gemeinsame

Zeit begrenzt war. Das Ende würde jetzt nur etwas schneller kommen als wir geplant hatten.

Britneys Augen verengten sich zu Schlitzen. »Entscheide dich!«, forderte sie.

»Ich werde gehen. Aber du musst wissen ... dass du Trace niemals zurückbekommen wirst. Er weiß längst, dass du eine Hure bist, und er wird niemals mehr mit dir zusammen sein. Niemals.«

»Er liebt seine Brüder. Ich war lange genug mit ihm zusammen, um seine Schwächen zu kennen.«

Allein die Tatsache, dass sie Traces Liebe zu seinen Brüdern ausnutzte, erregte bereits meinen Ekel. »Raus!«

Ich wollte sie niemals mehr in Traces Schlafzimmer sehen.

»Ich erwarte, dass du morgen früh verschwunden bist. Und lass den Ring hier!« Britney starrte auf den antiken Verlobungsring. »Den wird er mir geben. Ich habe mir immer eine Verlobung am Weihnachtstag gewünscht.«

*Nur über meine Leiche!*

Ich würde keinesfalls irgendetwas behalten, das Trace gehörte, doch gewiss würde *sie* den Ring nicht tragen.

Jetzt verlor ich schließlich doch die Beherrschung. Ich ging zu Britney hinüber, hob meine Hand und ohrfeigte sie so heftig, dass ihr Kopf zur Seite flog. Befriedigt hörte ich das Aufklatschen meiner Hand auf ihrem Gesicht.

»Ich sagte, raus hier!«, stieß ich zwischen zusammengebissenen Zähnen hervor.

»Du hast mich geschlagen, du mieses Stück Scheiße«, schrie sie.

»Verschwinde oder ich werde es noch einmal tun!«, drohte ich ihr, mehr als bereit zu einer ausgewachsenen Rauferei. Jetzt war ich wirklich zornig und wusste nicht, wie ich meine rasende Wut abreagieren sollte. Britney war zwar viel größer als ich, aber recht mager, und ich bezweifelte, dass sie kampferfahren war.

Mit der Hand auf ihrer geschwollenen Wange drohte sie mir: »Sei morgen früh verschwunden!« Dann drehte sie sich herum und stürmte aus dem Zimmer.

Ich schloss die Tür hinter ihr und verriegelte sie eilig. Denn wenn ich sie noch einmal zu Gesicht bekommen hätte, wäre ich vielleicht nicht in der Lage gewesen, mich zu beherrschen. Ich warf mich rücklings aufs Bett. Was zum Teufel sollte ich tun?

*Ich muss gehen.*

Eigentlich wollte ich mit Trace reden, doch ich wusste, er würde mich auffordern, nicht wegzulaufen, und würde die Konsequenzen auf sich nehmen. Doch das durfte nicht geschehen. Er wirkte so glücklich in Gesellschaft seiner Brüder. Ich wollte keinen Ärger aufgrund meiner Vergangenheit, nicht wenn es Trace und seine Familie treffen würde.

Der Schmerz in meiner Brust wuchs ins Unerträgliche, als ich daran dachte, mich von ihm trennen zu müssen. Während der letzten Wochen waren wir uns immer näher gekommen. Ich zweifelte nicht daran, dass ich ihn liebte, und ihn zu verlassen würde eine Wunde hinterlassen, die wahrscheinlich niemals heilen würde.

*Ich muss ihn genug lieben, um loszulassen zu können.*

Und ich liebte ihn über alle Maßen. Für Trace und mich hatte es niemals eine richtige Zukunft gegeben. Ich musste das Band zerreißen und mit meinem Schmerz klarkommen, sodass ich mit der Zeit weiterleben konnte.

Auf den versprochenen Job würde ich verzichten müssen. Doch jetzt, da meine Akte sauber war, konnte ich einen anderen Job bekommen.

*Es wird alles gut. Es wird alles gut.*

»Eva! Die Tür ist verschlossen«, ertönte plötzlich Traces Stimme vor der Tür.

Ich sprang auf und versuchte, meine Panik zu unterdrücken, die ich angesichts des Gedanken empfand, ohne ihn zu sein.

Ich entriegelte die Tür und ließ ihn eintreten. Dann schloss ich die Tür wieder sorgfältig hinter ihm.

»Ist alles in Ordnung?«

Beinahe wäre ich in Tränen ausgebrochen, als ich das zärtliche Mitgefühl in seinen Augen sah. Ich umarmte ihn und versuchte, mir seinen Geruch einzuprägen.

Sogleich schlang er seine Arme um meine Taille und hielt mich fest. »Hey, irgendetwas stimmt nicht mit dir.«

»Alles gut«, leugnete ich. »Ich habe dich nur vermisst.«

»Da habe ich aber Glück«, sagte er hintergründig.

»Ist alles in Ordnung mit deinen Brüdern?«

»Ja. Ich glaube, Sebastian wird nach Denver übersiedeln, um mit mir zusammenzuarbeiten.«

Er klang erleichtert ... und glücklich. Mir wurde es leicht ums Herz. Ich wusste, dass er sich wünschte, seinen Brüdern wieder näherzukommen. Und jetzt würde sein Wunsch in Erfüllung gehen. Schritt für Schritt würde die auseinandergebrochene Walker-Familie wieder vereinigt werden. »Du hörst dich glücklich an.«

»So ist es«, erwiderte er, während er mit der Hand über meinen Rücken hinabglitt, um mich in meine hauteng von der Jeans umschlossenen Pobacken zu kneifen. »Es gibt nur noch eine einzige Sache, die ich mir an diesem Weihnachtsfest wünsche.«

»Was?«

»Dich«, antwortete er heiser.

»Du hast mich bereits gehabt«, neckte ich ihn. Mein Gott, ich musste unsere Unterhaltung auf einem lockeren Niveau halten.

Er bog sich zurück und faszinierte mich mit dem Leuchten in seinen schmelzend grünen Augen. »Ich will dich für immer, Eva.«

Mein Herz jagte, als ich ihm in die Augen blickte. Genau das wollte ich auch, doch das würde nicht geschehen. Doch ich wollte, dass er eines wusste. »Hör mir zu! Ich habe dir etwas zu sagen und bitte dich, nichts darauf zu antworten, okay? Ich will, dass du etwas weißt.«

Er nickte zwar, doch seine Miene ließ Verwirrung erkennen. Ich holte tief Luft. »Irgendwann ist diese vorgetäuschte Verlobung viel mehr als nur Schauspielerei geworden. Ich habe dich sehr gern, Trace. Ich weiß nicht, wann und wie es dazu gekommen ist. Ich weiß lediglich, dass es so ist.«

Er öffnete den Mund, um etwas zu sagen, aber ich bedeckte schnell seine Lippen mit meinen Fingern und fuhr fort: »Du musst nichts sagen. Ich habe keinerlei Erwartungen. Ich wollte lediglich, dass du weißt, dass die vergangenen paar Wochen die besten meines Lebens gewesen sind.«

»Verhalte dich nicht so, als ob du dich verabschieden würdest, Eva«, sagte er heiser, während sich sein Blick in meine Augen brannte.

Dann neigte er den Kopf und fing meine Lippen ein, bevor ich antworten konnte. Seine Zunge drang entschlossen in meinen Mund und ich öffnete mich ihm. Ich brauchte ihn sofort, musste mit ihm ein letztes Mal zusammen sein.

»Fick mich!«, verlangte ich begierig im selben Moment, in dem er meinen Mund freigab.

»Genau das habe ich vor«, stimmte er zu, während er bereits einen Schritt zurücktrat und an dem Reißverschluss meiner Jeans zu fummeln begann.

# KAPITEL 17

## Eva

W ir zogen und zerrten einander die Kleider vom Leib, als ob wir sterben würden, wenn wir uns nicht in den nächsten Sekunden vereinigen konnten, und ich kann ehrlich behaupten, dass ich mich *genau so* gefühlt habe. Ich war so gierig nach Trace, dass ich nicht atmen konnte, und mein Herz raste wie ein außer Kontrolle geratener Güterzug.

Ich zerrte an seinem schweren Pullover mit Fischgrätenmuster, während er sich hinkniete, um mir Jeans und Höschen hinunterzuziehen.

»Arme hoch!«, keuchte ich, damit ich ihm das Kleidungsstück über den Kopf ziehen konnte. Gleichzeitig stieg ich ungeduldig aus der Hose und dem Slip, die er mir bis zu den Knöcheln hinuntergezogen hatte.

Dann erhob er sich und machte kurzen Prozess mit meinem Pullover und dem BH, während ich bereits gierig an dem Reißverschluss seiner Jeans herumhantierte. Meine Hände zitterten so heftig, dass Trace die Sache übernahm und sich selbst seiner Jeans und der Boxershorts entledigte.

Ich stöhnte, als er meine Hände über meinem Kopf gegen die Wand presste und mit wildem Blick auf mich hinab starrte. »Verdammt, Eva. Was zur Hölle hast du mit mir angestellt?«, knurrte er.

Ich konnte nicht antworten. Ich blickte einfach nur zu ihm auf und atmete heftig. Trace zeigte sich vollkommen offen und war atemberaubend. Mein Körper war angespannt und vibrierte vor Verlangen, diesen Mann in sich zu haben.

»Bitte!«, flehte ich und schlang meine Arme um seinen Hals.

»Leg deine Beine um meine Taille!«, verlangte er und gab meine Hände frei.

Ich sprang an ihm hoch und er umfasste meinen Hintern mit beiden Händen und hob ihn in die Höhe, bis ich eine perfekte Position eingenommen hatte.

Mir stockte der Atem und mein Körper wurde immer gieriger, als ich spürte, wie sein mächtiger Schwanz zwischen meine feuchten Falten und über meine Klitoris glitt. Ich ertrank in Gefühlen, als meine geschwollenen Brustwarzen über seine harten Brustmuskeln rieben.

Ich hätte meinen eigenen Namen vergessen können, wenn ich auf diese Art mit Trace vereinigt war; ihn zu spüren und seinen Duft einzuatmen reichte aus, um mich selbst vollkommen zu verlieren.

»Halt dich an mir fest!« Seine Stimme klang herrisch, aber ebenfalls roh und begierig.

Als ob ich zu *irgendetwas* anderem fähig gewesen wäre, als mich an ihm festzuhalten! Im Moment war er das Zentrum meines Universums.

Ich klammerte meine Beine fester um seine Hüften und drängte ihn, mich zu ficken.

Trace enttäuschte mich nicht. Mit einer heftigen Vorwärtsbewegung presste er mich fest gegen die Wand und stieß seinen Schaft in meine Muschi. »Oh Gott! Ja!«, schrie ich und fragte mich, ob es etwas Besseres gab als die Vereinigung unserer Körper.

Ich fuhr ihm mit den Händen durchs Haar, drückte mich an seine Brust und küsste ihn. Ich stieß meine Zunge in seinen Mund, während er in einem wilden Rhythmus mit enormer Kraft in mich hineinpumpte und sich wieder zurückzog. Hilflos stöhnte ich gegen seine Lippen.

Gnadenlos bemächtigte er sich all meiner Sinne. Schließlich löste ich nach Atem ringend meinen Mund von seinem, der sogleich begann, jeden Zentimeter meiner nackten Haut, den er erreichen konnte, zu verschlingen. Traces Zunge glitt von meinem Ohr zu meinen Schultern und wieder zurück.

»Du gehörst mir, Eva. Du gehörst für immer zu mir«, flüsterte er mit rauer Stimme.

Jeder einzelne Nerv in meinem Körper fing Feuer, als seine leise Erklärung an meinem Ohr vibrierte. Seine ungezügelte Besitzgier ließ mich nur noch heißer brennen und ich wünschte mir verzweifelt, zum Höhepunkt zu kommen. Mit jedem Stoß seines Schwanzes rieb sich seine Leiste an meiner Klitoris und der brutale Rhythmus machte mich wahnsinnig. Ich spürte, wie mein Orgasmus sich aufbaute.

Seine Hände bewegten sich über meinen Hintern und einer seiner Finger erlaubte sich, über den Einschnitt zwischen meinen Pobacken zu streichen und dann über die pochende Öffnung meines Anus zu gleiten. Das sensationelle Gefühl, als seine Fingerspitze in die verbotene Öffnung eindrang, entzündete meinen gewaltigen Höhepunkt, der meinen Körper packte wie einen kleinen Gegenstand, der von einem Tornado aufgesaugt wurde.

»Trace!«, schrie ich, als er fortfuhr, in mich hinein zu hämmern. Mein Rücken bog sich durch und mein Kopf schlug gegen die Wand. Ich umklammerte seine Schultern und meine Nägel gruben sich in die Haut seines oberen Rückens.

»Fuck! Ja! Nimm mich in Besitz, Eva! Markiere mich als dein Eigentum! Ich weiß, dass ich schon längst dir gehöre.« Er stöhnte, während er mich ein letztes Mal gegen die Wand presste, und drang so fest in mich ein, dass sich sein Schwanz bis zur Wurzel in mir vergrub.

Mitten im Orgasmus barg ich mich in seinen Armen, meine kurzen Nägel immer noch in seine Haut gegraben. Irgendein animalischer Instinkt, der in mir aufbegehrte, trieb mich dazu, ihn auf jegliche erdenkliche Art als meinen Besitz zu markieren, besonders nachdem er sich mir selbst verschrieben hatte.

Als mein Körper sich langsam entspannte, löste ich meinen schraubstockartigen Griff von seinen Schultern und schlang meine Arme um ihn, wobei mir ein Seufzer entwich, der teils der Erleichterung und teils dem Kummer entsprang, während Trace seine warmen Säfte der Erlösung in mich ergoss.

Mein Körper war gesättigt, aber mein Herz zerbrach. Wie konnte ich diesen Mann verlassen, diesen wunderbaren Menschen, dem nun ein Teil meiner Seele gehörte?

Er trug mich zum Bett und legte mich sanft darauf, nachdem er die Decke zurückgeschlagen hatte. »Was stimmt denn nicht?«, erkundigte er sich, als er mich zärtlich in die Arme nahm.

»Nichts«, log ich. Ich wusste, dass er wahrscheinlich meinen kurzen, unbewusst geäußerten Laut der Traurigkeit gehört hatte. »Ich glaube, ich war ... überwältigt.« Also gut, *das* war die Wahrheit.

»Ich will dich glücklich machen, Eva.«

Trace versetzte mich in Ekstase, deshalb würde es mir so verdammt schwerfallen, mich von ihm zu lösen. »Das tust du.«

Keiner von uns beiden sagte mehr ein Wort und so lagen wir mit ineinander verschlungenen Körpern auf dem Bett. Mein Kopf ruhte auf seiner Brust und ich lauschte seinem schnellen, kräftigen Herzschlag, während ich mir wünschte, es gäbe *irgendeinen* Weg, mit ihm zusammenzubleiben. Leider fand ich keinen Ausweg und ich wusste, wie kostbar diese Momente waren, denn sie mussten mir ein ganzes Leben ersetzen.

Einige Stunden später war ich wieder angekleidet und beobachtete mit meinem Rücken gegen das Kopfende gelehnt Trace im Schlaf.

Ich hatte eine kleine Tasche mit den nötigsten Sachen gepackt, Kleidung zum Wechseln und einige persönliche Gegenstände.

Den Ring seiner Mutter hatte ich neben seiner Brieftasche und der Uhr auf dem Nachttisch zurückgelassen, denn ich wusste, dort würde er sie unmittelbar nach dem Aufwachen entdecken.

Ich fragte mich, wie er Sebastian und Dane meine Abwesenheit erklären würde. Er würde sich etwas einfallen lassen müssen. Das Wichtigste war, dass weder Traces Name noch der seines Vaters durch den Schmutz gezogen wurden.

Da ich wusste, dass Trace einen ziemlich tiefen Schlaf hatte, erlaubte ich mir, ihm leicht übers Haar zu streichen. »Ich muss gehen«, flüsterte ich dem schlafenden Trace zu. »Ich will es zwar nicht, aber ich darf dein Leben nicht zerstören, indem ich bleibe.«

Ich seufzte, denn nun musste ich das Bett verlassen und mich zwingen zu gehen. Doch ich stahl mir jeden noch so kleinen Augenblick.

»Ich liebe dich«, sagte ich leise, während mir die Tränen unkontrolliert in Strömen die Wangen hinunterliefen. »Es tut mir leid, dass ich es dir niemals gesagt habe, doch es wäre unangenehm und kompliziert geworden und ich weiß, dass du das hasst.«

In der Ferne konnte ich hören, wie eine von Traces ausgefallenen Uhren Mitternacht schlug, und ich wusste, es war an der Zeit zu gehen.

»Fröhliche Weihnachten, Trace«, murmelte ich mit bebender Stimme, als ich ihm zärtlich die Hand auf die Wange legte und sie dann schnell wieder wegzog.

Ohne mich noch einmal umzublicken hängte ich mir die leichte Tasche über die Schulter und griff nach der Jacke, die ich daneben gelegt hatte. Meine Tränen ergossen sich in einer wahren Flut über mein Gesicht und vernebelten meine Sicht, sodass ich kaum die Tür erkennen konnte und nach der Klinke suchen musste.

Ich hatte gerade den Türknauf herumgedreht, als sich ein sehr starker, sehr langer Arm um meine Taille wand und Traces Stimme laut genug erschallte, um jede Seele im Haus zu wecken. »Was zum Teufel denkst du dir dabei?«

»Trace, ich muss gehen.« Ich kämpfte, doch meine Kraft konnte sich nicht mit der des wildgewordenen Mannes messen, der mich an sich zog.

»Schwachsinn. Du wirst nirgendwohin gehen. Du liebst mich. Ich habe gehört, wie du es gesagt hast«, grollte er laut.

Ich ließ die Tasche und die Jacke fallen, als er mich hochhob, zum Bett hinüberging und mich kurzerhand auf das Laken legte. Ich wollte mich auf die andere Seite des Bettes rollen, um ihm zu entkommen, doch er legte sich blitzschnell auf mich und hielt meine Hände über meinem Kopf fest.

»Erklär mir das!«, verlangte er in scharfem, zornigem Tonfall.

Ich schaute zu ihm auf, auf den Wangen noch die verschmierten Tränen. Er war außer sich vor Wut, doch ich hatte keine Angst vor ihm. Obwohl in seinen Augen ein Sturm tobte und seine Nasenflügel vor Wut bebten, wusste ich, er würde mir nicht wehtun. »Ich kann es nicht erklären.«

»Du *kannst* es sehr wohl erklären und *wirst* es auch.«

Ich schüttelte den Kopf. »Ich kann nicht.«

»Erklär es mir, Eva! Wenn du mir einen guten Grund nennen kannst, werde ich dich gehen lassen.«

In meinem Kopf wirbelten die Gedanken umher. »Versprichst du mir das?«

Er nickte scharf, nur ein einziges Mal.

Vielleicht würde er mich gehen lassen, wenn ich ihm die Wahrheit sagte. Vielleicht war das der einzige Weg. Denn ich musste gehen.

Ich holte tief Luft und begann zu sprechen. »Britney weiß alles. Sie hat das Tagebuch meiner Mutter gestohlen. Ich nehme an, dass sie mehr davon gelesen hat als ich selbst. Falls ich nicht gehe, wird sie alles veröffentlichen und Dane erzählen, dass sie nur mit ihm geschlafen hat, um an dich heranzukommen. Sie wird ihn verletzen.«

Er wirkte verwirrt. »Das ist alles? Das ist ein fürchterlicher Grund! Du wirst nirgendwohin gehen!«

»Das reicht doch wohl. Sie wird dein Ansehen und das deines Vaters zerstören. Und außerdem wird sie Dane wehtun.« Ich zerrte gereizt an meinen Handgelenken und starrte ihn an.

»Nein, ehrlich, Liebes ... das reicht nicht aus. Ich liebe dich, verdammt noch mal, Eva. Glaubst du, es kümmert mich, was Britney tut?«

*Er liebt mich?* »Du hast mich offensichtlich reden hören, also weißt du, dass ich dich auch liebe. Ich kann nicht zulassen, dass sie dich zerstört. Sie hat gedroht, publik zu machen, dass dein Vater einer Täuschung unterlegen ist, als er meine verrückte Mutter geheiratet hat.«

»Mein Vater ist tot, Eva. Und es ist mir vollkommen egal, was sie über mich oder dich ausplaudert. Ich bezweifle jedoch, dass sie ihre Drohungen wahr machen wird. Dane weiß bereits, dass sie ihn benutzt. Sie wird ihm nicht das Herz brechen.«

»Er weiß es? Er liebt sie nicht?« Zugegeben, Dane hatte niemals einen verliebten Eindruck auf mich gemacht, doch er war ein stiller Typ Mann und nicht so leicht zu durchschauen.

»Nein«, antwortete er schlicht. »Und jetzt lass uns über uns reden!«

Ich sah sprachlos zu ihm auf und schluckte den Kloß in meiner Kehle hinunter. Seine Augen flackerten noch immer recht intensiv und ich konnte keine Anzeichen bemerken, dass sein Ärger sich legte.

Als ich schwieg, fuhr er fort:»Wenn du mich verlässt, wirst du mich zerbrechen, Eva. Noch niemals habe ich so für eine Frau empfunden. Ich glaube, wenn du gehst, werde ich niemals mehr ganz werden. Du musst bei mir bleiben. Was auch immer geschieht, zusammen werden wir damit zurechtkommen, aber du darfst nicht davonlaufen. Damit könnte ich nicht umgehen.« Mein Herz zog sich zusammen, bis ich das Gefühl hatte, es würde zerspringen.»Warum ich?«, fragte ich leise.

*Er liebt mich?* Ich hatte seine Erklärung immer noch nicht verinnerlicht und konnte einfach nicht verstehen, warum er gerade mich wollte. Oh, ich wusste, dass er mich mochte, doch er liebte mich so, dass ich zu seinem wunden Punkt wurde und er mich verzweifelt brauchte. *Mich?*

»Warum nicht du?«, gab er meine Frage mit ruhigerer Stimme zurück.

»Ich bin ein gemischtrassiger Niemand, Trace. Eine Frau, die den größten Teil ihres Erwachsenenlebens im Gefängnis verbracht hat –«

»Weil deine Mutter eine Verrückte war«, beendete er meinen Satz.»Du bist die stärkste Frau, die mir je begegnet ist. Ich glaube, ich wusste bereits in dem Moment, in dem du zugegeben hast, dass du Chloe nicht kennst, dass ich verloren war. Ich wollte es nur nicht zugeben, daher redete ich mir ein, dich lediglich ficken zu wollen. Aber das ist nicht wahr. Verdammt, ich brauche das zwar, aber ich brauche auch mehr als das. Ich brauche alles, was du mir geben kannst.«

Er klang verärgert und ich musste lächeln.»Glaubst du, du könntest mich loslassen?«

Sein Griff um meine Handgelenke lockerte sich und schließlich zog er mich in eine sitzende Position, während er knurrte:»Ich lasse dich zwar los, aber ich werde dich nicht gehen lassen.«

Dann fasste er mich fest um die Taille und schob mich zwischen seine Beine.

Ich seufzte, als ich die Wärme seines Körpers an meinem Rücken spürte. »Ich möchte bei dir bleiben, aber ich fürchte mich vor dem, was Britney unternehmen wird. Ich wollte nicht gehen, Trace.«

»Du wirst nicht gehen und es ist mir vollkommen egal, was Britney tut. Sie hat hier nichts mehr zu suchen. Ich werde mich bei Dane dafür entschuldigen, dass er seine Bettgenossin verliert, aber ich brauche dich mehr als er sie.«

Für einen Augenblick schwieg ich verblüfft. Es musste das erste Mal in seinem Leben sein, dass Trace zuerst an seine eigenen Bedürfnisse dachte. Dann teilte ich ihm meine Gedanken mit.

»Dieses Mal muss ich das«, gab er zu. »Ich würde zu nichts mehr zu gebrauchen sein, wenn du mich verlassen würdest.«

Ich entledigte mich meiner Schuhe und ließ sie zu Boden fallen. Dann drehte ich mich herum, kniete mich hin und schlang meine Arme um seine nackten Schultern. »Ich liebe dich. Ich dachte, mein Herz würde brechen«, murmelte ich unter Tränen.

»Ich hätte es wieder zusammengefügt, Baby«, sagte Trace heiser und knabberte an meinem Ohr. »Es gibt nichts, das ich nicht für dich tun würde.«

Ich klammerte mich an ihn, als meine Tränen wieder zu fließen begannen und auf seiner nackten Haut landeten. Auch ich würde alles für ihn tun. Ich war überzeugt, dass es ihn wirklich nicht kümmerte, wenn meine Vergangenheit an die Öffentlichkeit gelangen würde. »Falls sie redet, wird es sehr hässlich werden«, warnte ich ihn. Meine Angst beherrschte mich immer noch, obwohl ich keine Zweifel an seiner Liebe zu mir hegte. Aber ich wollte unbedingt vermeiden, dass meine Vergangenheit ihm in Zukunft irgendeinen Schmerz verursachen würde. Es würde mich umbringen, falls er wegen mir verletzt werden würde.

»Denk nicht daran!«, brummte Trace. »Mich würde es verletzen, wenn du mich verlassen würdest.«

Angesichts dieses Beweises seiner Zuneigung schmolz ich dahin. Ich dankte dem Schicksal, dass es diesen erstaunlichen

Mann in mein Leben gebracht hatte, den einzigen Menschen, der mir immer vollkommen vertrauen würde.

Ich löste mich von ihm, als er die Hand nach dem Nachttisch ausstreckte und etwas aufnahm, was dort gelegen hatte. »Das hast du vergessen«, bemerkte er leicht verärgert.

Es war der Ring seiner Mutter.

»*Den* konnte ich nicht mitnehmen«, stammelte ich. Es überraschte mich, dass er hatte glauben können, dass ich ihn nicht zurückgegeben hätte.

Er hob meine Hand und steckte den wunderschönen Ring an meinen Finger zurück. »Dann nimm ihn jetzt. Ich möchte dich heiraten, Eva. Nicht vorgetäuscht, sondern wahrhaftig. Erlöse mich aus meiner Qual und sag mir, dass du meine Frau werden wirst, dass du den Ring bis in alle Ewigkeit tragen wirst!«

Ich blickte von meiner Hand zu seinem Gesicht und wusste nicht, ob ich begeistert oder erschrocken sein sollte. Dann, da ich nicht anders konnte, begann ich zu weinen.

# KAPITEL 18

*Eva*

 er Gedanke, dass Trace von nun an als mein bester Freund, Geliebter und Ehemann zu meinem Leben gehören sollte, war überwältigend.

*Solche Dinge widerfahren einer Frau wie mir nicht.*

Wieder nahm ich ihn in den Arm und weinte an seinem Hals vor mich hin.

»Meine Güte, ist der Gedanke, mich zu heiraten, so deprimierend?«, erkundigte sich Trace und schlang seine Arme um mich.

»Nein«, erwiderte ich mit einem Husten, das eher wie ein Schluchzer klang. »Es ist wunderbar. Doch einer Frau wie mir erscheint es so unwirklich, dass mich der Mann meiner Träume bittet, ihn zu heiraten.«

»Ich bin ein Arschloch, Eva. Aber wenn du zustimmst, dich auf mich einzulassen, machst du mich zum glücklichsten Arschloch auf der Welt.«

Ich konnte nicht anders. Ich musste lachen. Trace mochte arrogant, herrisch und entschlossen sein durchzusetzen, was er für richtig hielt, doch seine positiven Charakterzüge machten das mehr als ausreichend wett. Außerdem, manchmal gefiel mir seine herrische Art sogar. Wenn es einmal nicht so war, waren wir gezwungen, miteinander zu streiten, aber nichts von alldem spielte eine Rolle. Wir liebten einander, deshalb fanden wir stets einen Kompromiss.

»Du bist ein wenig herrisch«, überlegte ich laut.

»Das kann ich nicht leugnen«, gab er bereitwillig zu.

»Und es gefällt mir nicht, wenn du etwas tust, von dem du annimmst, es sei das Richtige für mich, ohne mich zu fragen.«

»Das wird nicht mehr vorkommen«, versicherte er.

Mein Herz schmolz dahin und ich konnte ihn nicht länger hinhalten. »Aber du bist mein Märchenprinz, der mich gerettet hat, als ich aufgeben wollte«, gestand ich unter Tränen. »Du hast an mich geglaubt und mir wieder das Gefühl gegeben, ein wertvoller Mensch zu sein. Ich habe ziemlich schnell wieder an mich selbst glauben können. Ich habe noch viel aufzuarbeiten, um mich selbst zu finden und meine Vergangenheit hinter mir zu lassen, doch ich weiß, dass ich das mit dir tun will. Ich bin mir nicht sicher, was ich mit meinem Leben anfangen werde, doch ich weiß jetzt, wo ich hingehöre.«

»Wohin?«, fragte er nervös.

»An deine Seite«, hauchte ich ihm leise ins Ohr. »Für immer an deine Seite, wenn du mich wirklich willst.«

»Bedeutet das Ja?«, erkundigte er sich heiser.

»Ja, bitte! Ich liebe dich so sehr, dass es schmerzt. Ich will dich heiraten.« Fette Tränen rollten mir über die Wangen, aber das kümmerte mich nicht. Nachdem ich mit einem lebenslangen Aufenthalt in der Hölle gerechnet hatte, besaß ich nun das Wertvollste, das ich mir vorstellen konnte: Traces Liebe.

»Ich will dir niemals wehtun, Eva. Ich denke, wir beide müssen die Vergangenheit hinter uns lassen. Sie ist Geschichte. Du hast dir niemals etwas zu schulden kommen lassen, hast dir aber den Hintern aufgerissen, um zu überleben.« Seine Arme schlossen sich besitzergreifend noch fester um mich. »Ich werde dir alles geben, was in meiner Macht steht, um dich glücklich zu machen. Was hattest du für Pläne, bevor du verhaftet wurdest?«

Ich seufzte und bettete meinen Kopf auf Traces Schulter. »Gastronomieausbildung. Isa hatte mir geholfen, ein Stipendium zu bekommen und eine Schule zu finden, die es mir erlaubte, zu arbeiten und gleichzeitig zu lernen.«

»In Colorado?«

Ich nickte.

»Gott sei Dank!«, rief er aus. »Dann muss ich mich nicht von dir trennen, um dich glücklich zu machen. Willst du immer noch diese Schule besuchen?«

»Das wünsche ich mir mehr als alles andere«, sagte ich wehmütig.

»Wir werden die beste Schule in der Gegend ausfindig machen und ich stelle mich dir als Testobjekt für deine neuen Rezepte zur Verfügung«, bot er großzügig an.

Ich musste tatsächlich kichern, so glücklich fühlte ich mich. »Danke. Sehr lieb von dir.«

»Ich bin ein egoistischer Mistkerl«, korrigierte er mich. »Du bist eine ausgezeichnete Köchin.«

Mein Gott, wie liebte ich diesen Mann, der mir das Gefühl gab, ich könnte alles bewerkstelligen. »Ich liebe dich«, erklärte ich atemlos und mein Herz hämmerte vor lauter Glück, zu lieben und geliebt zu werden. »Ich werde alles für dich kochen, was ich lerne. Auf diese Art kann ich mich bei dir revanchieren.«

»Mir ist egal, was du tust, solange es dich glücklich macht, ob du nun kochst oder nicht.« Zärtlich legte er mich auf den Rücken und bedeckte meinen Oberkörper mit seinem. Seine jadegrünen Augen strahlten, als sich unsere Blicke ineinander versenkten. »Nur liebe mich und heirate mich!«

Die pure Energie, die Trace immer auszustrahlen schien, war zwar immer noch präsent, doch die Verwundbarkeit, die er bereitwillig in seinen Augen zum Ausdruck brachte, hätte mich in die Knie gezwungen, wenn ich auf meinen Füßen gestanden hätte.

Ich wusste, dass es an der Zeit war, loszulassen und mich von meiner Vergangenheit zu befreien. Sicher, sie war unglücklich verlaufen, doch mein Karma hatte mir eine unglaubliche Zukunft beschert und einen Mann, mit dem ich mich niemals mehr allein und verängstigt fühlen würde. Wenn ich alles noch einmal durchmachen müsste, um am Ende dort zu landen, wo ich mich jetzt befand, würde ich es mit Freuden auf mich nehmen. Vielleicht würde ich gelegentlich noch unter Albträumen leiden und ich wusste nicht, was ich meiner Großmutter gegenüber empfand, doch das konnte ich später herausfinden. Wichtig war lediglich, in der Gegenwart zu leben und dankbar zu sein, dass Trace Walker meinen Weg gekreuzt hatte.

Er hatte Recht. Ich hatte mir nichts zu Schulden kommen lassen, sondern hatte versucht, ein besserer Mensch zu werden. Ab jetzt musste ich meine Wut vergessen und meinen Kopf so hoch tragen wie es eben ging. Ich war jung. Ich war unglaublich glücklich. Und ich wusste, ich war in der Lage, Gutes zu tun. Die Britneys dieser Welt konnte ich zum Teufel jagen.

Ich hob die Hand, umfasste sein Kinn und spielte mit den Fingern auf seinen Lippen. »Ich liebe dich auch, Trace. Gemeinsam werden wir die Vergangenheit loslassen.«

»Abgemacht«, stimmte er heiser zu. »Ich möchte dir etwas geben, aber ich will dich nicht wieder zum Weinen bringen.«

Er klang so, als ob meine Tränen für ihn eine Folter waren. Verstand er denn nicht, dass ich lediglich weinte, weil ich überschäumte vor Glück?

»Ich werde nicht weinen«, versprach ich.

»Gut.« Er grinste mich an, rollte sich aus dem Bett und ging zu seinem Kleiderschrank hinüber. Dann zog er vom Boden des Schrankes ein gerahmtes Bild hervor. »Ich hatte keine Möglichkeit, es zu verpacken und unter den Weihnachtsbaum zu legen.«

Für einen Augenblick hatte mich sein nackter Körper abgelenkt; meine Blick klebte an dem heißesten, knackigsten

Hintern, den ich je gesehen hatte – bis er sich herumdrehte und ich von seinem hochaufgerichteten Schwanz begrüßt wurde. Meine Augen verschlangen jeden einzelnen seiner wohlgeformten Muskeln, als er sich auf das Bett zubewegte. Mein Gott, würde es mir in Zukunft immer die Sprache verschlagen, ihn nackt zu sehen? Bekleidet oder unbekleidet, sein Anblick raubte mir stets den Atem.

Lächelnd streckte ich die Hand aus, um den großen Rahmen entgegenzunehmen. Er war mindestens dreißig Zentimeter breit, ebenso hoch und wies ein beträchtliches Gewicht auf, vermutlich wegen des verzierten Rahmens. Ich drehte ihn herum und erstarrte, als ich in ein Gesicht blickte, das mich ebenfalls zu betrachten schien.

Es handelte sich um ein Bild meines Vaters.

Überrascht schnappte ich nach Luft und entgegen meines Versprechens traten mir die Tränen in die Augen. »Oh mein Gott! Wie ist das möglich?«

Ich besaß nicht ein einziges Foto von meinem Vater. Ich hatte alles verloren, einschließlich der meisten meiner persönlichen Sachen, als ich ins Gefängnis eingeliefert worden war.

»Ich habe es in einer öffentlich zugänglichen Akte gefunden und es digital aufbereitet und gerahmt. Du siehst ihm ähnlich, Eva.«

Das Originalfoto musste einem Dienstausweis entstammen oder es handelte sich um ein Bild, das von einem Kollegen aufgenommen worden war. Es war eine Nahaufnahme und zeigte nur Kopf und Schultern. Mein Vater lächelte in die Kamera. Seine breiten Schultern wurden von einem seiner üblichen marineblauen Arbeitshemden bedeckt.

Mit zitternden Fingern fuhr ich über dem Glas die Gesichtskonturen meines Vaters nach. »Genau so habe ich ihn in Erinnerung. Egal wie hart er arbeitete, er lächelte immer.«

Trace setzte sich wieder zu mir aufs Bett und legte einen Arm um mich. »Dann bist du ihm sehr ähnlich«, stellte er fest.

Wir *waren* uns ähnlich. Das Foto gab mir ein kleines Stück meines Vaters zurück und erinnerte mich daran, wie stolz ich gewesen war, seine Tochter zu sein. »Wie kann ich dir für ein solches Geschenk danken?«

»Indem du mich küsst?«, schlug er hoffnungsvoll vor.

Ich nahm das Bild und stellte es vorsichtig auf den Nachttisch. Es war wirklich zu groß, um es auf ein Regal zu stellen; später würde ich es aufhängen.

Dann schlang ich ihm die Arme um den Hals, rutschte näher an ihn heran und flüsterte gegen seine Lippen: »Danke schön.« Dann küsste ich ihn und legte all meine Gefühle in diesen Kuss.

Es war seltsam, wie sehr sich unsere Weihnachtsgeschenke ähnelten. Ich hatte tatsächlich ebenfalls einen sehr großen Bilderrahmen gekauft und Bilder von ihm, seinem Vater und seinen Brüdern in die vorgesehenen Plätze eingefügt, Fotos, die in Schubladen über das ganze Haus verteilt zu sein schienen. Ich dachte, es würde gut in sein Büro passen. Merkwürdig dass wir beide wollten, dass sich der andere an glücklichere Zeiten erinnerte, an die Zeit, bevor unser Leben ein Scherbenhaufen geworden war. Mein Geschenk lag eingepackt zusammen mit weiteren Kleinigkeiten für ihn unter dem Weihnachtsbaum für den nächsten Morgen bereit.

Atemlos lösten wir uns aus dem Kuss. Trace erhob sich und zog mich auf die Füße. Dann kleidete er mich langsam aus, als ob er es bereits seit Jahren getan hätte, ließ mich langsam aufs Bett gleiten und steckte Laken und Decke um mich herum fest.

Er selbst ging zum Kleiderschrank hinüber, warf sich hastig einen Bademantel über und wandte sich der Tür zu.

»Was hast du vor?«, fragte ich ihn von meinem bequemen Nest aus.

»Ich werde dafür sorgen, dass Britney morgen verschwunden ist.«

Bevor ich noch etwas sagen konnte, war er hinausgegangen, doch innerhalb weniger Minuten war er bereits zurückgekehrt.

Trace schüttelte den Bademantel ab, schaltete das Licht aus und schlüpfte zu mir ins Bett. »Erledigt«, stellte er fest und zog mich in seine Arme.

Ich schnurrte beinahe vor Behagen, als unsere Körper sich Haut an Haut aneinander schmiegten. »So schnell?«

»Liebes, sie ist nicht so bedrohlich, wie du vielleicht glaubst. Sie ist eine Frau, die einen reichen Mann ergattern will. Sie wird auf keinen Fall Geheimnisse ausplaudern. Das wäre nicht gut für ihre zukünftigen Pläne.«

»Geht es Dane gut?«

»Es war seine Idee, dass sie morgen früh gehen muss. Als ich ihm erzählt habe, dass sie dich erpresst, wollte er sie sofort loswerden. Er mag dich, ebenso wie Sebastian.«

»Mit der Zeit werde ich ihnen die Wahrheit erzählen«, erklärte ich zögernd. Ich hatte mir immer einen Bruder gewünscht und hatte mir vorgenommen, Traces Familie zu meiner eigenen zu machen.

»Dann tu das. Du kannst selbst entscheiden, ob du ihnen von deiner Vergangenheit erzählen willst oder nicht. Für mich macht das in keiner Hinsicht einen Unterschied, außer dass ich es hasse, wie sehr du leiden musstest.«

Ich kuschelte mich an seinen warmen Körper und fühlte mich so zufrieden, dass ich mich nicht von der Stelle bewegt hätte, selbst wenn das Haus in Flammen aufgegangen wäre. Mein Gott, ich liebte die Art, wie er meinem Urteil vertraute und bereitwillig alles akzeptierte, wozu ich mich entschloss. »Ich werde darüber nachdenken.«

Ich war müde und meine Augen schlossen sich, als ich so entspannt neben ihm lag. »Ich liebe dich so sehr. Frohe Weihnachten, Trace!«

»Frohe Weihnachten, Baby«, erwiderte und küsste mich zärtlich auf die Stirn.

Als ich in den Schlaf hinüberglitt, staunte ich über die Tatsache, dass dieses Weihnachtsfest so anders verlaufen war, als ich geplant hatte. Ich hatte gewusst, dass dieser Job bei Trace mein Leben ändern würde, doch ein solches Ausmaß hatte ich nicht erwartet.

Als ich an jenem Tag mit Plan A zu Trace gegangen war, hätte ich mir niemals vorstellen können, dass ich nicht nur von der Straße wegkommen, sondern am Ende wahrhaft geliebt werden würde.

Für eine Frau wie mich, die niemals in ihrem Leben ein volles Maß an Liebe empfangen hatte, war es ein Wunder und das beste Geschenk, das ich jemals hätte erhalten können.

Mit einem Lächeln auf den Lippen und meine Arme fest um das allerbeste Weihnachtsgeschenk geschlungen schlief ich ein.

# EPILOG

# Trace

EINIGE MONATE SPÄTER ...

*in Mann, der denkt, eine Hochzeit bedeutet für den Bräutigam keinen Stress, ist ein verdammter Idiot!*

Ich war ein nervöses Wrack, als wir in dem Vorzimmer, das für den Bräutigam und seine Trauzeugen vorgesehen war, scheinbar eine Ewigkeit darauf warteten, aufgerufen zu werden, unsere Plätze einzunehmen.

Dane wirkte unbehaglich in seinem schwarzen Smoking, der meinem ähnelte, doch er beschwerte sich nicht. Ich wusste, es war ihm nicht leichtgefallen, seine Insel zu verlassen, um für mich als Zeuge aufzutreten, und ich war ihm für seine Anwesenheit äußerst dankbar. Ich wusste, er tat es mir zuliebe ... und für Eva. Mein jüngster Bruder war mittlerweile vernarrt in Eva und seitdem sie ihn mehrere Male in der Woche anrief, war er etwas geselliger geworden. Meine süße Eva konnte recht stur sein und sie war ziemlich entschlossen, dafür zu sorgen, dass ich, Dane und Sebastian uns wieder genauso nahestanden, wie es früher der Fall gewesen war.

Schritt für Schritt ... erreichte sie ihr Ziel.

Ich hatte die Hochzeit im kleinen Stil ausgerichtet, da Dane mein Haupttrauzeuge war. Sebastian war Evas Brautführer, eine Aufgabe, die er sehr ernst nahm. In der Tat war mir mein Bruder ein vorbildlicher Partner geworden, was mir etwas mehr Freiraum ließ, Zeit mit Eva zu verbringen, bevor sie im Herbst ihre Gastronomieausbildung beginnen würde. Kurz nach der Hochzeit würden wir in sehr lange Flitterwochen aufbrechen, ein Urlaub, den wir, wie ich hoffte, größtenteils nackt verbringen würden.

Obwohl ich nervös war, konnte ich mir ein Lächeln nicht verkneifen, denn ich kannte Eva. Sie war entschlossen, sich Sehenswürdigkeiten anzusehen an Orten, an denen sie noch nie gewesen war. Ich zeigte mich ebenso stur betreffs meines Wunsches, uns nackt und fickend zu sehen, bis ich meine konstante Erektion loswerden würde, die mich jedes Mal befiel, wenn ich in ihrer Nähe war.

Wir hatten einen Kompromiss gefunden.

Wie immer.

»Ich werde losgehen und die Braut suchen. Es ist beinahe soweit«, bemerkte Sebastian unruhig.

Zum Teufel, er klang beinahe ebenso nervös wie ich. Ich musterte meinen mittleren Bruder, dankbar für all die Gespräche, die wir über die Vergangenheit geführt hatten. Wir sprachen jetzt nicht mehr oft darüber und ich denke, wir hatten unsere Differenzen beigelegt. Ich hatte seine Wünsche nicht gekannt und er hatte nicht darüber geredet. Wir trugen beide Schuld daran und am Ende waren wir uns dadurch nähergekommen.

»Verjag mir meine Braut nicht!«, knurrte ich, als ich Sebastian ansah, der ähnlich gekleidet war wie ich und Dane.

»Eigentlich hoffe ich, dass sie dich vor dem Altar sitzen lässt und mit mir davonläuft«, neckte mich Sebastian.

Ich starrte ihn an, weigerte mich jedoch, mich von ihm provozieren zu lassen. Er genoss es sichtlich zu beobachten, wie ich gereizt und besitzergreifend wurde. Dabei wusste ich, dass

Eva bei Sebastian in sicheren Händen war. Er würde niemals in das Territorium eines anderen Mannes eindringen und sich auch nicht mit meiner Braut davonstehlen. Außerdem wusste ich, dass Eva mich liebte. Trotzdem kamen mir im Moment seine Scherze recht ungelegen.

»Versuch einfach, sie und Isa zu finden, Besserwisser!«, grollte ich.

Sebastian grinste nur und machte sich davon, um meine Braut und ihre Brautjungfer zu finden.

Inzwischen hatte ich Isa und ihren Mann Robert recht gern. Sie hatten mittlerweile ein paar Mal bei uns zu Abend gegessen und ich erwischte mich dabei, dass ich mich auf die gelegentlichen Abende in ihrer Gesellschaft freute. Isa war eine nette Frau und Robert ein reicher Mann mit Humor. Beide waren uns stets willkommene und unterhaltsame Gäste.

»Geht es dir gut?«, erkundigte sich Dane neugierig.

»Ja«, erwiderte ich knapp.

»Du wirkst ein wenig nervös. Ich glaube nicht, dass ich dich schon einmal so ängstlich erlebt habe.«

»Ich habe ja auch noch niemals zuvor geheiratet«, antwortete ich trocken. »Ich will einfach nur, dass es vorbei ist. Ich will lediglich, dass Eva zu mir gehört.«

»Glaubst du, sie wird davonlaufen? Sie gehört dir bereits, Trace. Entspann dich!«

*Er hatte leicht reden.* Er hatte noch niemals eine Frau gehabt, der er total verfallen war. Nicht dass Eva diese Tatsache jemals ausgenutzt hätte. Doch manchmal war es verdammt erschreckend, jemanden so sehr zu lieben.

»Wir sind soweit«, ertönte plötzlich die Stimme des Hochzeitsplaners von der Türschwelle.

»Showtime«, bemerkte Dane unglücklich.

Ich folgte dem Hochzeitsplaner, während Dane direkt hinter mir blieb. Wir nahmen unsere Plätze vorn in der Kirche ein und ich musterte die Gäste.

Bei vielen handelte es sich um Freunde oder weitläufige Verwandte, doch mein Blick blieb an einer eleganten Frau in der ersten Reihe hängen, einer älteren Dame. Nora Mitchell. Sie saß mit ihren drei Stiefkindern im vorderen Teil der Kirche und ich wusste, Eva würde über ihre Anwesenheit glücklich sein. Ich konnte nicht gerade behaupten, dass in der Beziehung zwischen Eva und ihrer Großmutter alles zum Besten stand, doch sie arbeiteten sich langsam durch den Schmerz der Vergangenheit. Ich war ziemlich sicher, dass sie mehr frohe als traurige Momente miteinander verbrachten, und ich wusste, dass Eva mittlerweile vollkommen vernarrt in Noras Stiefkinder war.

Mein Cousin Gabe und seine Frau Chloe saßen schmunzelnd in der ersten Reihe. Ich fragte mich, ob mein Cousin nicht ein kleines bisschen meine Nervosität genoss, da ich ihn geneckt hatte, als er sich so verrückt mit Chloe angestellt hatte, bevor er sie geheiratet hatte. Jetzt verstand ich leider, wie er sich gefühlt haben musste. Ich warf ihm einen unglücklichen Blick zu, bevor ich Chloe ein schwaches Lächeln schenkte. Wirklich, ich war der Frau meines Cousins äußerst dankbar. Denn wenn ihre Freundin damals nicht aufgehalten worden wäre, sodass sie nicht in meinem Büro erscheinen konnte, um meine vorgetäuschte Verlobte spielen zu können, wäre ich jetzt nicht mit Eva zusammen. Also war Chloe indirekt dafür verantwortlich, dass jetzt diese Hochzeit stattfinden konnte.

Mein Herz begann zu rasen, als die Musik anschwoll und Isa graziös durch den Mittelgang der Kirche schritt. Sie warf mir einen ermunternden Blick zu, als sie mir und Dane gegenüber ihren Platz einnahm. Als die Gäste sich für Eva erhoben, ließ ich die Tür nicht mehr aus den Augen, denn durch sie würde Eva die Kirche betreten.

Ich hielt den Atem an, als sie schließlich elegant an Sebastians Seite in die Kirche schritt. Sie sah unglaublich hübsch aus in dem weißen Hochzeitskleid, das sie sich ausgesucht hatte.

Ich schöpfte keine Luft, bevor Sebastian sie nicht zu mir gebracht hatte und ich sie sicher an meiner Seite wusste. Ich verspürte einen seltsamen Schmerz in meinem Unterleib, als ich sah, dass sie die Perlenkette und die Ohrringe trug, die ich ihr geschenkt hatte. Es hatte eine Weile gedauert, doch schließlich hatte sie gelernt, den Schmuck zu akzeptieren, den ich ihr gekauft hatte, und hatte sich ein Stückchen mehr von den Ängsten der Vergangenheit befreit.

Merkwürdigerweise wirkte meine Braut überhaupt nicht nervös und ihr Gesicht wurde von einem strahlenden Lächeln erhellt.

Wir traten vor und ich ergriff ihre Hand. »Du siehst überhaupt nicht nervös aus«, sagte ich so leise, dass nur sie es hören konnte.

»Ich bin nicht nervös«, flüsterte sie. »Dies ist mein ganz eigenes Märchen. Ich werde es genießen.«

Ich grinste, als ich mich daran erinnerte, dass sich Eva als eine Art Cinderella bezeichnete. Und ich erinnerte sie fortgesetzt daran, dass ich nicht ihr Traumprinz war.

Ich spürte, dass ich mich entspannte. Ich sah zwar vielleicht nicht wie ein Held in einem Märchen aus, doch solange Eva mich weiterhin so ansah, als wäre ich einer, spielte es wirklich keine Rolle.

»Mein Wunsch wird sich später erfüllen«, wisperte ich ihr ins Ohr.

»Perversling«, erwiderte sie drohend mit gedämpfter Stimme, doch andererseits voll neckender Zuneigung, sodass ich meine Nervosität verlor.

Zum Teufel, ich heiratete die Frau, die ich mehr liebte als alles andere auf der Welt. Nun, da sie an meiner Seite war, war alles gut.

»Sind wir soweit?«, fragte der Pfarrer lächelnd.

»Ja«, antworteten wir beide gleichzeitig.

Eva und ich drehten die Köpfe, um uns gegenseitig anzulächeln. Glück war ein besonderes Hochgefühl, doch ich war mir ziemlich sicher, dass ich mich daran gewöhnen konnte. Keiner von uns beiden hatte in der Vergangenheit viele Gelegenheiten bekommen, dieses Gefühl auszukosten. Obwohl ich im Gegensatz zu Eva genügend Geld gehabt hatte, waren wir auf so viele andere Arten so tief miteinander verbunden, dass wir den Schmerz des anderen verstehen konnten.

Nun lernten wir, unser Glück als unser gutes Recht zu akzeptieren, und wir genossen jede einzelne Minute.

Zur Hölle, ja, ich war bereit!

»Ich glaube, auf diesen Moment habe ich mein ganzes Leben lang gewartet«, flüsterte Eva, als der Pfarrer seine Bibel öffnete und nach den Seiten suchte, die er benötigte.

Bei ihren Worten wurde mir leicht ums Herz, denn ich wusste genau, was sie meinte. Jedes bisschen Schmerz und jeder Kummer, den wir in unserem Leben hatten ertragen müssen, hatte uns schließlich zu diesem Augenblick geführt.

Ich drückte ihre Hand, um sie wissen zu lassen, dass ich verstand. »Ich warte ziemlich ungeduldig auf unsere Flitterwochen.«

Sie lachte laut auf und zerstörte mit diesem Geräusch die ernste Stimmung, doch für mich gab es keinen besseren Klang auf der Welt. Ich grinste, als sie ihren Mund mit der Hand bedeckte und versuchte, ihre Erheiterung über meinen respektlosen Kommentar zu verbergen.

Es gelang ihr nicht.

Ich fing sie auf, als sie sich mir in die Arme warf und immer noch glucksend vor Lachen sagte: »Ich liebe dich.«

»Ich liebe dich auch, mein Schatz«, flüsterte ich ihr ins Ohr und zog sie fest an mich, ihren betörenden Duft in mich aufsaugend.

Der Pfarrer hustete, offensichtlich ein Hinweis, dass er mit der Zeremonie beginnen wollte, doch ich ignorierte ihn, bis ich bereit war, sie loszulassen.

Schließlich lösten wir uns voneinander und ich ergriff wieder ihre Hand. Dann nickte ich dem grauhaarigen Mann zu, mit der Trauung zu beginnen.

Vielleicht sollte eine Märchenhochzeit *nicht* so anfangen, doch dies waren wir, Eva und ich, und ich dachte, ein Lachen war die perfekte Art, unser gemeinsames Leben zu beginnen.

~Ende~

# BIOGRAFIE

J.S. Scott ist eine Bestsellerautorin pikanter Liebesromane. Sie ist eine begeisterte Leserin von Büchern und Literatur jeglicher Art. J.S. Scott schreibt, was sie selbst gern liest, und das sind zeitgenössische sowie paranormale erotische Liebesgeschichten. Sie handeln meistens von einem Alphamännchen und haben ein Happyend, denn so schreibt sie sie einfach am liebsten!

Besuchen Sie mich auf:
http://www.authorjsscott.com
https://www.facebook.com/J.S.ScottGermany/

Oder senden Sie eine E-Mail an:
JSScott_author@hotmail.com

Sie finden mich ebenfalls auf Twitter:
@AuthorJSScott

Bitte tragen Sie sich auf meiner E-Mail-Liste ein, um über Neuigkeiten, neue Veröffentlichungen und exklusive Textauszüge informiert zu werden: http://eepurl.com/b2DuYn

# BÜCHER VON J.S. SCOTT

*Die Walker-Brüder – Die Serie:*

Lass los!: Eine Geschichte der Walker-Brüder
(Die Walker-Brüder, Buch 1)

*Ein Milliardär voller Leidenschaft – Die Serie:*

Entfesselte Leidenschaft (Buch 1)

Das Herz des Milliardärs:
Ein Milliardär voller Leidenschaft ~ Sam (Buch 2)

Die Erlösung des Milliardärs:
Ein Milliardär voller Leidenschaft ~ Max (Buch 3)

Der Milliardär und sein Spiel:
Ein Milliardär voller Leidenschaft ~ Kade (Buch 4)

Ein Milliardär außer Kontrolle:
Ein Milliardär voller Leidenschaft ~ Travis (Buch 5)

Ein Milliardär ohne Maske:
Ein Milliardär voller Leidenschaft ~ Jason (Buch 6)

Milliardenschwer und ungezähmt:
Ein Milliardär voller Leidenschaft ~ Tate (Buch 7)

Milliardenschwer und ungebunden:
Ein Milliardär voller Leidenschaft ~ Chloe (Buch 8)

Milliardenschwer und unerschrocken:
Ein Milliardär voller Leidenschaft ~ Zane (Buch 9)

Milliardenschwer und unerkannt:
Ein Milliardär voller Leidenschaft ~ Blake (Buch 10)

## Die Sinclairs – Die Serie:

Kein gewöhnlicher Milliardär (Die Sinclairs, Buch 1)

Der verbotene Milliardär (Die Sinclairs, Buch 2)

**Und auch die folgenden Bücher von J.S. Scott werden
in Kürze auf Deutsch erhältlich sein:**

### Aus der Reihe »Ein Milliardär voller Leidenschaft«:

Billionaire Unveiled ~ Marcus (Buch 11)

### Aus der Reihe »Die Sinclairs«:

The Billionaire's Christmas (A Sinclairs Novella)

The Billionaire's Touch (Buch 3)

The Billionaire's Voice (Buch 4)

The Billionaire Takes All (Buch 5)

The Billionaire's Secrets (Buch 6)

### Aus der Reihe »Die Walker-Brüder«:

Player! (Buch 2)

Obwohl die Serie »Die Walker-Brüder« zwanglos mit der Reihe »Ein Milliardär voller Leidenschaft« verbunden ist, stellt sie eine eigenständige Serie dar, die auch gelesen werden kann, ohne die Bücher von »Ein Milliardär voller Leidenschaft« zu kennen. Es handelt sich ebenfalls um eine heiße Liebesromanreihe mit Alpha-Milliardären.